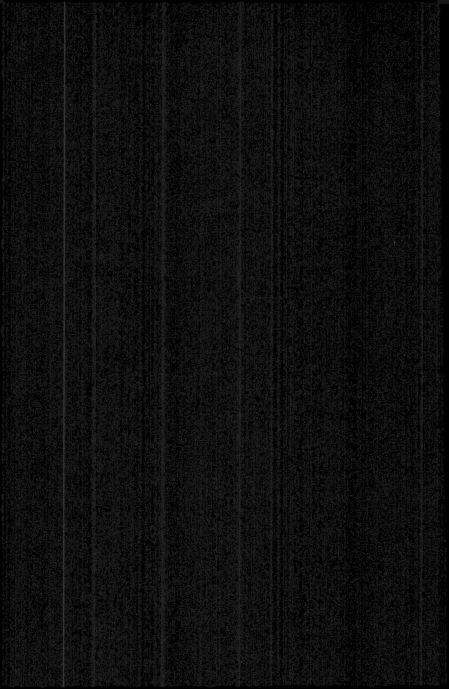

アキレウスの迷宮

小池文平
KOIKE BUNPEI

幻冬舎MC

アキレウスの迷宮

目次

序

ああ、この心という、実体なき国。目に見えぬ光景と耳を打つ静寂の、なんたる世界であることか。このおぼろげな記憶、漠とした夢想の数々。えも言われぬエッセンスの、なんたる集まりであることよ。そして、すべての秘めやかさはどうだ。声にならぬ独白と、未来を予見する助言の秘密の劇場。あらゆる気分や思い、神秘が棲む、見えざる館。失望と発見が集う、果てしない場所。私たち一人ひとりが意のままに問い、可能なかぎりを命じ、孤独のうちに君臨する一大王国。自らの過去と未来の行状を収めた問題の書を、つぶさに調べ上げることのできる隠れ家。鏡に映るもののどれよりも自分らしい内なる宇宙。自己の中の自己、すべてでありながら何物でもない、この意識――いったいその正体は？

そして、それはどこから生まれてきたのか？

そして、なぜ？

ジュリアン・ジェインズ　原題『〈二分心〉の崩壊における意識の起源』一九七六年刊行
邦題『神々の沈黙』二〇〇五年　紀伊國屋書店発行、柴田裕之訳　序章9Pより引用

――本拙稿は偉大なる心理学者にして、考古学、人類学、哲学など多分野において
幅広く深い足跡をのこされた故ジュリアン・ジェインズ博士にささげるものである――

第一章　ナイロビ

その一　ラウンジ

ふと本から目を上げると、窓の外に飛行場の白い管制塔がかすんでいる。赤土の大地の上にその姿は陽炎のように浮かび、背後にははるか遠くナイロビ国立公園の緑が濃く空までそびえ立っている。

二〇〇四年七月、イラク戦争の翌年、唯井《ゆい》は仕事をおえてアフリカはケニアの首都ナイロビの空港にいた。もっとも仕事とは名ばかりでただの観光旅行だ。「企業暴力対策連絡会」、通称「企暴連」と呼ばれる団体が主催する海外研修に一員として参加していた。目的地を別にすれば、世間の企業ではよくある類いの話だった。唯井にとって旅の最大の楽しみは、ゆく先々でカフェでもバルでもみつけ、本を肴に独りひたること。これに尽きる。だからどこかでゆっくり本を読むはずだったが、今回の旅行ではすこぶる勝手が違った。ナイロビの治安の悪さもあって、バカな話だがみんなで行動することになった。移動は原則二台のチャーターバスだ。旅の参加者は最終的に百名近くに増え、独りひたるどころではない。皮肉なことに、この企画を「企暴連」の事務局に持ち込んだのは、唯井の知り合いの人物と結果的には唯井自身だった。

で、ようやく帰り間際に単独行動できる時間ができ、こうしてラウンジで活字のサバンナに潜んでいるというわけだ。

帰りの航空会社のラウンジは、カウンター以外に席が三十ほどあるが、時間待ちの客でひっきりなしだ。東京への帰国便は夕方なので、一緒に来たほかの連中はまだナイロビの中心街のシティセンターでみやげ探しか、見逃した市内の安全な観光地を回っている。そのうちハンティングよろしく、一人またひとりとおみやげという名の重たい獲物を抱えて戻り、航空会社のカウンターにどさりと倒れこむのだろう。そして、チェックインを済ませ気の合う者同士が、ラウンジのビュッフェで恥ずかしいほど肉やマンゴーを山盛りにし、なごりの宴となるはずだ。

赤道上を北にわずかに外れる陽はまだ高い。大きな円形造りの白いターミナルビルは、このラウンジの広い窓からエアサイドに広がる景色を、これでもかと見せてくれる。そのとき唯井は知る由もなかったが、中年の外国人男性が、窓の反射光に少し目を細めながら入口のほうからこちらを見ていた。

昨年の暮れに唯井の知り合いが作った企画書は、たしか「海外テロと治安の実情視察」という名前で、見学、研修、意見交換などといった読む気の失せる無味乾燥な文字をわざと選んで並べたものだ。むろん参加者のアリバイもかねている。

だから実際は、到着翌日の朝から目のさめるような国連の広大な庭園の散策を楽しみ、夕刻には日本大使館と現地関係者との派手なパーティーが待っていた。これはあらかじめ「企暴連」事務局長が大使館の知人に手をまわしていたものだ。

また視察と称して、ナイロビから百キロほど北のナイバシャ湖というリゾート地へ、泊りがけのサファリツアーもあった。もっとも唯井が本で覚えていたはずのケニアの大地といえば、コナン・ドイルの『失われた世界』の舞台となったグレートリフトバレー（大地溝帯）であり、それに考古学者リーキーがそこで発掘した人類最古のオルドヴァイ遺跡だ。

結局、どちらにも立ち寄ることなく、最終日の研修は、キベラ地区というケニア最大のスラムの探検ツアーと、夜が五つ星ホテルでのカジノだった。この探検ツアーは観光客に意外と人気で、地元の警察官が銃を持って同行した。そう、唯井としては思い出したくもないが、あの警官と銃のおかげで命拾いし、いまこの命が回っている。唯井はいまループタイの飾りとして首にかけている、女の顔をした妙な彫り物と関わったせいで、あやうく殺されかけたのだ。

その探検ツアーでは参加者は二十人ほどに分かれ、数台の小型バスでキベラ・スラムに入った。アフリカでも最大のスラムで推定人口が百万人という。泥と石ころだらけの小道は、両脇にバラックとテントの家がぎゅうぎゅう詰めだ。まあインドや世界のどのスラムもそうだろうが、ここも多くの難民や食いつめ者、犯罪者がいやおうなしに吸いこまれて集まり暮らす。食料品や雑貨もあちこちの店で売られ、水道や電気も無いではない。広い通りにはみやげ店もネットカフェまがいも、バラックのホテルさえもある。参加者がバスで通ってきたアッパー・ヒルというナイロビの高級住宅街をさらに南に一キロほど行くと、東西たった三キロほどの狭い場所にこのスラムが横たわっている。途中の幹線道路一本が、天国と地獄をへだてている。

道路の向こう側に点在するイギリス風の文化的な地区からは、汚水がせっせと放流され小川となって流れ込み、泥は乾くとテントの家に砂ぼこりを積もらせる。あちこちにゴミと汚物と糞尿が山づみとなり、ときには屍体が横たわっている。そんな現地ではありきたりの風景と街を、唯井たちはわざわざツアーを組み探訪し、もの珍しげに一団となって店をひやかして歩いた。通りのあちこちに人がたむろし、酔っ払いの女もいる。なべで煮た牛らしき肉の売り声や、みやげ屋のおやじの呼び込みも飛び交っていた。

その喧騒のなかから、いつのまにか唯井の前に小さな男の子があらわれ、さし出されたのがこの女の彫り物だ。

「買わないか？　ほんものの象牙だ」

英語でそう聞かれ、まさか本当のアイボリーのはずはないが、と思いつつ交渉に応じてしまった。

「いくらだ」「二百シリング」日本円で二百円。現地の物価感からするとちょっと高いが話のタネだと、ろくすっぽ見ずに買ってやった。

するとすると「もっといいのがある」と、横のほそい路地の方へ手を引っ張ってゆく。本隊の一団はと見ると、まだ店を物色しながら通りに止まったままだ。すこし見るだけなら、と安易に一歩をふみ入れたとたん、

「へーイ」と数人の黒人に囲まれた。子供はバラック小屋にもたれ、ニヤニヤと両手を頭の後ろで組んで笑っている。唯井はすぐに状況をさとり目の前がゆがんだ。身体から感覚が遠のいてゆき、膝がガクガクと地べたに崩れ落ちた。

そのときだった。「フリーズ！（動くな！）」と大声で、通りからライフル銃を構えた警官がどなった。人の集まる気配がして連中はさっと逃げ去った。あとで警官からは「おまえはクレージーだ」と言われた。「やつらなら死んでいたぞ」とも。やつらとはムンギキというスラムの犯罪組織だ。欲をかいて油断し、笑って餌食にされる寸前だった。海外テロの視察で、まさに研修対象の組織に殺されては洒落にもならなかった。

そんな嫌な事はいますべてわすれ他人事《ひとごと》として、ラウンジでコーヒーと本にありついている。思えば今回の旅行は実現までにずいぶんドタバタとした。唯井は知人の騒動に巻き込まれ、はからずもこの旅行に一役買ってしまった。それは、アフリカもいいな、という隠れた気持ちのせいだったかもしれない。

その二　ドタバタ

この旅行は、もとはといえば去年の師走に唯井が知人の松田、いやマッさんと久しぶりに飲んで、ポロっと口に出たのが発端だった。マッさんというのはその一年ほど前まで唯井の義兄だった人物だ。訳あって（いわば浮気だが）、唯井の姉が中学生の娘と小学生の息子を引き取って離婚した。しかし一度の浮気だけで、人生をご破算と決心するものだろうか。やはりいつの間にか互いにはびこり積もった不信とワガママが、やがて心で棘のようなモノに変わり、そこで初めて出る類いの話だ。ところがこの夫婦は周囲になんらの兆候も見せずに、突然スパッと別れてしまった。周囲にとって不可解な離婚だった。

当時、唯井は今の会社への転職を機に一人暮らしをしていたが、実家の母親からいきなり姉と子供たちの引っ越しを手伝ってくれと頼まれ、初めてことのしだいを知った。引っ越しの当日、姉のようすをそれとなく窺ったが、少し饒舌な点はあるものの、いつもと変わらなかった。マッさんがそばを離れたときに、声をひそめて
「一体どうしたのさ」とたずねても、

「もういいの」と頑として話そうとしない。五歳違いの姉は小学生の頃から気丈なたちで、パートで忙しい母親に代わって唯井のめんどうをよく見ていた。これはいずれ、直接マッさんに真相を聞くしかない。この数年こそ唯井は転職や一人暮らしの忙しさのせいで不義理をしていたが、マッさんには今までになにかと世話になっていた。だから離婚が少し落ち着いた頃の去年の師走に、久しぶりに自分の方から誘った。池袋駅からすこし離れた居酒屋だった。黒光りのする年季の入ったカウンターで、離婚のいきさつにはふれず、仕事や身のまわりの話をしながら淡々と飲みだした。

「マッさん、あそこには……いまは一人で?」

唯井も何度も泊まった沿線の一戸建だ。

「そうだねぇ。もう散らかりほうだいさ」

マッさんはそぼ降る雨のように、過去を思い出しながらポツポツと話をした。

「君は?……いま証券会社だっけ?」

「ええ、まあ……なんとか……」

「そう、それはよかった」

「やっと三年目に」

唯井は今の会社に転職する二年ほど前、三十歳で司法試験をあきらめたのを機に、高収入をうたう怪しげな不動産会社に自ら飛び込んだことがある。そのときの精神状態は、あきらめた悔しさと人生を無駄にしたという焦りと、「どうにでもなれ」という開き直りが、複雑に混じり合わさっていたのだろう。おまけに、厳しい試験をやっていたから「なんでもできる」という慢心も。

案の定その会社は、ワンルームマンションの販売で急成長していたが、入ってみて詐欺と脅しスレスレで売りつける先と分かった。いまでもしみのように記憶に残っているのは、元ホストの社員のうすら笑いと、社長のヤクザまがいの目つきだった。できなければ借金となりかねないノルマに辞めることもできず精神を病む寸前の、いやすでに病んでいた二年間だった。唯井の父親は「もう放っておけ」と、見て見ぬふりだったが、姉に説得され母親が長兄のオジに泣きついた。警察ＯＢのオジはじかに社長と会って脱会ともいうべき話を付け、さらに方々にツテを探し頭を下げて、今の証券会社を世話してくれた。

「あれはなによりさ」

「ええ、もうおふくろがよけいな心配を……」

「でも、ほんとうに……今の会社で……良かったのかい？」

あの怪しげな会社に入る前には、新橋のマツさんのところに手伝いと称してよく遊びに行った。塾のアルバイトをしながら司法試験を続けていたのだが、そのいい気分転換だった。さほど広くない事務所で社員は四人ほど、みんな外へ出ると遅くまで帰ってこない。もう十年も前のことだ。そういえば、「あいかわらず、貧乏ひまなしだ」とぼやくマツさんの後ろに束ねた髪の毛も、すっかり短くなった。

「いま、だれかいい人はいるの」

マツさんがふと尋ねた。唯井は、前にも同じことを聞かれたなと思いつつも、あまり興味のないことには大雑把になるマツさんらしいと飲み込んで、あたかも初めて打ち明けるような口ぶりで答えた。

「それが、まえから付き合ってる娘《こ》がいまして」名前を入沢深月《いりさわみづき》といい、バイト先の塾で知り合い、もう三十の手前だから娘《こ》というわけではない。

「君はまだ、三十代か」マツさんはもう一度「いいねぇ」とため息をついた。

マツさんの会社はイベントの運営のかたわら、取引先の広告の取次と旅行代理店もやっていた。イベントといっても地方都市の「街おこし」の企画や、企業の研修旅行など小ぶりなものだが、ときには大手飲料メーカーの販売キャンペーンも舞い込むことがあった。本人は内緒にしているが、出版社やマスコミが一般人むけに主催する旅や歴史、それに宗教や美術といった類いの企画を、自分もやってみたいという夢をもっている。

唯井はそのとき本題の離婚のほうをどう切り出すかに神経を取られ、半分上の空になっていた。

「いまの会社で……うまくすると海外旅行かも」

「海外。へぇー、なんなのそれ」

「会社が入っている団体、毎年視察と称して旅行があるんですよ」

「そう。団体って……株屋さんの？」

「いえ、本業の方じゃなくて……防犯の方の。警察と親しい」

いまの仕事はもっぱらヘビークレーマーの客や、更にやっかいな先を相手にする。総会屋や会社ゴロ、それに暴力団といった連中だ。ときには出向いて直接交渉をすることも。だから皮肉にも、怪しげな二年間の経験が仕事に一役買っていた。

「おおぜい行くの？」

「去年だと、百社、百人ちょっとくらいかな」

「ふーん」

「で、来年はお前の番だっていう話で……」

これが今回のアフリカ旅行の発端だった。本当はこのとき唯井がよく見ていれば、マツさんのとろんとした目が一瞬大きく光っていたはずだ。脳神経科学でいう神経細胞のスパイク、つまり電気発火の発生だ。

お互い、胸のわだかまりをいつ言い出そうか？　と会話がさらに途切れがちになり、まわりの席も少しずつ帰りだし、店員がガチャガチャと器を片づけ始めた頃、

「あのね……」とマツさんから本題の口火が切られた。

「ほんとは時季夫《ときお》君も急だと……ね。まあ酔う前に、言っとくとね」割とはっきりとした口調だった。

「悪いのはわしの方で、あいつは、お姉さんは悪くはない」

マツさんの仕事柄、外で飲むのはしょっちゅうで休日なども在ってなかった。唯井の知る限りそれを苦にするような姉ではない。姉は百貨店の外商部でながく営業のサポートをしていた。ある年の暮れ、外商部の打ちあげに出入り業者のマツさんも末席に呼ばれ、それが縁でふたりは一緒になった。

「だけどね」と言いながら、マツさんは店員の方に空の銚子をふった。

「あれは浮気じゃあないよ、断じて。旅行先でのただの遊びのあそびだ。しかもわしは女は途中で帰したんだ！」と、語気をつよめフゥーと息を吐いた。

「去年の春先の頃だ。那須温泉に泊りがけの接待ゴルフだった。飲料メーカーの部長と部下、それにセットした広告代理店の担当者がいた。宿のホテルはその部長のご指名で、わしは初めてさ。表向きはプライベートだが、なに全部わし持ちだよ。夕刻に着いて直ぐに宴席が始まり、コンパニオンも呼んだが、翌朝があるので早めのお開きだった。わしは風呂に入って浴衣すがたのいい気分で部屋にもどった。そしたらだ、そのコンパニオンだかマッサージ嬢だかが部屋にやってきてだな、それをあいつが勘づいたんだ」

——うん？　あまりよく分からないな——仕方なくたずねた。

「つまりそのー、姉になにかキスマークでもみつけられて？」

「いやそうじゃなかっただろう」

「それはマッさんが呼んだ女？」

「いや、そうとも言えないが……」

隠しておきたい事と言っておきたい事とが、複雑にぶつかったあと、ついに覚悟してこう吐き出された。

「アジア系の外国人だった。あのすけべ部長が呼んだんだ。そうに決まっているさ！」

マッさんが詰まりながら話すところによると、部屋にもどるとすぐにノックがあり、片言で

「マッサージです」と若い女の声が。「おかしいな」と思ったが、ピンときた。部長がお開きのあとフロントとひそひそやっていた。きっと部屋番号を間違えたのだ。ここで断ればよかったが、そのとき魔がさした。

「お色気つきのマッサージだけならいいか」と、そんな虫のいいことを考えた。

入ってきた色の浅黒い小柄な女は、慣れた手つきでタオルやら小道具をひろげ、マッさんをベッドにうつ伏せにし、その背中にバスタオルを当てマッサージを始めた。首や手足のオイルにいい気持ちでいると、やがてユニフォームを脱ぎ始め、ビキニの下着姿になって、砂ぶくろのような乳房を押しつけてきた。マッさんも「これはまずいな」と思い始めたが、女のほうはさらにエスカレートし下着を取って放り投げ、マッさんに全身を預けしなだれかけてきた。

マッさんもあわてて「ここまでだ」と思い、「まて、まて！」と押しとどめ、急いで起き上がった。そのあとは、はずみでベッドからずり落ちた女が「話が違う」と興奮し、パニックで狂ったように自分で小物をかき集め、ユニフォームを身に着け部屋を飛び出して行った、ということらしい。翌朝クラブハウスでは、部長に変わったようすもなくまずは安堵し、無事にゴルフをおえて家に帰った。なんの用心もせずに、いつものように「はい」とみやげとバッグを姉に手渡した、というのがことのしだいだった。

「そのあとは、あいつがあれをみつけて大騒ぎだ」

「あれというのは？」

「あれだ、あの女のパンティだ」マツさんはおぞましげに口にした。唯井にとってはもはや推測でしかないが、放り投げたパンティが広げていたマツさんの衣類に紛れ込んだか、あるいはパニックになって女が突っこんだのか。ともかく翌朝急いでバッグに荷物を詰めたせいで、マツさんは全く気づかなかった。

この話は初めて聞いた。これがもし本当なら、浮気とまではいえないだろう。まだ言いたくないことがあれば別だが。店員が残り少なくなった客のようすを窺い出した。十時を回ったが、かまわず銚子を追加した。

「でもそれなら正直に話せば……」

「ぜんぶ話した、謝りもしたんだ。はじめは、時間がたてばと……」そして消えそうな声を絞って、

「あれから、わしの持ち物に触ろうとせんのだよ、いっさいな。下着はもちろん洋服もマフラーも、靴もくつ下も。カバン、携帯電話……、わしも含めてすべてだ。茶碗、はし、コップはすべて新品に買いかえ、使うたび何度も拭いていた」

――そんな子供じみたことを、あの姉が？――

唯井は驚き思わずマッさんの顔を見た。

「じゃあもう、二人とも家では口もきかなかったとか」

「いやそれが、子供の学校の事とか普段の会話は、まあふつうにはな。不思議だ、あいつがふたりいた気がした。心の中に二つの人格がぁ〜な」

マッさんはあくびのあと、おわってサバサバした顔つきだ。どうしても最後にひとつ、聞いておかねばならないことがあった。

「最終的には離婚はどちらから？」

「わしの方だ」あっさりとそう認めた。

「異常な生活だったなぁ、半年ちかく。小学校三年の坊主が一度、わしのくしゃくしゃのハンカチをアイロン仕事のあいつのところへさ。取り持とうとしたんだ、坊主なりにな。きつく叱られて。あのままでは子供たちがダメになった」

ひとり言のように呟くと、やがてカウンターでウトウトし出した。

駅までマッさんに肩をかしながら、唯井は「あいつがふたりいた」というマッさんのことばをなんども考えた。姉の態度がどうにも解せなかった。最大の被害者は子供たちだが、身から出たサビのマッさんも被害者といえなくはない。すると被害者ばかりのはなはだ不可解で意外な、しかも後味の悪い話だった。

その数日後、そろそろ年の瀬という頃だった。唯井の会社にマツさんから電話があり、送っていったお礼かと思ったが唐突にも

「あのなんとかという団体、あれを紹介してくれんかな」と言い出した。

――しまった！ 「企暴連」のことじゃないか――

この団体、「企業暴力対策連絡会」は会員のあいだでは「企暴連」で通っていた。警視庁の肝いりで、総会屋や暴力団に対する企業間の連絡団体を作ったのが始まりだ。さまざまな思惑でいまは大小一千社近くが加入するまでにふくらんだ。

これは電話で片づく話ではないので、しかたなく「ちょっと、年末のあいさつに」と出かける口実をつくり、その足で近くのカフェでマツさんと待合わせた。唯井は開口一番

「あの『企暴連』ですか。いや、あそこは古くからのうるさ型が大勢いますから」と、頭から断った。入社三年目の若造にあつかえる話ではない。

「しかし、君のオジさんの縁でなんとかならないかな」

「企暴連」の事務局長も警察のOBで、確かにオジのことも知っている。それで唯井にけっこう親しくしてくれる。マツさんはそれをたてに

「これから一緒に行けないか」と、あきらめるようすはなかった。

むかし唯井がマツさんの事務所に遊びに行っていた頃、社員のだれかが「うちの大将はよそ

ではね『待つのだ』と呼ばれてるんだぜ」と教えてくれた。結局どうしてもと押し切られ、その場から電話で「とにかく会うだけでも」と、吉村という事務局長に頼み込むハメになった。

「企暴連」は桜田門にある警視庁の旧館の一角に質素な事務所を間借りしていた。唯井は吉村事務局長にマッさんを遠縁に当たるものと紹介した。それは間違いではない。マッさんは名刺交換のあといきなり

「来年の海外研修は、アフリカにされませんか」と切り出した。とつぜんの強引な面会のうえ、まだ公でない研修の話ときて、ふだん温厚な事務局長も内心すこし立腹した。白髪あたまをかき

「どなたサマから聞かれましたかな」と呆れたように唯井のほうに目をやった。唯井もアフリカには正直面食らった。

旅行は毎年、会員企業の株主総会が集中する六月がおわって、一段落した七月初旬が習わしとなっている。まだ半年以上も先の話だが、確かに来年は恒例で四年に一度の海外旅行であった。

「それから、またどうしてアフリカですかな？」

事務局長は若い頃警視庁から、中東のヨルダン・ハシミテ王国の日本大使館へ、警備対策官として出向した経歴があった。とうぜん近接するアフリカ諸国の情勢にも詳しかった。しかし

マツさんは臆面もなく続けた。

「アフリカには、政府も開発会議などを通じて今までずっと注力しています」

何年かおきに開発会議と称して、アフリカや日本で一連の盛りだくさんの会議が開かれること、そして会議以外にこれといった成果がないことも確かであった。局長にとって、これは、はなから聞いておわりの話だった。

そうだ、そのはずだった。ところが、脳神経科学でいう膨大な数の神経回路の「ゆらぎ」は、ヒトの「自由意志」など幻影かのように、ヒトの行動を電気信号の一瞬一瞬の偶然で左右する。だからこの時、局長が「では検討しておきます」と言う前に、突然回路がスパイク、つまり電気発火したとしか考えられなかった。

「アフリカのどこですか？」

吉村事務局長の口がかってに動いた。

「ケニアです。首都のナイロビを中心に回ります。日本との関係も古いし対日感情も悪くない」

デタラメにしては案外すらすらと出てきた。なにかに取り憑かれたような言い方に、唯井は内心驚いていた。

「しかし、ナイロビはあまり治安が……」と言いかけて、局長はそこでなにかを思い出した。ナイロビにはヨルダン時代に世話をしてやった知り合いがおり、確かいま大使館で二等書記官をやっているはずだった。

——面倒はごめんだが形さえつけば、ならぬ話ではない。奴《やっこ》さんに貯め込んだワインを吐き出させてやるか——局長は犯人を追う冷静な刑事の表情で、口元には余裕を浮かべている。唯井は面倒に巻き込まれないか、気が気ではなかった。案の定、白々しい謎かけがきた。

「唯井さん、この件は会社のだれかにご相談はされましたかな」

この場合、唯井の会社で「だれか」というのは一人しかいなかった。ノンキャリながら警視庁の幹部をつとめ、そのむかしに「企暴連」の発足にも関わっていた坂本という上級顧問だ。

「いや、それはまだ……」唯井の困惑をしり目に、マッさんはこの救いの手を見逃さなかった。

「分かりました」と、坂本顧問と相談のうえで日をあらため出直す手はずに持ちこんだ。しかも厚かましく従来の旅行会社を聞き出し、「そちらと共同催行でも構いません」と、もう決まったかのように妥協案もしめした。局長も思わず苦笑したが、「坂本さんには私からも言っておきますよ」と、唯井の退路は断たれた。

「企暴連」から帰る道すがら唯井は押し黙っていたが、やはり我慢しきれなくなり

「なぜいきなりナイロビなの?」と聞いた。

「ああ、あれね。たまたまナイロビツアーに空きがあったんだ」拍子抜けするような答えだ。ある旅行会社が募集したケニア周遊旅行のうち、催行が確定しない七月分だけをそっくり安値で

預かっただけだという。唯井にはどうも信じられず、あたかも家族を崩壊させた自らに罰を課するかのように、じつはリスクの高い綱渡りのようなセールスを引き受けたのでは、と映った。五時近くに会社に戻ると、みんなの視線がいっせいに向けられた。転職者のいい大人に対しだれもなにも言わなかったが、「ちょっと……」の範囲は超えていた。

マツさんがプランを押さえておける期間は短い。唯井は覚悟を決め課長には無断で、局長がセットした顧問との面談にのることにした。当日、マツさんは三十階まで案内され、秘書から連絡をうけた唯井と合流しドン坂本の顧問室へ通された。ソファーでかしこまっている唯井たちをよそに、坂本上級顧問は上機嫌だった。

「吉村さんから聞いてるよ。あそこの理事長に言っとけばいいんだろ、分かった。むかし〝さっちょう〟で一緒だったからな」どうやら、警察庁の元キャリア官僚の理事長に貸しがあるようだ。

あまりのあっけなさに口元を緩めているマツさんに、理事長への説明のためか、現地警察とのコネ、テロや治安、参加者数など矢継ぎ早に質問をくりだした。口ぶりからケニアへの視察は「企暴連」と自らのいい宣伝になるようだ。アメリカの同時多発テロ、イラク戦争など取りとめもない話のあと、時間がきて「それでは」と辞する唯井たちの背中に、ドンは思い出したように言った。

「あ、そうそう。吉村《よっ》さんは若い頃中東で働いていたからね。一度、意見をきいてみたらいい」。マツさんは一瞬考え、「はい、そうします」とうなずいた。

翌日、マツさんは例の企画書を作り上げ、吉村事務局長に報告をかねて持参した。その中にはあの無味乾燥な文字のスケジュールとともに、同行者として局長の名がさりげなく入れられていた。幹事会社への説明も年内におえ、マツさんのがむしゃらな働きは、やがて三日月湖の水を風がゆっくりと押し出すように、皆を半信半疑のままアフリカへと運びはじめた。

年が明け松が取れる頃、会員会社の口の端に〝アフリカ旅行〟が上り出し、ようやくこれまでの会社が気づいた。あわてて吉村事務局長に掛け合ったが、「天の声というかなぁ、だれかの甥っ子だかが、まったく困ったもんだよ」と、のらりくらりかわされた。この会社は大手マスメディア系列のイベント会社で、これまで講演会や旅行を一手に取り仕切ってきた。庭先を土足で荒らされ怒った竹田という役員が、ついに唯井に「一度ぜひお会いしたい」とやって来た。

最も恐れていたことだった。やっと落ち着いた職場で、独断で顧問を通じて旅行の提案をしたなどと、バレると致命傷になりかねない。応接でしばらく探り合いの雑談のあと、「ところで今回のご提案は、上司のかたはご存知ですよね」と、やんわりとしかし厳しく核心を突いてきた。唯井のしどろもどろの返答をみた上で、竹田さんは

「まあ、来年はお手柔らかに」とそこで矛をおさめた。ぐっしょりとわきに汗をかいて席にも

どると、まわりからは「なにをコソコソやっているんだ?」という視線だ。しかし三十半ばの唯井にはもうあとがなかった。知らないふりで耐えるしかない。じっとしていると、またぞろこれまでの苦い記憶がフラッシュバックしてくる。子供の頃プロの将棋棋士をめざし果たせなかったことも、これまでの度重なる司法試験の失敗も、あの怪しげな高収入の会社も。しかし、もう今までとは違った。言い訳のできるような次の逃げ道など、残っていなかった。

マツさんの旅行企画はやがて、竹田さんの会社と共催の形で正式決定され、事務局の働きかけもあり最終的な参加は百社近くになった。アフリカやケニアの自然と新鮮さが意外に受けたのかもしれない。行く先は唯井が本で知っていたはずの古代遺跡がねむるケニアの大地とは無縁だったが。

その三　ホモ・サピエンス

そしてこのドタバタがウソのように、すべて他人事《ひとごと》としてラウンジにいる。おわった、あとは東京に帰るだけだ。帰ればまた不安な日常が始まるのだが、とにかく今は搭乗まで時間はたっぷりとある。再びテーブルに伏せた本を取ろうとしたそのときだった。喧噪の中から不意に日本語で「日本の方ですか?」と男の声がきこえる。

まわりを見てもそれらしい者は唯井だけだ。どうやら声の主は、にこにこと唯井のほうに近寄ってくる中年の外国人のようだ。まるで牧師のような柔和な顔つきで「日本のどこから来ましたか？」と重ねて聞く。やっと団体行動から解放され、旅のだいご味はこれからという貴重な時間だ。さっさと追い払おうと思ったが、

「東京から。あなたは？」と、つい口が答えた。

たぶんこのとき唯井のなかで働いたのは、心理学者ジェシー・ベリングが、いわゆる「心の理論」を用いて説く特別な心理現象だ。牧師のような外国人から不意の日本語。このまれな偶然にはきっと〝特別な意味〟があるはずと心が先回りして相手の心情まで推測し、神経が反応してしまったのだ。

「わたしはバルセロナからですね」と男は言うなり、手にした紺色のジャケットと肩のバッグを椅子におろし、さっさと唯井の正面に座り込んだ。半袖の白い丸襟シャツといったラフな姿だ。

「ジョナサン・ジョイスといいますね。皆にはＪＪ《ジェイジェイ》と呼ばれてます」

なめらかだが英語圏独特のイントネーションのある日本語で、みずからを考古学者兼心理学者だと名乗り、ナイロビには遺跡の発掘の関係でよく来るといった。若いときに数年間日本に滞在したことがあり、伏せてある本を見て声を掛けたそうだ。唯井はこの旅行の説明がめんど

うくさいので、《ゆい》という名前以外は、てきとうに会社の出張だとしておいた。

ＪＪは話の途中で、唯井のループタイの留め具に結び付けてある飾りを指さして
「ミスター《ゆい》、それは珍しいものですね」

「この彫り物が？　これはただのみやげ品さ、ダウンタウンで買ったんだ」キベラ・スラムで昨日騙されて殺されかけたモノとは言えず、そうごまかした。——どうやら考古学者も怪しいものだな——すると、

「フランスの国立博物館に、もうひと回り大きいサイズで、よく似たものが展示されてるね」と博学そうなことを言う。

「へえー、本物は有名なんだ」そう思ってあらためて見ると、女性の肩から上の半身像で高さが四センチほど、顔のよこ幅は二センチほどの小ぶりな石の彫り物だ。象牙色の地にうすく朱色がかかり、日本の江戸時代の根付を思わせる。丸顔だがくっきりとした目鼻立ちで、首は細ながく、格子もようのフードを頭の後ろにたらしている。デフォルメされた現代アートと言ってもいい。ＪＪはさらに
「フランスのものはレディ、貴婦人と呼ばれてる。フードの貴婦人ともね」

唯井はこのいまいましい彫り物をよほど捨てようと思ったが、バカの記念で「まあ戒めだ」と、像の首の部分をループタイの留め具に結びつけ、飾り代わりにしている。ちょっと興味を

覚え
「フランスの博物館のものは古いのかい」ときくと、

「本物の貴婦人は二万年以上前のものかな」と素っ気なく言う。

「え、二万年！」ひとり興奮した。「信じられないな、まさに現代アートだよ」

ところがＪＪは、逆に今のわれわれは貴婦人はもとより、当時の石器すらうまく作れないと言う。

「石器？　たかが石の加工だろ、どうして？」唯井はいつもの悪い癖でこだわったが、考古学者らしいＪＪは構わず
「石器はいままでに本やなんかで見たことあるでしょ」

と勝手に説明をはじめた。

「人類の祖先と思しきものがあらわれたのが、およそ五百万年ほど前だけど、石器はというと二百万年以上前から作っててね、ハンドアックス、つまり握斧《あくふ》という西洋梨のような先端がとがった石器が百万年ほど前にあらわれたんだ」

さらに身振り手振りを交え、握斧は両刃のナイフのように、獲物の皮をはぎ内臓の詰まった腹膜のふくろをたやすく取り出したりするのに使われた、という。

「ゴロンゴロンと器用にね。あのオルドヴァイ渓谷の遺跡からもたくさん出ます」

唯井はオルドヴァイと聞き、

「え、知ってるよ。ケニアの南にある遺跡だろ、あのリーキー博士の。それにコナン・ドイルの『失われた世界』の舞台だろ」そう自慢して言うと、

「よく知ってますね。でも、ドクター・リーキーが化石人骨や石器を発掘したオルドヴァイ渓谷は、隣国のタンザニアね。彼がケニアでみつけた遺跡はトルカナ湖の西岸。それからこれも余計だけど、わたしと同郷のコナン・ドイルは、ギアナ高地を小説のモデルにしたですね」

唯井は耳がまっ赤になるのが分かった。しかしこのジョイスというオジサンの日本語は、独特のイントネーションや言葉使い以外は完ぺきだ。そして愛すべき牧師顔からは、とても学者然としたようすは窺えないが、どうやら本物の学者のようだ。

ジョナサン・ジョイス、愛称ＪＪは父が北アイルランド出身の英国人で、ロンドンで貿易の仕事を手がけた。そこでダブリン出身の医者の娘と結婚し、やがてジョナサンが生まれ一家はロンドンの郊外で暮らした。二十歳のときアメリカの大学に留学し、日本には考古学と心理学の調査研究で数年間滞在したという。

唯井のことも聞かれたのでこんどは正直に、いまは証券会社に勤めていて、今回は他の会社の連中と一緒に、視察と称する観光旅行だと話した。家族のことも簡単に話したが、これまでの失敗の経歴はもちろん伏せておいた。

ＪＪはこのあと隣国タンザニアのムゴンガという遺跡に行くらしい。ナイロビから車で半日の距離だが、近くのイリンガ市までここから飛行機を使う。つまり二人とも時間待ちということだ。話が一段落し、せっかくなので唯井はこだわりが残る石器のことを再びほじくり出した。

「ところで大むかしの連中は、あれをどうやって作ったんだい」

「ああ、ハンドアックスね」と言って、ラウンジを歩くスタッフを目で追いながら、「《ゆい》さん、ギネス飲む？」とたずねてきた。スタッフは現地の黒人女性で、どうやら顔見知りのようすだ。

「まず大切なのは目利きでしょね」

ＪＪによれば石器作りも人とおなじで、素材で決まるという。あとは石の両面を根気よく別の石や骨でコツコツと。ちから加減と角度を考え、交互に打ち欠き削る。でもわれわれが、手のひらサイズで左右対称の握斧を作れるかどうか。しかも、均質の厚みでするどい両刃のものになると、たとえ金属のたがねを使っても多くは途中で欠けてしまうという。

「オルドヴァイ遺跡のもので、ざっとまあ今から七十万年ほど前かな」と、ビールにかるく口をつけ、「さらに」とすこし熱をおびてきた。

「二十万年ほど前になるとわれわれの直接の祖先となるホモ・サピエンスが登場してね、石器もコツコツ削る石核から剥片《はくへん》に進化する。これはさらに難しいよ」

「剥片ってなんだ？」

「赤ん坊の頭ほどの岩を石のハンマーで上からガツーンとやるね」

そうすると一撃で数多くの破片が飛び散り、その中から形をみてナイフ状の石器にする。うまく砕ければ石核のハンドアックスより効率がいい、という。ラウンジの中は声が騒がしいほどではないが、人の出入りが頻繁だ。だれも他人の事など無とんちゃくで、仮にＪＪがムンギのように右手をはでに振り下ろし、頭の割り方を実演していても気にもしない。唯井はどうにも納得できずに
「われわれができない程の技でもないだろう、やらないだけで」そうこだわって反論すると、

「それは違う、まずできない。たとえばね、石器の技法のなかで頂点だとされてるルヴァロワの剥片石器だけど……」

と、また唯井の知らない専門用語だ。

「今から七万年ほど前にあらわれた剥片石器の最高峰の技法だね。岩に入念に下準備をほどこしたうえで、骨のたがねで急所をガンと打つ。するとだよ、ほぼ同一規格の尖ったナイフや平べったい包丁が、一つずつ割れて飛び出すしかけね」

聞いただけでは容易に想像できないが、まるで手品のように聞こえる。

「現代人でね、このとおり再現できるのは、世界でも十人いるかどうかだよ」と得意げだ。

そう聞いて唯井の無用のこだわりも頂点となった。そうだ、いつも邪魔するのが、このこだわりだった。いったんこだわると、そこから先に考えが進まず、進んでもまた繰り返す。あの司法試験など、法律の条文も判例もただ丸暗記すればよいものを。在るはずのない法の真理や正義を、ずっとだ。唯井自身も分かってはいる、だがこれが宿命かもしれない。

「いまの世界で十人なら、それは当時でもそうとう難しい技なんだろ?」

「いや残念だけど、そんなことはない、ホモ・サピエンスで作れる奴はそこそこいただろう。今でもたくさんゴロンゴロンと出てくるからね」

そう言ってギネスを一口含んだが、なにを思い出したか、自分で吹き出し「ソーリー」と謝り、またハハハハと笑った。

「現代人でも器用なやつは……。パリの大聖堂を作った石工はどうだ」

「これはね、どう研鑽しても彼らのレベルには達しないんだ」といやに自信たっぷりだ。

「どうしてだ?」

「それはね……ホモ・サピエンスには〝意識〟がなかったんだ」

「え、意識がない!」

「そう、〝われわれのような意識〟がね」

これは! 突然のなんとも破天荒で未知の海原に誘惑するような話だ。ビールを重ね良い気持ちの脳みそに衝撃がはしった。——なんと意識のない人間か、いったいどんな生き物か。これは深そうで、はまりそうだ——窓の外に目をやると、ほぼ赤道上の陽はまだ高い。集合時間まで格好の時間つぶしになるだろう。ＪＪはさらに続ける。

「よけいな意識がないから、技を得るまで何万回でも繰り返せるし、作るときも無心の境地ね」

たしかに受験勉強の暗記も、あの法律の条文もそんな気もするが、

「それはわかったよ。でも意識がなければ、石器は作れても狩りはできないだろ」

「食べて生きて行くだけなら、もともと身体に備わった感覚や本能、それにわずかな知能さえあれば十分でしょ。サバンナのガゼルやヌーのようにね」

言われて唯井は思わず口走った。

「え、知能と意識は違うのか？　意識のなかで知能が働いているんだろ？」

「じつは違うね。その証拠に今のわれわれも、多くのことを無意識のうちにやってるね。ドアを開けるとき、靴を履くとき、なにか注意して行動してるかい？　たとえば数学の問題を解くとき、意外だけどね、われわれは意識は使ってない。人工知能に意識が必要ないのと同じだよ」

ＪＪは片目をつぶり、そうシニカルに言ってのける。

唯井の頭はさっきから混乱したままだ。石器を作り集団生活をするホモ・サピエンスは、意識のないゾンビのような生き物なのか。

「じゃあ、今のわれわれは？　いったい意識とはなんなんだ」

ＪＪはニヤリと笑った。

「ひとの意識というものは、じつに不可思議なものね。これをくわしく話し出すと、《ゆい》さんは帰国できなくなるよ」

意識ははじめに知能に「やれ」と、いわば働きかけるだけで、つかわれる知能のレベルや内容に係わることはなく、また思考や判断、理性とも別ものだ、という。

「分かりやすいのは自転車かな。いちいち漕ぎ方を意識しなくても乗れるでしょ？　あるいは戦争。訓練でたたきこまれた人殺しの手順が、命令一つで無意識のうちに戦場で再現される。理性は思考は働かないのか働かせないのか、でしょ」

これは唯井をなかば納得させ、なかば一層混乱させた。今まで頭の中に整然とはまっていた心のジグソーパズルがバラバラと落ちてゆく。将棋は意識の極致だとも信じていたものが。

「分かったよ、知能や判断とは別だというのは、一応よしとしよう。それじゃあそもそも意識とは？　本来の役割は？」

帰国できなくなっても聞きたい気分だ。すると「一口でいうのは難しいね……」とつぶやき、

「クオリアということば、知ってます？」とたずねてくる。

「ちょっと知らないな」そう答えると、やや間があって

「では、クオリアから」と話し始める。

「これは脳神経科学の用語で、これ自体は別に難しいものじゃない。このグラスを持って、《ゆい》さんが感じる重さだとか、サバンナの大地を見て感じる赤色ね。その質感というか実感がクオリア。一般的には、クオリアは意識の一種でその基本だとされている、ということね」

クオリアは日本語で一般的に「感覚質」と訳される。〝質〟という漢字の意味は「もちまえ・生まれつき」や「物が成り立つもと」で、後者のような感覚を実感する想いといえばいいのだろうか。

「なるほど、クオリアはなんとなく分かった。じゃあ、それと意識の関係は？」

そんな唯井のことばを焦らすように、ＪＪはグラスをゆっくりと飲み干すと言った。

「『赤いぞ』とクオリアを感じるとき、感じる自分自身がいる。意識も同じね。『さあ、知恵をだせ』とか『いまだ、行け』とかいう風に意識が動くとき、動かしている自分がいる。クオリアを含めた意識の最大の役目は、奇異に映るかもしれないが、この自分自身の代役になることね」

クオリアは極めて個人的で主観的な感覚であり、同じ経験をしたとしても同じクオリアを得られているかどうかは分からない。本人のクオリアは他人に決して理解できないものであると定義づけられている所以だ。また、この性質ゆえに言語化することが極めて難しく、他人は、説明によってイメージはできても、まったく同じように感じることは永遠にできないものである。

つまりこの学者によると、クオリアや意識というものは思考でも判断でも理性でもなく、クオリアを実感し意識を動かす正にその自分に、いま思考や判断や理性を働かせているぞと、代役となって伝え聞かせるものだというのだ。なんとなく言いくるめられ、分かったような錯覚になる。

「このクオリアのおかげで、人は『自分はだれなのか』と、この世にふたりといない自分の存在を感じる。よりによって、なぜこの肉体がジョナサン・ジョイスなのかとね。この意味でクオリアはわれわれの身体と心を繋ぐ唯一の架け橋。でも残念ながら今までにこれを渡り、なぜ物質の脳からクオリアや意識が生まれるのか、その解明に成功した研究者はだれもいないね」

と当人はますます上機嫌だ。

「この意識について、古代ギリシアの時代から哲学者の議論と論争は果てしなく、わたしも心理学者として長年格闘してきたけど、正直その正体は未だよく分からないよ」と続ける。

唯井はさっきからなにか腑に落ちない感じがしていたが、やっとあることに思い到った。

「クオリアは意識の一種というけど、この二つは別々のものじゃあないのかな。どちらかというとクオリアは受け身で、意識は指示役だろ」するとややあって、

「それは間違いではないね。じつはクオリアが先に生まれ、そのずいぶんあとに意識が生まれ

た。やがて、ヒトの神経回路ではよくあることだけど、面倒なので意識に一本化したんだ。だからより正確に言うと、人の意識は一人二役ね。自分を実感し自分と共に思い悩み、迷い、傷ついたりする一方で、いろいろな心の機能を働かしたりする」

そう答えると、唯井を引き合いに出して

「《ゆい》さんという生体のいわば代役としてクオリアがいる。代役というけど、受け身のところは《ゆい》さん自身ともいえるから〝クオリアの自分〟と呼ぼう。同様に、意識も《ゆい》さんの代役で、こちらの方は《ゆい》さんのため今なにをすべきかと、絶えず身の回りに注意を配っているね。まさに、執事の小人といった趣だから〝意識の小人〟と呼ぼうか。意識の小人は頻繁にクオリアの自分と『これで大丈夫か？』などと自問自答して、なにを《ゆい》さんの真意とするか確認してるね」

――なにが意識の小人だ。まだここまで半信半疑だが、どうやら奥が深そうだ。気楽に考えていたがこれは危険かも――

ＪＪはまだまだ話したりないようだったが、唯井はさっきの「意識のない人間」に話をもどして、その先を聞きたかった。

「とりあえず、意識については分かったよ。いずれにしても、ホモ・サピエンスには本能や感覚はあっても、われわれのようにクオリアや意識はなかったわけだね」

と念押しして、

「でもホモ・サピエンスが、意識を持たずガゼルやヌーなみの知能じゃあ、手の込んだ狩りなど絶対に無理な話だろう?」ともう一度、こだわりの原点をしめした。

「そのとおりね。ここに秘密の種がある。じつは彼らの精神的な構造は、いつの頃からかその中に特殊なものをもちはじめた。それは一般的に心の〝モジュール〟と呼ばれてるね」

またしても不明なことばだ。「モジュール」、響きはよいが初耳で想像がつかない。

「知能とはべつのね、もちろん意識とも異なる心の構造というか機能なんだ。これは進化心理学の分野において、今ではひろく認められていることね」

JJの話によると、ホモ・サピエンスの知能はせいぜい現代の七歳児ほどのレベルらしい。記憶や推理、比較も不確かで粗く、だから問題解決の能力も低い。

「狩猟や採集をするとき、水場をさがすとき、獲物を運び火をおこすとき、そんな大事な状況で七歳児の知能を起動させていてもね、グズグズと下手すれば敵にパクリだ。その場面、その状況に特化したモジュールが独自に、即かつ強力にはたらき必要な仕事を処理していたんだよ」

と断言する。

「《ゆい》さんも恐ろしい目にあったとき、意識せずに心臓がドキドキし、身体が勝手に硬直するでしょ。まあ、あれはその名残と思えばいい」

「ドキドキし、硬直するとなにがいいんだ？」

「ついには神経のリミッターが外れ、通常の数倍の力が出せる。火事場のなんとかね」

これ以外に歌うことも由来はモジュールで、太古は狩りの合図や士気の鼓舞に使われたのではないか、という。

「日本の『鉄道唱歌』も歌うからしぜんに長大な歌詞が口をつく。たぶん『古事記』も、アキレウスの活躍する『イリアス』も歌って覚えたのだろうね」

意識のないヒトという生き物が登場し、モジュールという能力で生きて行く。それがＪＪの描く二十万年前の心の舞台だ。おもしろいが、唯井にはこの舞台での日常や生活の現実感がまだ湧いてこなかった。

「いま言った狩猟、採集、水場、運搬、火おこし、それに石器作りに、それぞれ別々のモジュールがあったのかい？」

「基本、そうね。さらに〝危険の回避〟や〝蛇の顔の認証〟のように、大小様々なものが混じってたと考えられてるね」

なるほど。しかし考えてみれば、狩りのとちゅうで危険な目にあうことも。そのときふたつのモジュール同士はどうするのだろう。意識のないヒトは、ゾンビやフランケンシュタインよろしく、別々の指令でその都度ぎこちなく方向を変えるのだろうか。

「これは日々の生活の動きのなかで説明してもらわないと、どうもイメージが湧かないね」

それもそうだと顎でうなずき、

「では《ゆい》さんのために、でも分かりやすく誇張してね」

とＪＪは語りだした。

「今から十万年ほど前、場所はここケニアのサバンナとしよう。ホモ・サピエンスたちは狩り以外に〝屍肉あさり〟の仕事がだいじな日課だったね。肉食の猛獣の食べ残しを、他のハイエナや猛禽類に先んじて、朝はやくから集めてまわる作業ね」

現地にいる臨場感が想像力を掻き立てるのだろうか、唯井には古代人の日常生活がはっきりと頭のなかにイメージできた。陽が昇り世界が動きだすと、大人たちの屍肉あさりのモジュールが「さあ、しごとだ」と準備をうながす。静かなサバンナの先頭を行くリーダーの狩りのモジュールが経験と記憶をとりだし、今日のルートを「これだ」と決める。しかし、歩きはじめると空遠く猛禽類が旋回していた。

「このとき、屍肉のモジュールが『いそげ、そっちだ』と指示をしたり、だんだんと猛獣のテリトリーに近づくと、別の危険を察知するモジュールが『しずかに、きをつけろ』と命じる。途中で一瞬、地を這う黒い陰が目に入り『蛇だ！』と顔認証のモジュールが叫び、横っ飛びに身をかわす。こういう感じで日常生活にモジュールが機能しているね」

もちろん、生存活動や危険が及ぶときだけにかぎらない。やがて首尾よく屍肉が集まり、十分な量に達すれば「もういい、はこべ」と帰りのモジュールが指示するという。

「と、まあこんな風に状況に応じ、それぞれのモジュールが適応し、はた目にはテキパキと一連の行動に見えるという仕掛けだね」

いつしかナイロビで、初対面の外国人から十万年ほど前の文明に関する講義を受けていた。どうやら本物の学者のようだが、なぜ専門的なことを日本人にしかも本気で。なにか思惑があるのか。それにしても独特の抑揚や言葉使い以外、ほぼ完ぺきな日本語だ。

「《ゆい》さん、これでよくわかったでしょ」

「まあ、少しはね」

そこに、さきほどの女のスタッフがグラスをふたつ。アイリッシュウィスキーだ。にこりとして帰るはち切れそうな身体を、ＪＪが目で示し

「彼女の名前はムカミ、《ゆい》さんに少なからず興味があるね」と言う。「え、初対面だろ」とあきれた顔をすると、首を振って「ここはケニアだからね」。さっきスワヒリ語で話していたのはそれか。唯井は笑って取り合わず、先を急いでごく当たり前のように

「で結局、このあと多数のモジュールが進化し、意識になったというわけだ」と言った。

しかしＪＪは

「それがね、物事はそう簡単ではない」とまた首を振る。

「モジュールはね、人類が木から降り始めた頃、まあ今から二百万年ほど前として、その頃からずっと変わらなかった。それはある意味いまでもね」

ＪＪは考古学者らしく、石器を例に説明した。

「人類が人工物か欠けた石ころかも判然としない、その程度の石器を作りはじめたのが、さっきも言ったとおり二百万年ほど前。そこから百万年ほど費やしやっとハンドアックス、握斧ができ、さらに八十万年を要して剥片石器に転換したね。あのルヴァロワの石器は、もう十数万年ほど経ってから。その時点で、ようやくいまから七万年ほど前。ここまでは石器造りのモジュールの指示だね。つまりおよそ二百万年間、モジュールはほとんど変わっていない。この頑固なモジュールが突然意識に進化したとするのは、ちょっと無理があるでしょ」

確かにそうかもしれない、と唯井も納得した。ところがこののち、世界は一気に劇的に現代へと向かうという。人類の進化は二百万年ちかく停滞し、その後わずか七万年間で花ひらいたことになる。驚くべき緩慢とそれに続く奔流。飽きるほどの停滞と激しい変化。この原因はなぜなのか。

「そのひとつはね、良くも悪くもモジュールのもつ性質のせいなんだよ」

多数のモジュールの働きにより、意識のない人類はサバンナで猛獣に伍してなんとか生き延びてきた。ところがそれが裏目となった。

「どのモジュールも素早く起動し全開しようとしてね。だから互いに壁を作って独立してしまった」

と言って例をあげ説明をする。

「地を這う黒い陰を見て〝ヘビだ！〟と認め身をかわす。ここまではいい。でもその情報は、そののち危険回避のモジュールに伝わることがなかった。だからそこが『しずかに、きをつけろ』という場所にならなかったね」

「じゃあ、石器造りの場合は？」

「石器のモジュールにとって、石だけが〝武器〟で、木の枝はゴミね。逆に、採集のモジュールにとって、木の枝は遠くの実を落とす便利な〝道具〟。だから、石器を木の柄にくくり付けた〝石斧〟や〝槍〟という〝武器〟は、ながく作られなかった。いまでもよくあるバラバラのなんとかだね」

これは遺跡の人工物を調べたうえでの事実で、その時代に石斧の痕跡が出てこない、という。二つの器具の組みあわせは、それだけ壁が高かった。人類は生きるためにモジュールを使う、使うせいで進化がとまる。われわれでも陥りがちなワナだ。その宿命的な欠陥のため人類の進化は、ヒト属の最初の種であるホモ・ハビリスから、ホモ・サピエンスを経て都合二百万年は停滞した。この長すぎる間、同じことをずっと繰り返していた。これがわれわれの先祖で、おなじヒトという生き物らしい。

「ところがね」と言って、ＪＪはムカミをみつけ手をあげるが、ラウンジは相変わらずヒト属とことばで花やかだ。遠くで「飲み過ぎよ」とかぶりを振っている。だが止まらずに、またウィスキーを追加する。生きるために飲む、飲むせいで停まる。唯井としては頭が正常なうちに、この展開が読めない話の先が知りたかった。

「ここについに変化がおきるね。これが人類史における『文化の爆発』なんだ」

ＪＪは得意げな顔で唯井の反応を窺ったが、よく分かっていないようすなので、「では」とまた語りはじめた。

「さっき言ったおよそ七万年前を境に、ホモ・サピエンスのモジュールに大異変が発生するね。ついにこのモジュール同士の壁が崩壊する事態が起きた。崩壊時期は学者により異なるが、おおむね四万年ほど前としておきましょ」

よくよく説明を聞けば、『文化の爆発』とは「文化的特異点」のことを指しているようだ。つまり、偶発的な出来事によりそれ以降の文化を一変させた事象のことで、人類史ではとくにこの最初のものを「文化の爆発・ビッグバン」と呼んでいる。ほかにも「火の使用」や「紙の発明」がそれに該当する。時代が前後するが、言語や文字の使用もその一種になる。

この時代の遺物を包含する地層から出る人工物が、急に上質で多彩になった。とくにアフリカやユーラシア大陸で。木の柄に蔓でくくり付けた石斧や、木の棒の先端に石の尖頭器を付けた石槍。同じサイズに作られた大量の石刃石器や、骨の釣り針とぬい針。穂先に尖った骨を付けた骨角器の槍、さらになんと槍を投げるための投擲器《とうてきき》まであらわれた。

「そしてとうとう、どう見ても装飾品としか思えない角のペンダントと貝のビーズ、化粧品らしきレッドオーカーの顔料までも。とどめは、ヒトの頭が獅子頭となった呪術めいた象牙の彫り物と、ながれるように彩色されたヒトと動物の洞窟画。これはもう芸術だよ。そうだ、なにかが起きた、破壊だ。壁の爆破だ。つまり、これが『文化の爆発』なんだ！」

高ぶった不意の叫び声に、一瞬だけラウンジの目がこちらに集まった。この文化の主は、正式名称がヒト属のホモ・サピエンス・サピエンス。われわれ現生人類の直接の先祖だが、いまからおよそ二十万年前頃に、ホモ・サピエンス・イダルトゥから枝分かれをしたという。

「そのイダルトゥはどこへ？」

「枝分かれから五万年ほどして絶滅ね。理由は分からないよ。しかし、ホモ・サピエンスも『文化の爆発』がなければ、いずれはおなじ運命だったかもしれない」

と、学者は冷静にもどった。唯井は現生人類が当然のように生き物の頂点に立ったとばかり思っていたが、そうでもなさそうだ。よく分からないなにかが幸いしたのだが、へたをすればイダルトゥの二の舞いだ。まあその方が地球全体を俯瞰すれば幸せだったろう。

「《ゆい》さんは『文化の爆発』がなぜ起こったのか、だいたい想像はつくかな？」

唯井はこれまでの話の流れから見当をつけ、

「ここで意識が生まれた？」

「そのとおりね」と、さらに続けて

「一人二役の意識のうち、クオリアがこのとき不完全ながら生まれたんだ。少なくとも今のわたしには、そう考えない理由はないね」

すこし強い口調で断言した。しかし「ダメなんだ」とかぶりを振り、おおいに不満そうに

「世間一般的には『文化の爆発』の原因について、そうは考えられてないね。偉い学者や先生たちは〝遺伝子の突然変異〟で知能が飛躍的に進化を遂げたとか、〝環境の激変〟に適応し知能が進化したなどと主張する。どれも陳腐な代わりに間違いとは言えないだけね」

牧師のように穏やかなＪＪにしては珍しく辛辣で手厳しい。

「〝遺伝子の突然変異〟も〝環境の激変〟も、この二百万年間に何度も発生したはずなのにね。ごく自然に考えるなら、知能レベルではなくもっと大きな変革でないと、モジュールの破壊すなわち『文化の爆発』は起こらないでしょ」

本来この視点に立てば、クオリアは変革の有力な候補であり、どうして生まれ、具体的にど

のようにモジュールを壊し爆発をさせたのか、についてもっと研究され議論されてしかるべきだという。

「じつは世の中の多くの考古学者や人類学者たちは、この意識にはふれたがらないね。まるで部屋の中の象を見なかったかのように」

ＪＪはほかの学者や周辺の世界と、これまで距離を置いてきたのだろうか。

「ではわたしの説はいったん措くとしてね、『文化の爆発』の前後で彼らにどんな変化が起こったのか。じつは出土した人工物を比べてみると、それを推測するのは決して難しくはない。カギは容易にみつかるね」

と言って、目の前のテーブルからムカミがデザートに持ってきた緑色の小さなキーツマンゴーをつまんで取りあげ、

「これがハンドアックスとするね」先端が尖った形だ。次に唯井の胸元のループタイを示し、

「この貴婦人像がビッグ・バン。この差は一目瞭然ね」

百万年ほど前に最初にハンドアックスを作ったあのホモ・エレクトゥスの男は、このマンゴーにひたすら真似て石器を削った。これに対し貴婦人像の作者は、モデルの女を見ながら自分の好みで加工した。唯井の目にはそう映った。

「つまり芸術性のあるなし、ということか？」

「そうだね、まあ当時は芸術品の創作をめざしてないけどね。もっと端的にいうと、作者はモデルの顔を見ながらデフォルメしている。これはつまり〝抽象性〟をなんらかの形で理解していたはず。そしてあの投擲器を作った人物は、こうすれば梃の力が働くという〝想像力〟も持っていたね」

唯井はこれを聞いて納得し、勢い込んで言った。

「だったら『文化の爆発』の答えは、抽象性や想像力ということじゃないか！」

「いやー、間違いではないけど、正解ではない」

「え！　どうしてだ」

「……ではどちらも、どこから降って来たのだろうか？」

「だから、意識が芽生えたとき、一緒にだろ」

「ではその意識はどこからやってきたのだ？」

ＪＪは残念そうに言った。その顔を見て、唯井にもやっと分かった。

「入れ子だ。再帰的構造、リカージョンだ」

リカージョンとは、自分自身の記述のなかに自分自身を含む構造のことで、「失敗した原因は失敗したことにある」のようにどこまでも答えがでない状態に陥る危険性がある。陳腐なストーリーを描く学者も、この問題の手ごわさは身に染みているので、あえて抽象性にも、まして意識にも踏み込んで言及しなかったのだ。ＪＪによると、そもそも人類がいつからどうしてクオリアや意識を持ち始めたのかは、深く議論が分かれるところだ。だから、抽象性と意識に踏み込むことは、二重の意味でリスクが待ち受けていることになる。

と、その時だった。入口のほうでざわつく大勢の声がする。聞き覚えのある日本語に身を乗り出すと、「企暴連」の唯井とは顔みしりの連中だ。わるい冗談が当たった。航空会社のカウンターに倒れこんだあと、やって来たのだ。これから集合までの時間、恥ずかしいほどの肉や果実で、旅のなごりと宴をおしむのだろう。

「一緒に旅行に来た連中だな。ひとりは同業の株屋さんで顔見知りだ」

「かぶやさん？」

「つまり証券会社、investment bankだ」

「どうだろう、《ゆい》さん。よかったら奥に専用の部屋があるけれど」という。唯井はどちらでもよかったが、酔ってこちらに来られてもあとあと面倒だ。「そうしよう」と一緒に立ち上がり改めて見ると、ＪＪは背丈もありがっしりして、本人がいう六十歳にはとても思えない。

その四　宿題

ムカミの案内でラウンジの奥にあるＶＩＰ専用のエリアに移った。英国風の広い客間を思わせる造りで、エリアの中央の広間には古風な円形ソファーが置かれ、左の壁は数架の絵で飾られている。窓から外が見晴らせる右のエアサイド側には、何室かのプライベートルームが設けられている。

「ダブリンの観光名所の古いタウンハウスを真似たんだ」と、その中の一室に通された。広々とした部屋はほんのり薬草のような香りがして、思わずライトブルーのつる唐草の壁紙から漂ってくるような錯覚がする。部屋には半円にならんだうぐいす色のソファーに、小ぶりのテーブルが二つ。

ＪＪはソファーの奥に沈みこむや、急ぎバッグからパイプ用のポーチを取り出し、慣れた手つきでタバコをパイプに詰め込んだ。くぷくぷと着火を確かめ幸せそうにつぶやく。

「書斎で考え事をするときと居間で嫁さんと一緒のとき、しきりにね、吸いたくなる」

「そんなことにならないように、嫁さんよりこれだ」と、唯井はムカミが注いだウィスキーのグラスを持ち上げた。

グラス越しの窓の外には、逆光に映える森の木々が。陽はやがてビクトリア湖の方に沈んでゆき、あと二時間ほどすると唯井は、ムカミに支えられふらつきながら夕日を背にこの船から降りるのだろう。

「《ゆい》さん、さっきはなんの話だったたっけ？」

「リカージョンだ、という話だった。『文化の爆発』の抽象性も想像力も意識も」

「タバコをつけると意識がどこかにゆっくりとね。そう、いろいろと思い出した」

そう言うと、ＪＪは三十年以上前のある男の話だと断りながら語り出した。

その男もリカージョンに苦しみ迷ったね。本心ではシンプルに意識の一種であるクオリアの発生が原因としたかったが、いくら文献をあさり遺物を調べても容易に先は見えなかった。苦しんだ挙句〝ことば〟が、ヒトの抽象性と想像力とを生みだしモジュールの壁を壊した、と結論付けた。

大学の研究室の助手で、まだ二十代の頃かな。意識とするには確信と勇気がもてず、その当時のホモ・サピエンスであればすでになんらかの意識なら、クオリアの萌芽ていどなら持っていただろうと、意識の問題に触れずに逃げたんだ。けっきょく男も部屋の中の象を見なかったわけだ。

しかし皮肉なことに今ではね、「文化の爆発」の頃に使われていた〝ことば〟は、まだ未熟で抽象性や想像力を生み出す力は無く、むしろ発生の順序は逆だと知られている。その予感がしたかどうかは分からないが、あの迷いに迷い下した結論は、なんとかありきたりの説を避けたい、モジュールの壁が壊れた過程にまで踏み込みたい、その一心だということにしておきましょ。

ひねり出したその組立てはこうだった。時代は今から七万年ほど前、「出アフリカ」で中東に出た百人余りのホモ・サピエンスの集団がいた。仲間で狩りをおこなううち、危険に対する合図や警戒音のような〝ことば〟に似た〝音〟を使い始めた。鳥や動物の鳴き声だ。このことは、今に残る舌骨や顎の骨の構造などから十分に説明ができるんだ。そして、彼らの〝音〟は分節していたが、分節の音それぞれに意味はもたない。たとえばトラが出た危険を表す〝トラァーア（トラだ）〟なら全体で一語だ。決して〝トラ〟と〝アーア〟がそれぞれ文法的な意味をもつのではない。とまあ、こんな風にね。

その後二万年ほどの緩慢な繰り返しをへて、目の前のなかまに対し〝ユゥーゴー（オマエゆけ）〟のような命令の〝音〟つまり命令語が使えるようになった。当時の脳の推定容量からこれも十分可能なんだ。ところが問題は〝オマエ〟は目の前の具体的なモノだが、頭の中にいる抽象的な〝自分〟はそうではない。だから「オレゆけ（オレがゆく）」という語は当然使えなかった。

しかし〝ことば〟が徐々に生活に浸透するうちに、生体の感覚を表す音も広まってきた。それは〝おもいゾォ（重いゾ）〟〝いたいワァ（痛いワ）〟のような語尾に使われる音だ。そして遂にそれが〝自分〟を漠然と表す音に転用され使われ始めた、との仮説を展開した。たとえばあくまで男の考えだが、〝ゾォーゴー（オレゆけ）〟のような具合だね。これが抽象語を使った最初の一節となった、という理論構成だった。

やがて彼らはこれを機に、石や木に〝ことば〟を当てはめだした。本来石にことばを授けることは、石という抽象的なモノを作ることだ。やがて重いモノや長いモノが生まれると、二つの壁を乗り越え重くて長いモノの存在が可能となり、ついにはモジュールが壊れて石斧や石槍が生まれた、というのが大まかな筋書だった。

これらの考え自体は、とくに途中の部分部分での事実構成やそれに基づく推論など、当時としてもあるいは今でも、決してそう無理のないものだった。もちろんあとから分かった〝順序は逆〟の点は別として。男の認知考古学研究室の教授も「まあよかろう」とした。もともと〝ことば〟の力を疑っていた男は、だれよりも安堵した。

かくしてその次の年、あれは今でもよく覚えているが、一九七六年の冬にニューヨークでむかえた考古学会だったが、そこでの発表で事件は起こった。その男が、まあわたしだが、認知分科会の教室の壇上で研究の要約をおこない、ほぼ順調に質疑をこなしているとき、一人の認知哲学者が手を挙げた。わたしよりも若い東洋人の女だった。彼女は学会の直前に、英国のジャーナル誌に出版された論文を引き合いに出し、いわく

「その当時に〝自分〟を漠然とでも表す〝ことば〟はあり得ないわ」と。

そのジャーナル誌に出された論文によると、七万年ほど前の「出アフリカ」を果たした頃のようすは、わたしの考えとほぼ同様で、〝ことば〟はまだ、身振りや動作、警戒音、警告音の叫び声が中心だった。ところがそのあとが論文では異なっていた。その次に出てきたのが〝アブー(危ない)〟とか〝デカー(でかい)〟などの形容語で、命令を意味する音節がつかわれ始めたのはさらにあとになってからだ、という。そしてようやく最後に名詞ができて、花に〝ハナ〟と名前がついたのが今から二万年ほど前。だからとても〝自分〟には手がまわらない、という。

若いわたしは彼女の立て続けの追及に守勢一方となり、またうかつにも論文を見ていなかったので動揺し、反論も思うにまかせず研究の骨子は砕けそうだった。そこにとどめを刺して彼女は言った。

「かりに名詞の出現時期の点は百歩ゆずっても、ではその当時〝自分〟を表す〝ことば〟がどうして急に必要となったのですか?」

これはより本質を突いていた、尖頭器の槍のように。先ほども言ったとおり、当時たとえば危険の接近にあわせ、『トラヒィー』を『トラが近いぞ』、『トラフィー』を『トラが遠いぞ』のように、語尾の音素を変えて全体を一語として使っていた。ここまでは良い。彼女によると、そうするとなぜその時〝自分〟をこのトラのように〝音〟で表す緊急性が生じたのか。ホモ・サピエンスは誕生から少なくとも十万年以上もこの〝自分〟に付き合ってきたのに。

研究発表はなにを喋ったのかおぼえてないほどさんざんな結果におわり、学会に出していた抄録のアブストラクトも撤回した。研究室からも非難のささやきが聞こえたが、わたしの方は逆に教授もふくめだれも助けてくれなかったとの喪失感がつのり、両者の壁は不幸にも崩せなかった。

ＪＪは、「男はやがて孤立してしまったのさ」と、だれに言うともなく呟いて話をおえた。研究の世界というか、ズバリ学者さんの世界もいろいろあって、そう簡単ではないようだ。べつに唯井に話しても気は晴れないだろうが、なんの苦労もなさそうなＪＪでも、どこかで挫折を味わっていたのかと思うと、妙に安心感が生まれた。いつの間にか気づいたら、唯井もむかしのことを喋っていた。

「オレのいた研究室は敵ばかりだった。師匠はやさしいが最後はオレしか頼れない」

どんな研究室かときくので、「将棋だ」と答えた。

「しょうぎ?」とJJは一瞬とまどったが、「ボードゲーム」とすぐに理解した。唯井が十五年以上前に指したすべての対局の手順を、今でも初手からすべて再現できると言うと、「プロみたいだ」と感心した。唯井は小学生の五、六年の頃にはもう地元では敵《かな》うものがなく、親やまわりの勧めもあって師匠に弟子入りをした。その後、今にして思えば人生を賭ける覚悟もなく、中学でプロを養成する「奨励会」に入会した。将棋は四段からがプロだが、そこは異常な天才ばかりの世界で四段の壁はとてつもなく高い。対局する相手は若くして妖気さえ漂わせていた。それでも必死に彼らとの勝負に食らいついたが、結局高校三年生のとき二段で己の才能に見切りをつけた。

いままでマッさん以外の他人にこんなことは話したことはない。ついでにその後の司法試験と怪しげな会社の失敗談も、かいつまんでだがすべて話していた。JJは途中「ウン、ウーン」とうなずいたきりだったが、聞きおわると
「いまの会社には満足なの?」と問いかけてきた。同業者におなじアンケートを取ったら、八割は不満とこたえるが、実際に辞める者は一割もいないだろう。

「なやんでない、と言ったらウソだね。だけどもう次はあとがない」そう言うと、

「若いのにね、人生なんでそんなに狭く考えるの」と笑いだし、

「たとえばここにも、その可能性が一つころがってるよ」

「へぇー、どんな？」

「ムカミの父親はここからそう遠くないガタイティにある農園で、コーヒー豆の栽培を手広くやってるね。もし《ゆい》さんがコーヒーが嫌いでなければ、ケニア山のふもとで気のいい農民たちと、ゆっくり暮らすのは悪くないね」

「いま観光ビザで来てるんだぜ」

「ここでは恋は一瞬、結婚は一族さえ同意すれば問題ない。役所の結婚証明書だってとれる、欲しければだけど」

このことばに甘く誘導され、一瞬だけ赤い豆と青い山と褐色のムカミを想像したが、すぐさま深月に近いクオリアだか神経回路がこれを一蹴する。

「いや、オレのつまらない話で、すっかり水を……」と続きをうながし、ＪＪは再び話し出した。


その後わたしは大学をうつり、考古学や心理学の研究のかたわら、あのときの失敗をはんすうしていた。〝ことば〟ではなく、もっと当初の原点にかえり考えてみる必要があった。

そうなんだ。貴婦人を彫った男はモデルを見ながら、われわれと同じクオリアを実感していたはずだ。それで抽象化することができた。一方のハンドアックスの男はどうか。百万年ほど前サバンナや森の世界に暮らしながら、この男はどんな光景を見ていたのか。そして今から七万年前をさかいに、その光景は確かに変わり始める。ではなにがどう変わっていったのか。その前後のようす、つまり変わってゆく「光景」を突きとめれば、そこから自ずと抽象化の答えは導けるはず。わたしはこれらの光景をホモ・サピエンスの「クオリアの光景」と呼び、これが求める原点だと考えた。しかしそのあとが完全に行き詰まってしまった。出土した頭蓋骨のどこにもそんな手掛かりはない。以来この問題は頭のどこかに、しかし確実に根を下ろして解明を待ち続けた。

そんなとき偶然に、ヒトは他者の心を推測し理解する力、「心の理論」を持っている、という考えに出会った。出会ったというよりも、どの論文を読んでもなにか手掛かりはないか、という目でこの原点をぶつけていたのかもしれない。「心の理論」はあの悲惨な学会の二年後、一九七八年に動物心理学者のプレマックらによって提唱されたもので、〝理論〟と名はついているが〝推論能力〟という意味なんだ。ヒトが大小の集団のなかで狩りや採集をしながら生きて行くには、一族の族長やグループのリーダーがなにを考えているか、その目や表情や態度などから窺い、想像し、相手の気持ちになってうまく合わせてゆくことは不可欠だね。この推論能力の明確な差が、チンパンジーとヒトとを分かつ結果になったともいわれている。

この相手の気持ちになる能力自体は、ホモ・サピエンス以前のヒトも持っていて、抽象性や想像力の獲得と直接関係はないとされている。しかしわたしの頭のなかで、機が熟するのを待っていたものが、ピンと目を覚ました。漠然とだが、なんらかの関係はしているのではないかと。つまり〝相手の気持ち〟を〝相手の目〟に置き換えれば、これは〝相手の光景〟をかりて自分を見ることじゃないか。だとすればまさに二つの光景を跨ぐものとなりうるはずだ。

その翌年にこの考えを確かめる機会は期せずしてやって来た。助教授として初めて考古学会の仕事でイラクを訪れ、おわって国立博物館を表敬し、勧められるまま古代シュメール王朝の石像群を見学したときのことだった。そのなかに俗に祈願者像といわれるものがあった。薄暗い展示室のなかで、大小十体あまりの老若男女の像が、光に照らされおのおの立ったまま一心に目を中空に向けている。どの像もまるでわれを忘れたようだ。案内の学芸員が、

「これらの像はいずれも紀元前二五〇〇年前後に造られ、テル・アスマルのアブ神の神殿から出土しました。じつは祈願者本人により神殿に奉納されたものです。祈願者の守護神

は、神殿のアブ大神のもとに祈願者本人の願いを伝えに赴きます。このとき像は本人の代わりに、祈りながら守護神の首尾を見守っています」と解説をした。

「なるほどね」

像の目はどれもその顔にくらべ異様に大きくまるい。わたしにはその目は、ただただ虚空を眺めているだけのように見えたのだが。学芸員はさらに付け加えた。

「シュメールの王、グデアは自分の像を多数ラガシュ市のニンギルス神の神殿に納めていました。神に近いとされる王といえども、必ず自らの守護神に魂が導かれたうえで、初めてニンギルス大神のもとに額《ぬか》づくことができます」

「え、守護神に魂が導かれる！　それはこの祈願者たちの場合も？」

「はい、ときには祈願者本人の魂をともなうことも。そして魂が額づくときは王と同じです」

目の前の神殿には、いまから四千五百年以上も前の奇妙な光景が出現している。大神にみちびく守護神と、額づく本人の魂と、大きな目で本人に代わりそれを眺めている祈願者像。この時だ、この光景に閃きと衝撃がはしった。

「まてよ祈願者像はなにを見ているのだ！　そうかこれだ、これがあのホモ・サピエンスの『クオリアの光景』だ」

苦しみ模索していた環《わ》が、やっとこのとき私の中で繋がったんだ。

ここまでＪＪが話したとき、ムカミが「ソーリー」と音もなく入って来て、「博士そろそろお茶にしましょう」と告げる。夢中で話し込んでいたので、なんどもノックしたのに気づかなかったのだ。時計は午後四時を少し回っている。出発ロビーまではゆっくり歩いて十分ほど、集合にはちょうどいい時間だ。ＪＪは残念そうにウィスキーの残りを一滴流し込んだ。

唯井のなかでも、突拍子もない半信半疑のしかも頭を混乱させる話が、残念なまま終了した。意識の不思議議か。面白そうだ。人生なにも将棋や試験や金儲けばかりじゃない。

「《ゆい》さん、さっきの〝ホモ・サピエンスのクオリアの光景〟ぜひ自分でも考えてみて」

「分かったよ、これは宿題だ」ほんとに残念だけど、永遠の宿題だろう。

もう同業の株屋さんたちも去ったに違いない。テーブルにはティーカップが二つ置かれ、ムカミがすこしかがみながら豊満な胸元をみせ、ポットから紅茶をそそいだ。なにかの薬草のようでねむりを誘うような香りだ。

「引き込まれるような、頭がスーと遠のくような独特の香りだね」

「シャムロック・ティーという名の薬草茶だよ。本当のシャムロックは故郷のアイルランドに自生してるね。むかしから煎じたものは、気付け薬とも、夢にもまた過去にもさそうといわれてるね」

夢か、この夢もうすぐおわってしまう。そうだ！　急に太古のある絵を思いついた。「最後にひとつだけ」と、どうしても確認したかった。

「学校の美術の教科書で『アルタミラ洞窟の絵』を見た。今までの話からすると、作者がウシをみて描いたのなら、その人物は記憶力と想像力があって、誇張もしているから抽象性も理解している。たぶんウシという名詞も知っていて、だから言語能力もあって、意識も存在する。それで彼の人間像は間違ってないか？」

「すばらしい、ひとつを除きほぼ完ぺきだ」

ＪＪは最後の一服をつけてうなずいた。え、ひとつを除き？

「そう、ひとつを除き。つまり、あの絵は一万三千年前ごろに描かれたから、まだ……」

ムカミが近づいてくる。

「残念だけどリミットらしい」

「分かった。ＪＪ、楽しかった。また会えるときに、続きを聞かせてくれ」

「そうだね、そうだ！」と言いながら、ＪＪはジャケットのポケットをごそごそやって、少し茶色く変色した一枚の名刺をとり出し、その裏になにやら書き込む。

〝Dr. Jonathan Joyce《博士　ジョナサン　ジョイス》Princeton University《プリンストン大学》

Professor Emeritus《名誉教授》〟と渡された名刺にはあった。

「邦訳で出した本の名前と、ついでにバルセロナの連絡先をね。できれば本はぜひ読んで」

書名は『アキレウス―幻影と神々』(別注1)とある。

「宿題もあるよ。ぜひバルセロナに訪ねていらっしゃい」

ラウンジの手前まで見送り、握手しながら言う。

「ありがとう、ぜひそのときは」でももう二度と会わないだろう、バルセロナに行くこともないだろう。

唯井がムカミのあとについてラウンジのフロアーに歩き出すと、後ろの広間からＪＪの声が聞こえる。

「《ゆい》さん、そのときはわれわれの意識が、つい三千年前まではなかった話をしよう」

「え!」いったい最後になにを言い出すんだ。バカな、とっくに生まれてるだろ。

ふりむくと、ＪＪはさらに大きな声で付け加えた。

「《ゆい》さーん、詳しくはその本だよ。アキレウスの話だ、ホメロスの、ギリシア神話の!」

唯井はそのままラウンジを出て、搭乗ゲートへ向かう通路をふわふわと人を避けながら歩き、耳に残ったことばを反復していた。

「意識がつい三千年前までなかった、本、アキレウス、ホメロス、ギリシア神話」

どう考えても辻褄が合わない話だった。また、いつものこだわりが「そんなはずはない」と顔を出した。

「そうだ、マッさんにJJを知っているか聞いてみよう」と、思わず声が出た。事実、マッさん自身は市民向けセミナーにも興味があるくらいだから、まんざら無縁ではない。会社の携帯電話をとり出し歩きながらメールをした。

「時季夫です。これから無事帰国します。さっきまで英国人の考古学者と、ラウンジで飲んで石器時代の話をしていました。おもしろい人でした。自宅に来いとも。翻訳本も出てるジョイスという人知ってます？」

ふだんならしないメールだが、酔っていたのとJJの話をきいた高揚感と、やはり異国の解放感がそうさせたのだろう。東京は夜の十時頃か。奇跡的にマッさんが酔っぱらっていなかったら、成田に着くまでに返信がくるかもしれない。すると予想外にすぐに返信メールが来た。

「いま会社です。知ってるような？　でもジョイスだけではね」

会社？　こんな時間に。仕事が忙しいのか。ほかに特徴はないかと考えて、「中年、日本語が達者」と打ったが、唯井にはなかなか決め手となるものが浮かばない。イライラと目をそらした拍子に、古い名刺に気づいた。そこで、大学名や肩書と本の名前『アキレウス―幻影と神々』も打ち込んだ。そうメールしたところで出発ロビーに着いてしまった。みんながいる、吉村事務局長の顔も見える。

「すみません、遅くなりました」

「いやー唯井さん、ごきげんで」どうやら唯井の顔がまだ赤いらしい。

「ナイロビにいい娘《こ》でもできたのかと心配しましたよ」ムカミのことか？

そのとき、上着のポケットに入れた携帯電話から着信音が大きく響く。メールじゃない、電話だ。唯井はなにかいやな予感がした。やはりマツさんからだ、どうもずいぶん声があわてている。

「ああ、時季夫君？　わしだけどさ」

「はい」

「急いで、さっきのジョナサン・ジョイス氏に伝えてくれ。たのむ、すぐにだ」

「でも、もう時間がありませんよ」

「とにかく頼むから、日本人が、一度、仕事の話がしたい、とぜひ伝えてくれ」

「どうしたんですか？」

「ワケはあとだ。講演の依頼だ、あの本の続きだ！」

唯井は頭の中ではあらがいながら、時計を見ると同時に走り出していた。搭乗開始までもうぎりぎりだ。ワケの分からないまま唯井の神経回路が、酔いもてつだって異常発火をしてしまった。今来た通路を逆に、向かってくる人を避けながら、全速で飛ぶように引き返した。JJはもういないかもしれない。五分ほども走っただろうか、ラウンジが見える。

息を切らせて中に入ったが、フロアーを見渡してもJJは見当たらない。奥に個室があった。うまいぐあいに受付にはムカミがいた。驚く彼女に奥のほうを手で示して「Is Jonathan there?《ジョナサンはそこにいるの?》」と聞いた。彼女は首をかしげ、「Maybe《たぶん》」と答えた。よかったと思って、広間からさっきの部屋に飛び込むと……。

そこにはMr. Jonathan Joyce《ジョナサン　ジョイス氏》の姿はなかった。

見回しても、先ほどのテーブルとソファーは空っぽだった。唯井は飛んで走ったせいで目が回り力が抜けてソファーに座り込んだ。

「唯井さん、唯井さん。もう、搭乗が始まっていますよ!」

息を切らし心配して追ってきた吉村事務局長が、苛立ちと安堵の入り混じったようすで唯井の肩を揺さぶった。

一瞬の眠りの世界から呼び起こされて、辺りをもう一度見回した。テーブルの上にはシャムロック・ティーのカップと灰皿が残され、パイプから掻き出された灰から、まだ微かに煙が立っているだけだった。
ＪＪの姿は消えていてどこにも見当たらなかった。

第二章　サバンナ

その一　夢

東京へ帰る機内のざわつきも、きゅうくつな座席でアフリカ最後の夕食を済ませた頃には静かになった。唯井はドバイでのトランスファーまでにすこしでも眠っておこうとした。そうは思っても、頭のなかは明日からの不安が、先ほどまでの高揚感を覆いはじめている。

一週間近く休んでいた仕事はかってに片づいてくれない。――まあ仕方ないだろう――間違いなく一気に山のような連絡や指示と、中にはやっかいな案件が待っている。それと気が重いのは部長や役員への型どおりの報告だ。じっとかしこまっている、意味のない時間だ。「なにしにゆくんだ」と、前例のないケニア出張でもめた人事部へのあいさつもそうだ。でも、こんなことは頭を下げていれば過ぎてゆく。しつこいクレーマーのおどし文句の電話も時が解決する。人は意外と土砂降りの最中でも辛抱ができる。じつはほんの一筋の光をみたときに、もうこの土砂降りはごめんだと、多くは折れてしまうのだ。いまの漠とした不安の根もそこかもしれない。

ふと、どこか仕事のあいまに深月に会えればと考えた。深月には「いちど実家に来てほしい」と言っているが、いつも「そのうちに」とはぐらかされていた。――その前に母親へ話しとかないと。ああそれよりも坂本顧問に旅のあいさつだ――

この旅は昨年、一本の突然の電話から始まったが、おわりも一本の強引な電話だった。マッさんは確かにこの期を逃すまいとあわてていた。ＪＪは著名な学者だろう。だから日本で講演をと言ったのだ。しかし唯井が、ＪＪに会えなかったと連絡したあと、「お疲れさま、しかし残念」との短いメールがきて、いっときの熱が冷めたようだ。ジョナサン・ジョイス博士とは何者か、これは帰国してからぜひ聞いてみたいが、日常に紛れて耳から砂がこぼれるように忘れてしまうだろう。だから直ぐに博士のバルセロナの連絡先もメールしておいたが、短く「ありがとう」とそれだけでおわった。

機内照明はうす暗く落とされ、まわりを見ると大半は疲れで思いおもいに眠っている。ありふれた旅の光景だが、窓が閉ざされているせいか、この灰色がかった高速の空間が、一瞬止まった映画館のような錯覚におちいる。もう少しこのままでいたい。今は現実から逃れられる貴重な時間だろう。

唯井が軽く目を閉じていると、無意識のうちに記憶が次から次と湧きあがり、なかでもひときわ強烈に耳によみがえるのは、別れ際のあのことばだった。

「われわれの意識が、つい三千年前までなかった話をしよう」

「詳しくはその本だよ。アキレウスの話だ、ホメロスの、ギリシア神話の！」

これは寝耳に水だった。われわれの意識はとっくに生まれていたはず、唯井はそう思ってずっと話を聞いていた。つまり、およそ四万年前に「文化の爆発」を起こしたとき、意識の一種のクオリアが先に生まれ、そのあとすこしは時間を要したが意識ができた、と信じ込んでいた。ところがホメロスが歌うアキレウスの時代になっても、人にはまだ意識がなかった。知りたいなら、その『アキレウス―幻影と神々』を読め、そんなメッセージだった。最後までうまくしてやられたような格好だ。

考えてみるとアキレウスたちはトロイア戦争を引き起こしている。意識の欠けた戦争など普通ならあり得ない不可解な話だが、この答えが本に書かれているらしい。ついでにもう一つの謎「クオリアの光景」の答えもあれば良いが。こちらの方はアキレウスよりさらに数万年前の話であり、ＪＪの若い頃の個人的な話も入り混じっているから期待はできない。

結局、唯井の首にかけた彫り物をきっかけに、およそ二百万年前の祖先と石器から説き起こされた話は、ふたつの謎と心地いい疲労感をのこして途中でおわった。彼らの知能はすでに他の動物よりも高かったが、われわれとは違った神経構造をしていた。それが紆余曲折をへて徐々にヒトに近づき、アルタミラ洞窟の住人をへて別れ際のアキレウスにいたるという、まことに壮大な話だ。そのなかで祖先はいまから四万年ほど前に、長いトンネルを脱して「文化の爆発」を起こしたというが、それを引き起こしたのは〝想像力と抽象性〟らしい。なんと、考古学者は無形の物まで掘り起こしてくるものだが、もし本当ならこれは、人類史における最大級の発明ではないか。

このあたりは学者としての彼一流の世界だった。この発明に一役買ったのがクオリアだという。唯井にはなじみのうすいことばだが、人はだれでも持っている。というよりも順序が逆で、クオリアがあるから自身も唯井時季夫だという実感が生まれ、この百七十五センチの肉体と繋がりを維持できている。ハンドアックスを削った男に、クオリアが新たに生まれ、その光景が変わったときヒトは動物から人になったのだ。

もちろん真実はどうか分からない。多くの学者が説くように、「文化の爆発」はクオリアとは別のなにかが要因で、ヒトのクオリアは二百万年前から存在し、今となにも変わっていないかもしれない。すると、共通の先祖から枝わかれしたチンパンジーも、変わらないクオリアと、ひょっとしたらなんらかの「自分」をいま持っているのだろうか。ではハイエナは？　ウシは？

コウモリは？　さらには……。いったいどこで線が引けるのか、これは興味深いがたぶん答えのない問題だろう。

さらに、唯井には意外だったが、ＪＪの若い頃の学会での研究発表と、その手痛い失敗も生々しく赤裸々に語られた。その挫折のうえに、イラク国立博物館の祈願者像の話が続く。そこで、ＪＪはクオリアの光景の変化についてなにかを発見したのだが……。残念ながら時間切れとなった。その結果酔った頭の中には、さまざまな断片が未解決のまま取り残されてしまった。

クオリアはアキレウスが登場するまでに、一段と進化したはずだ。唯井が読んだギリシア神話のほんの一編だけでも、そこに登場する神々や英雄たちは、今のわれわれと変わらないきわめて人間くさい愛憎を繰り広げるのが分かる。しかしＪＪはこの時代にはまだ意識が生まれていないという。ならば、この意識のないアキレウスたちの世界とは実際どのようなものか。また「クオリアの自分」を持つアキレウスには、なぜあともう一押しで「意識の小人」が生まれなかったのか。疑問は尽きないがしかしここでムキになっても仕方がない、帰って調べればはっきりすることだ。こうして初対面の外国人と共にした奇妙で安らいだ時間は過ぎていった。いや、一緒にもうひとりムカミがいた。

この辺りが今のところ、唯井の無意識の頭から湧き出てきた記憶と、そこに積み上がった想像だろうか。そのうちこれもあれも忘れてしまうだろう。機体はこれから四時間かけてドバイまでゆき、そこから夕刻の成田に向かう。ヘッドレストに寄りかかりまどろむには丁度いい時間だ。きっと二十四時間不休の神経は、記憶とともに不安をかき集め、夢をみることで解放しているのだろう。記憶は絶えまなく流れ出し、不安は次々と浮かび上がる。それは傷ついた人間が、「自分はいまだれなのか、いま大丈夫なのか」と本能的に絶えず問いかけるからだろうか、ねむっているときでさえも。

あんのじょう無意識の海から湧き続ける泡にまぎれ込んで、また唯井の〝こだわり〟が顔をだしてきた。

「いったい、意識のないアキレウスが生きていた世界とは、どのような世界だ」

そう言われても、唯井はアキレウスの話をギリシア神話の断片的な本でしか知らない。ましてそんな目で読んでもいない。疲れているから、それにどのみち東京に帰れば分かることだからと、まどろみながら拒んでも〝こだわり〟は容易には消えない。——まあいいか——現実から逃れるためと知りながら、唯井は想像をさらに広げていった。

唯井自身もうろ覚えだったが、たしかギリシャ神話のなかで、アキレウスは母の女神の言いつけや、身に下された神託や予言といった本人も関与しないものに翻弄され、迷いつつトロイアとのいくさに参戦した。またギリシアの総大将と女をめぐっていさかいとなり、刀に手をかけ「殺してやる」と大事件になる寸前、遣わされた女神アテネに後ろ髪をつかまれ引き戻されている。そうかと思うと、いざ敵将ヘクトルとの戦いとなり、これを打ち取ったが、そのあと狂暴にも何日にもわたり遺骸を戦車で引き回し続けた。

かたや女神に引き戻されて神妙に一歩手前でピタリとやめ、かたや女神がいないのでいつまでも戦車で遊んでいる。もしJJの本に書かれてあるとすれば、これらの行動を指して意識のない者としているのか。またJJの説では、われわれは自分自身の代役として、心のなかに〝意識の小人〟を持ち、しょっちゅう自問自答している。ところが唯井には、どうも神話の中で描かれるアキレウスはどこを探しても、立派な肉体と欲情はあるが、本心と悩みを自身に語ることはしない、と感じられた。つまり打ち明ける小人のような存在はでてこない意識がない世界だ。そもそも一国の命運かけた戦いを平然と、女神の声や神託や予言にゆだねる。いまのわれわれからすると、やはりどこか根本的に違っている。ホメロスが歌う世界は、われわれには容易に理解しがたい、なにかに操られたような世界である。

しかし、ここまでの唯井の想像は、神話の世界におけるアキレウスたちの話だ。他方、JJの言っている〝つい三千年前……〟というのは、実際にトロイア戦争が起きた歴史の世界での話だ。実際の世界では、この戦争に参加した武将たちは、母国でその準備に追われたはずだ。そして配下の差配人などは大きな軍船の手配や武具や馬の調達を始め、さらにこまごまと船大工の手配や食料の準備、荒っぽい雇い兵との交渉などをおこなっただろう。その際とても天上からの声など待ってられず、自分でいちいち「よし」、「だめだ」と即断即決の判断をしなければならない。

さらに、トロイア戦争でおおぜいの英雄や武将が船団をひきいて集結できた背景には、当時のさかんな交易があったはずだ。差配人のほかにも、文字と数字と計算のあつかいに長けた商人たちが登場し、いろいろな交渉に際して「意識の小人」と儲けの算段をしてもおかしくはない。

唯井もこう考えると、どうも当時必要に迫られて、一部の民には意識が芽生えはじめていた、とした方がすんなり行くのではないか、と思い始めた。JJがどう言うか分からないが、案外「《ゆい》さん、意識がないのは、王と英雄と武将それに遊牧民と農夫や奴隷なんだ。文字や数字で生きる交易の民や差配人は、すでにそれらしきものが芽生えていたんだ」などと、当然のように言うかもしれない。

そうなんだ、と唯井はうなずいた。世のなかのことばは、それが正しかろうが間違っていようが、たとえばJJのような権威者からこのように放たれると圧倒的な力を生み出す。これと同じで、アキレウスにしてもべつに正解を求めているのではない。自分がないから決めかねているだけで、「オレは女神や神託やら予言の声とことばに従っている」という確固たる安心と自信さえあればいいのだろう。

ではアキレウスのいた当時は、意識のない者とある者の入り混じった、まだら模様の人間世界だとして、そこで交易の民はいかに女神たちと縁を切り「意識の小人」を呼び込んだのか。いやむしろ女神の方から民の不信心に愛想をつかし去ってゆき、声が聞こえなくなったので、やむなく小人を探すハメになったのかもしれないが。唯井にはこのあたりの歴史的ないきさつが、本当はどうなっていたのか知るよしもない。もちろんギリシア神話にはヒントらしきものも描かれていないだろう。


唯井がもういろいろと想い考え疲れ、一瞬のねむりに吸い込まれたとき、あ、と気づくとあの顔が出てきた。あわてて頭をあげまわりを見ると、機内はうす暗くテーブルには飲みかけの水割りが一つ。ねむりの中にあの社長がいた。無意識に手が出て、カラカラの喉に生ぬるい水割りを流し込んだ。

そうだ、あの会社ではマンションを売るため一日中客のところを駆けずり回り、つかれてビルにもどるとノルマの電話だった。マンションといっても専ら投資用のワンルームで、ローンとセットで押し付ける。考えることは邪魔で、ウソでもなんでもひたすら買わせることだけに専念した。命じられるままに身体が動き回っていた。社長は暴走族あがりだとの噂のある四十代の男で、あいそうは良いが細い眼の奥には酷薄さを宿していた。唯井が入社後しばらくして連れて行かれたキャバレーで、同行した元ホストの社員に「そんなに金を稼いでどうするんだ」と聞いたことがあった。奴は指名したキャバ嬢を抱きながらこちらをちらっと見て、「あんたあたま、おかしいんじゃないの」と嘲笑した。その元ホストが金を持ち逃げしたときは、めずらしく社長の形相が変わり、数人で女のマンションに先回りをした。土足で部屋に上がり明かりを消し息を殺し、女の口を押さえてひたすら待った。これが唯井が自ら選んだ二年間だった。

その前の失敗が司法試験だった。唯井は将棋のプロ棋士を高校三年であきらめたあと、取り返そうとでも考えたのか、またもや無謀ともいえる挑戦に走った。将棋が才能ならこの試験は中毒性のあるギャンブルだった。これは当初から、三十歳までとリミットを決めていた。親元で暮らしながら。なんとか塾のアルバイトにありつき、そこで深月と知り合った。しかしここ数年、年に一度、試験で一発逆転の夢を追う生活ばかりで、一緒に暮らせるわけではない。心配してマツさんがよく「うちに来ないか」と言ってくれた。三十を迎えマツさんのさそいに九分九厘傾いていた。ところが、あの日一瞬の間にあの社長のところに決めていた。ほんとうの理由は唯井にも分からない。今までの失敗のうっぷんなのか、一度しがらみを断ちたかったのか、あるいは抑えていた自己が飛び出したのか。

そんな失敗の数々が、なんどもさっきの社長の顔のように無意識の海から湧きあがり、これからも無ざまだ恥だと責めさいなむだろう。唯井の頭の中で、忘れたいことと、漠とした不安とラウンジでの興奮が混じりあい、やがて懐かしい人の顔やはなし声があらわれ、だんだんと話の辻褄が合わなくなってゆく。そのまま吸い込まれるようにこんどは深い眠りに落ち、ＪＪの話に出てきた太古のサバンナの夢を見た。

その二　サバンナ

草原のかなたに、逆三角形の樹冠をした孤立木《こりつぼく》がほそ長くのびている。その遠く向こうの地平には、見おぼえのある軍艦のような青黒い山容がつらなっている。なかでもひときわ高い頂きがケニア山だろう。するとここはナクールかナイバシャあたりか。まわりを見ると、ところどころにボロのような緑をまとった小さな丘や岩山が点在している。そして素っ裸の褐色の肌をした男たちが十数人、歩いている。手にはそれぞれ槍などを持ち、なかには腰になにかの毛皮を巻きつけている者もいる。これはＪＪの〝屍肉あさり〟の話にも出たケニアのサバンナの風景だ。

男たちはだまって身を低くし、一頭の黒い巨体のウシをゆっくりと追いかけている。手にする武器もまちまちで、石斧や長い槍もあれば、尖ったおおきな石だけの者もいる。これからすると、「文化の爆発」が起こり始めた頃のホモ・サピエンスたちなのだろうか。先頭をゆくウシの歩みはますます遅くなり、ケガでもしているのかと思ったとたん、後ろ脚から血がたらたらと流れだした。なにやら、ハイエナにでも襲われたものか。原始人たちはウシをいつまでもつけ回し、やがて弱るのを待っていっきに屠る作戦なのだろう。そう考えたとたん、今度は原始人たちがいつでも飛びかかれるかのように、距離をすこしずつ詰め始めた。そうか、夢だから俺が思ったことが直ぐに取り込まれたのか。

ウシは苦しそうになんども首をふり、やがて止まってしまった。追跡には勘づいている。そこにやせた若い男が皮のふくろを重そうにかつぎ、素っ裸で汗を掻きかき走ってきた。男は肩からふくろを下ろし、前かがみに荒い息でウシのほうを見ている。少しあどけなさが残る十代はじめごろのようだ。そうだこの男なら好都合だ。まだ想像力や抽象性は理解できないだろう。この男の動きや見ているものをよく観察すれば、なにか宿題の「クオリアの光景」について分かるかもしれない。いや、いっそのこと俺がこの男になればいい。男のなかに入ればいい、かんたんだ。夢の中のゆるんだロジックが納得させた。そう思って見ていると、急に視界がちいさく楕円形の窓となり、外にはさっきのウシを追いかける光景がひろがっている。これはまさに男の視界だ。

それなら俺自身が、男のいわばクオリアのようなものと繋がったのか、と一瞬よろこんだがそうではなく、俺自身のクオリアの実感はそのままで、男のクオリアのようなものが感じられなかった。ここはきっと男の頭蓋にある眼球のくぼみ、眼窩《がんか》の部分で、俺はそのなかにいるんだ。俺は単に目をかりて外を見ているだけだ。俺の後方にはふたつの眼窩が小さい穴となって合流し、その奥はもう光はとどかず、うす暗い壁で覆われている。そこはおそらく大脳で、ここに男の感覚や感情や欲望がまだ未熟な知能とともに納まっているはずだ。俺が知りたい将来のクオリアを発生させる装置というべきものも。でも残念ながら、この若い男がいま見ながら感じていることを、自身の口で喋らせることはできない。だから俺のほうが若い男の身になって、かぎりなく感覚を近づけるほかに、その光景を知る方法はないだろう。夢のせいで、そんな安易なことを考えた。

またウシが脚をひきずりながら歩き始めたが、男はまだ立ったままだ。後ろからだれかに背中をドンと小突かれ、驚いてそのまま歩きだしたが直ぐにふくろが無いのに気づき、あわてて取りにもどりまた重そうに担いでついてゆく。この身体を支配しているのはむろん男のほうだが、身体の震動や動きは俺にも伝わってくる。俺の意識は頭蓋の中で大脳ときみょうな同居をしているが、そのせいか先ほどから男の感情のうねりのようなものが、骨の壁をつうじてほんの僅かだがつたわってくる。

太陽は容赦なく照り付け、ウシは苦しそうによだれを垂れている。ウシはいつのまにか水牛にかわっていた。一団の族長とおぼしき男は張り出たひたいに手をかざし、精悍な目つきをそそぐ。頃よしと、無言で何人かを指し示し行けと合図した。三人ほどが背をかがめ、音もなく前方の茂みまで小走りに向かいその陰にひそんだ。

しばらく三人は息を殺し、近づいてくる音をはかりながら待っている。「ドッ、ドッ、ドッ」と音がはだで感じられるまでになったそのとき、いきなり「ウォーオー」と奇声を発し勢いよく踊り出し、槍で水牛のゆく手をふさいだ。水牛は重い巨体をひるがえし後方に逃れようとしたが、まわりからいっせいに槍が投げつけられた。数本が「ズッ、ズッ、ズッ」と命中し、「ブモォー」という叫び声とともに後ろ脚からくずれおちる。さらに何本もの槍や石が投げつけられ、水牛は身体をささえきれず横だおしとなった。

倒れてもなお四肢をもがきながら起き上がろうと痙攣を繰り返す。血のにおいをハイエナや猛獣がかぎつけると面倒なことになる。族長が槍を持ってようじん深くちかづき、血をよけいに流さないよう股間につき立てた。断末魔の叫び声を聞いて、一団の男たちははじめて歓声を上げ小躍りした。

急いでやらねばならない仕事がある。獲物の解体と居住地、キャンプへの持ち帰りだ。大人たちは巨大な水牛のまわりに集まりだし、若い男もあわてて皮のふくろをもって駆け寄った。大人たちはなにかことばを発しながら、それぞれふくろからナイフのような石刃やハンドアックスを選び出した。これから獲物の骨と関節をくだき、皮を切り内臓をとり出して解体してゆく作業が始まるのだろう。洞窟のある居住区まで運べる大きさにバラさなければならない。時間は限られている。

「ガシッ」「グシャ」と骨が岩で砕かれる音がして、あたりに血が飛び出した。まずは四肢の関節からとりかかり、四つの塊に分けるようだ。そのあと腹をさくと、ＪＪが言うとおり内臓が詰まった腹膜がゴロンと出てくるのだろう。男たちはもくもくと分業を開始し、だれが命ずるともなくながれ作業が進められてゆく。

「モジュールがまだ残っているんだ！」俺は夢のなかで叫んでいた。男たちが七歳児の知能で「これから解体だ」と考えたとき、モジュールのスイッチが入ったのだろう。獲物を目の前にすると、無意識に手が岩や石刃をつかみ、勝手にその手がうごいて決められたとおり作業に取りかかったのだ。

男はまだ若く経験があさいので作業は見ているだけだ。しかも関心は作業よりも肉や血のりのついた骨のおこぼれだ。くだかれた骨が近くに転がってくるとすばやく飛びつき、両手で持って表面をせせった。そのためつねに視線が足もとに向けられ、俺は全体の作業のようすがよく分からない。「これは外へ出ないと……」そう意識を集中すると、都合よく夢の視界が広がり、元どおり体外に出ることができた。

族長はと見ると、岩の上で遠くのハイエナにじっと釘付けだ。ハイエナは五匹ほどがウロウロし、見張りの男がときどき石を投げて威嚇する。族長は解体の場にもどると、もどかしい作業のようすを見て大人たちに「ハーリハリィー（いそげ）」と叫ぶ。どうやらＪＪの学会の話に出てきた〝命令の音節〟のようで、強い語尾の口調からひっ迫度は高そうだ。獲物が予想外の大ものなのに、モジュールはいつものスピードだ。ハイエナは数がふえると興奮しいつ攻勢に転じるか分からない。

族長は急に「そうだ」と気づき、ごつい顔を骨を拾い食いしている男にむけ、手まねきで「カームカァム（こい）」と叫んだ。男の顔に緊張がはしった。この命令語はどうにか分かるようだ。言われたとおり近づくと、族長が男に逆三角形の樹冠をした孤立木のさらに先を指さした。そこにはケニア山のふもと、黒い色をした森林がひろがっている。男の顔と見くらべながら、なんども「あれだ」と言わんばかりに森林を指さすと、男もその都度うなずく。どうやらなんどか行ってあの森林を知っているようだ。

すると族長は大声で森林にむかい「ラジャ」「ラジャ」となんども叫びだし、男も小刻みにうなずいた。おわると、こんどは両手を手前に引き寄せながら、「ラジャーカァム」「ラジャーカァム」と呪文のごとく一心に繰り返す。この一連の叫びと手まねきを何度かおこない、分かったかと言うように男の顔をにらんだ。とどめに右手で男の頭をわしづかみにし、森林に向けたまま「ラジャ」を連呼し、もういちど「ラジャーカァム」とどなる。男も「心の理論」よろしく必死に族長の心を読もうとしたが、いつもと勝手が違うのか上目づかいのまま顔をこわばらせている。俺のほうはふたりの一連のやりとりを見て、「ラジャ」というのは人の名前かなにかで、いま黒い森林にいる。そして「森林に行って、ラジャをここに呼んでこい」と命じているのだろう、と安易に推測した。――いや違うぞ――たしかＪＪの学会のやりとりでは、この頃のことばは警告音と「あぶない」などの形容語が中心だったな。やっと命令の音節がつかわれ始めたばかりの頃で、名詞はもっとあとだ。まして ヒトに名前がついたのはもっとあとだ。すると「ラジャ」は名前ではない。「ラジャ」がこの集団では、おそらく「でかい」という形容語だとすると、まわりの人間や動物、木々や山々の「でかい」ものすべてが「ラジャ」だ。「（この）でかい（の）」、「（あの）でかい（の）」、「（すべての）でかい（の）」という意味合いではないか。「ラジャ」という音はその大きな男の顔や形を、頭の中で想起させる呪文のような役割なのだろう。

たぶん早朝に、黒い森林に狩りにでかけた別のグループがいた。そのリーダーは飛びぬけて「でかい」男で、族長が森林に向かい必死で呼びかけたのは、数ある「ラジャ」のなかから「あのでかいあの顔のあの男」の姿を、自分と若い男の目の前に呼び出すためだろう。決して「森林のラジャ」や「森林にいるラジャ」といった文節的な意味はない。同様に「ラジャーカァム」も、「ラジャよ、来い」とか「ラジャが、来る」という文節ではない。思いうかべたあの顔に、ここに「こい」と叫んでいるのだ。よく聞くと、微妙に一つにつながった音節にしている。なぜ「ラジャー」が前につくのか。それは、族長にしてもまだ目の前に想起したモノにしか、「カァム」と言えなかったからだろう。

そうすると族長の意味するところは、「(あの)森林(だ)、(あの)でかい(のだ)、(その姿に、ここに)こい(だ)」という宣言となる。そして「おまえも叫べ」と男に言っている。ところが男にはこれが複雑で飲み込めない。族長の顔を窺いオロオロするだけだ。若い男にしても、いろいろな「ラジャ」は知っているはず。もちろん、あの「でかい」男も。ところが、族長が森林の方を見ながら「ラジャ」と叫んでいるが、まわりのどこにもあの男はいない。その後に「ラジャーカァム」と叫んでいるが、いったい族長はだれに「こい」と言っているのか、この自分にか。若い男はなにをすればいいのか、まったく理解不能だった。

夢のなかでは神経の論理はゆるいが、その展開はあっという間で速い。族長が手招きしてからここまでほんの数秒のことだろう。男もふだん族長やほかの大人たちの心を窺い、機嫌をとりながらおどおどと身の安全をはかってきた。ところが今回いつもと違うのは、族長の心がのぞむ場所が、ここではない〝遠くの森林〟だったこと。さらに族長の「こい」

が、男にではない〝ラジャに〟だったこと。そして叫ぶのは〝男〟だったことだ。不幸にも男はこの手の「お使い」は初めてだった。もうひとつの決定的な違いは、族長には不完全ながら森林にいる自分を想像できたことだ。「お使い」は用事を言われて、はなれた場所まで歩いて行ける自分を想像できるかどうかにかかっている。

男はみじめなまでに困惑した顔つきとなり、じりじりと後ずさりをはじめる。族長はしびれを切らせ、逃げようとする男を背後から羽交い絞めにして身体を密着させた。そのうえで人形遣いのように男の左右の手首を持って、手前に引き寄せながら「ラジャーカァム」「ラジャーカァム」と叫んだ。族長に背後から乗り移られた格好の男は、やっと叫ぶのは族長ではなく自分だと分かった。そして一緒に「ラジャーカァム」と叫んだ。かんぱつを入れずに族長は森林の方を指し、あそこだと「ラジャ」「ラジャ」と耳もとで何度もどなった。

男はもう走りだしていた。俺があわててまた男の頭蓋に戻ると、いつのまにか夢の視界ははじめの楕円の窓になっている。男は左に右にと草むらをさけ、ところどころに生える灌木をすり抜け、近づくにつれ段々と濃いみどり色に変わってきた森林をめざす。眼窩にいるオレの視界はそのたびに上下左右にゆれる。口では何度もなんども「ラジャーカァム」を繰り返している。そうしないと急にインパラでも飛び出してくれば、この文句もいま走っている目的さえも、消し飛んでしまいそうだ。

もっとも男の目的は、人手が足りないのでラジャたちを呼びに行くということではない。やるべきことは唯ひとつで、森林でラジャをみつけ、その前で「ラジャーカァム」と叫ぶことだ。あとはラジャの顔をした大人が、それにどう動くかは知ったことではない。

男が走る途中、眼窩にいる俺の視界は上下左右に揺さぶられ続けた。草むらの石をよけるたび、けしきが左や右に急にふられる。さらに帰りの目じるしにするため、いく度となく来た方角の孤立木を振りかえる。そのたびに、視界にサバンナの大パノラマが飛び込んでは後ろに去ってゆく。これでは目が回り「クオリアの光景」の手がかりを探すどころではない。いまは外の視界はあきらめ眼窩の奥にしりぞき、少しゆれに慣れることにした。

しばらくゆれに身をまかせ薄く目をとじていると、しだいに男にとってこの外の世界はどのようなものかと、想いを巡らせる余裕が出てきた。与えられる情報としては俺と同じだが、落ち着いて穏やかなきもちで眺めたためしはなかろう。それは先ほどまでのようすが物語っている。いつもまわりのなにかに攻めたてられ、おどおどとして、自分には外の世界などないも同然だ。よく幼い子供が「自分がいなければ世界はない」と思い込むが、男の場合は、「自分がいても世界はない」のだった。

そんな男のきもちが眼窩の暗い壁を通じて、少しでも伝わってこないかと注意を向けていると、なにかが震えてきれぎれに伝わってくる。それは「こわい……、わからない……」と訴える男の嘆きのように聞こえる。

「そうだ」と、急ぎもういちど眼窩の前方にもどった。「俺を消せばいいのでは」と、今度はなにも考えずに外に映る世界をただ一心にながめた。すると徐々に走っているサバンナの風景が消えてゆき、かわりに頭のなかになにやらあらわれてくる。さっきの牛の解体現場だ。つづいて歩いている牛に変わり、孤立木へとうつり、さらに機内の灰色の止まった空間となり、やがては空港のラウンジが現れた。だれか席に座っている姿が見えてくる。どうやら俺のようで、不安そうな目でじっとこちらを見ている。俺の姿はだんだん小さくけし粒のようになり、ついには消えてしまった。

視界はゆっくりと元の赤い大地のサバンナにもどり、まわりは次々走り去ってゆくが、揺れて動いているはずの俺にはなにも感じられなかった。グルっと見回しても大地が動くだけで、俺のいる気配はどこにもない。その一方で、若い男のまわりに起きる出来事は、俺にも伝わってくるようになった。〝若い男のオレ〟の方に直接訴えかけてくる足の痛みや空腹、のどの渇きなどはもちろんのこと、さきほどの大人たちの声も族長の「ラジャーカァム」の命令も、まだせまい頭蓋のなかで残響となって飛び交っているのが分かる。しかし〝若い男のオレ〟はどうすることもできず、混乱の中で無我夢中のありさまだ。

この光景をわれわれの世界に喩えるのは難しい。あたかも祭りのみこしを担ぐ密集に放り込まれ、思考をうばわれ身動きがとれないような状態、と言うのか。あるいはＳＦ小説の中で、映画のスクリーンの二次元世界に閉じ込められ、なすすべもないような状況、とでも言えばよいのか。

そしてこれがＪＪが興奮して語っていた「ホモ・サピエンスのクオリア光景」なのだろうか。もしそうならこの光景がやがて変容し、クオリアの萌芽ともいうべきものが生まれるはずだ。その変容の手がかりがイラク博物館の祈願者像にあったらしく、カギとなる登場人物は祈願者像、守護神、祈願者本人それに魂だが、いいところで時間切れとなった。俺の夢もいつもいいところでおわる。楽しい旅は出かける直前でいつも時間切れだ。いつの間にか、夢のなかでは用心するくせが身についていた。

――ここはどこか？――うっすらあいた目に、さっき眠りに落ちる前に置かれたコーヒーカップがぼんやりと映る。ここまでのことは、現実なら数時間あまりの出来事だろうが、吸い込まれるように眠ってから、ものの数分のことだろう。――まだまだ先だ――意識はふたたび睡魔のなかで、夢とうつつの間をゆききし、やがて消えていった。

若い男はどのくらい走ったのだろうか、丘をこえると視界がひらけてきた。目のまえに黒い森林がせまり、さらになかへと進んだ。いつもならこのあたりを中心に、ラジャと大人たちが屍肉あさりか、穴にもぐったヤマネなどを狩っている。あたりを見回していると、後ろから「フィーフィフィフィ」という高い音の鳥の鳴きまねだ。音の方をふりむくと、茂みの中で「ラジャ（でかい）」と呼ばれている男が、手で必死に「お前もかがめ」と合図している。若い男が反射的に身をかがめた瞬間、どこから来たのか巨大なワシの爪が、頭の上をバサバサとかすめていった。顔を凍りつかせぼうぜんとワシの去るのを見送ったあと、すぐに思い出しあわててラジャのところへ小走りに向かった。

そしてラジャのまえで開口一番、「ラー！」と言ったまま絶句した。族長に口うつしで言われた「ラジャーカァム」がショックで出てこなかった。身ぶりはちゃんと両手で手招きしているが、口からは繰り返し「ラー」としか出てこない。ラジャの方はこれを見ながら、「だれかに命じられ必死でやってきた」のは容易に察せられた。ただ、「ラー」と手招きだけでは分からない。そのときようやく思い出したか、男から命令文が発せられた。「ラーカァム！」だった。――これじゃあ分からないぞ――「ラー」という意味のことばがこの集団にはないだろうし、あれば余計に混乱する。ところがラジャの反応は意外だった。すぐに一緒にきた十数人を集めると、男に「ゆけ」と命じ、その方角に向かってみんなに「カームカァム」と叫びながら走り出した。なかまも一斉にあとを追った。

俺は男のなかで揺られながら、しばらくなぜ「ラーカァム」でラジャが分かったのか不思議で仕方なかった。やがてひとつの結論にいたった。まだ名前などないラジャにとって「ラジャ」でも「ラー」でもどちらでもよいのだ、しょせん他人が顔や動物のイメージをよみがえらす呪文なのだから。「カーム」や「カァム」という集団で定着しはじめた命令語が、自分に向けられているのさえ分かればこと足りるのだ。

ラジャたちは夢のなかを一気に走り、逆三角形の樹冠をした孤立木がある所までやってきた。そこからは徒歩で用心深くすすみ、ほどなく解体の現場ちかくに到着した。すぐにまわりを窺っていたハイエナたちを追い払って族長の一団と合流した。族長は若い男をみつけると、ニヤリと白い歯をみせてその頭にゴツンとくれてやった。

俺はラジャの動きをよくみるため再び男のなかから出た。肉の処理はまだ半分ほどが皮がついたまま残っている。ラジャはみるからに大きな男で、石斧を頭上たかく血まみれの肉塊にふりおろした。関節をねらってひとりが持てるほどの量に次々と断ち切った。いっぽう肩や背の大きな部位はこまかくせずに、ふたりで持ち運べるように砕いた。この目分量の判断はモジュールのはたらきなのだろうか、あるいは想像力をつかって量のめぼしを付けているのだろうか。ＪＪならどう考えるだろう。そのカギはみんなの作業のようすにあった。ラジャや族長あたりもできそうだが、ほかの男たちはただ二人に従っているだけだ。するとモジュールではなさそうだ。やはり一人が持てる分量を経験と想像力から導き出したのだ。やはり二人ともＪＪのいう「クオリアの自分」を持っていそうだ。

気が付くと、若い男がラジャのやることをじっと見ていた。男は族長に乗りうつられ、ここではない遠くの場所に行って、ほかでもない自分が「ラーカァム」と叫ぶ子供のお使いの経験をした。成功のカギは遠く離れた場所やその空間を想像できるかだが、さいしょ男は、自身の頭蓋に直接ひびく族長のことばや動きが理解できず右往左往し、密集した二次元のような自身の世界から抜けられないでいた。それが偶然にしろお使いは成功したから、想像力のようなものがめばえたのだろう。今後、お使いを繰り返すうちに、族長やラジャのようになるのだろう。でも現代の子供は生まれて四、五年もすれば、当たり前のように「クオリアの自分」を手に入れる。人類はこのふたりの年齢差である約十年を、数万年かけて少しずつ解消してきたわけだ。

夢はそこから一足飛びに場面がかわり、肉の解体場所からキャンプのある洞窟前の広場に移っていた。周囲には動物の皮と木の枝を組み合わせた、テントのような住居がいくつか建っている。まん中にある広場で肉が分けられ、火がたかれ肉が焼かれ食事がはじまる。分配は基本的には平等で、狩りに出られない年おいたホモ・サピエンスも、それなりに食べ物にあずかっていた。この分け合いの慣習はホモ・サピエンスを絶滅から救ったが、今では辛うじて名前と形を慈愛と喜捨にかえ、そのなごりを留めている。

若い男も分け前にありついて、とにかく腹がくちくなるまで詰め込んだ。一息つくと残りを持って洞窟に近づいてゆく。洞窟の入口はちいさく大人の背たけほどだが、中に身をいれると倍ほどの高さがあった。うす暗い坑内は糞便のあまい芳《かぐわ》しいにおいが全体にただよっている。ただ湿気もたかくヒトの血をすう虫やヒルも生息している。外の木と皮のテントは族長やラジャたち力のある男のもので、ここにくらべれば格段に居心地がいいが、そのかわりここはなにより安全だ。

洞窟はすすむにつれ遂には真っ暗となるが、ところどころ大むかしに崩落したような跡があり、そのわずかな岩のすき間から光がもれてくる。それを頼りになんとか手探りなら歩くのに支障はない。やがて突き当りの崩落してできた大きな広間に着くと、かすかな炉の灯りがいくつか揺れる。ひとつが消えても大丈夫なように、種火としておき火をしているのか。火は夜に洞窟の入口で外敵をふせぐために、ごうごうと燃やしておくものだと思っていたが、だれもそんな風もない。男は残した肉を炉のちかくで坐ったままの女に運んでやった。みると歯もぬけ髪の毛もぬけて白くなった老婆で、きっと男が赤ん坊の頃から育ててくれた女たちのひとりだろう。男の年齢になるともう自分で食べ物をさがすか、大人について狩りに行くことになる。総勢百人に満たないこの集団は、みんなこうして助け合ってきた血族だった。

　肉はたっぷりとあった。まだ五、六日は十分もつだろう。やがて男は満腹と疲れから、炉の前で枯草を下じきにして眠ってしまった。


　夢はここで唐突におわりを迎え、膝には薄い毛布がかけられていた。唯井はまどろみのなかで時計を見た。二十一時、あと一時間もすればドバイ空港だ。すでに起き出した者もいて、ぼそぼそと話し声もする。夢はさめるはしから、それまでの記憶がウソのように崩れてゆく。ほんらい夢には、そのときのクオリアが記憶にのこした跡があるはずなのに。意識の見張り役がいないためか、次から次と湧いてはきえる妄想だからか。

　――そうだ、ＪＪの宿題のこたえらしきものも、メモしておかないと――いや、唯井にはもうそんな必要はなかった。ナイロビではＪＪに一足違いで会えず、マツさんからの返信でＪＪとの件はおわっている。

　数時間ほどの乗り換え待ちのあと、唯井たちの乗った飛行機は羽田に向かった。そのドバイの出国ロビーで添乗員が唯井に話しかけてきた。今回は共催の形となった竹田さんの会社の社員だ。

「あんたは知らないけれど……」と、マッさんがこの五日間、毎晩酒も飲まず会社で連絡係として待機していたことを聞かされた。さらに続けて、

「それにさ〝待つのだ〟さん、いや松田さんの電話で急に走りだしてったろ。オレも、事務局長もあわくってさ。そんとき……」

同業の株屋さんが「きっと、あのラウンジだ」と飛び出し、案内役を買ってくれたことも。

百人のそれぞれの記憶を乗せて、あるいは積み残しまき散らしながら、機体はしゃにむに東京をめざした。明日からの日常が待ち受けている東京を。

第三章　東京

その一　マグマ

ボーディングブリッジ、搭乗橋に一歩踏み入れただけで、成田の夕刻の暑さがむっとくる。空港のロビーから

「無事に帰国しました。いまからそちらに参りましょうか」と課長に電話し、

「いや、今日はゆっくりと休んでくれ」と、ほぼ定番のやり取りから日本では仕事が再開する。

ただ今回はこれに、

「詳しいことは出てきてからだが、おい、すぐ動けるか」と続いた。不用意に

「俺の方は」と言いかけて、「僕の方はだいじょうぶです」と、いつものように答えた。明日からまたずっと、赤道よりも熱い東京でたいくつで厄介な日々が繰り返されるのだろう。

翌朝、いつもよりかなり早めに出社したが、課の主のような女性、大石先輩はすでに来てい

る。「はいこれ」と普段の書類ケースではなく小型の段ボールを渡された。中味はいつものように千差万別で、回覧物と急がない報告書のほかに、かなり重篤と思われるクレームの相談や、「要—至急回答」と赤書きのメモまで混在している。

みんなが出勤してくるたびに席を立ちあいさつを繰り返し、一方でパソコンから急ぎのメールに返信を送り、こみ入ったものには電話をする。このフロアーは他の部と共用で、見渡すと百以上の席がならぶ。徐々にあぜ道に水が通るように席が埋まり、アフリカの余韻もきえてゆき、いつもの仕事の風景が始まってゆく。

ほどなく課長が出社し、あいさつもそこそこに「ちょっと来い」と机の脇に呼ぶ。あのいやな話だろうか。

「あいつが脅しのハガキを出しやがった」と耳打ちされた。——やはり動きがあったのか、あのバカ。最悪のタイミングだな——

十中八九、名古屋支店の険悪なトラブル先と思われる相手から、支店長の社宅あてに匿名のハガキが送り付けられたのだった。季節外れの年賀状には定規で引いた赤いボールペンの字でこうあった。

廃刑　怨暑の候　ますますご精霊のことと存じます

さてい　ぜんからのけんい　かがでしょうかま
つのも幻　怪がある　どうにか死路
そちらでは　赤馬が狂も元気に走ります
貴職も負けずに　ご死愛ください。
刑愚

名古屋の支店長は常務取締役なので重要扱いとなり、秘書から連絡があり次第、唯井も部長と課長のお供で専務へ説明に行くことになっていた。

「このハガキはいつ？」

「昨日だ。現物は支店でさわらずに保管させている」

「差出人がないですが」

「まず、あいつに決まっている。なにか法に触れそうだと思うか」

「うまく作っていて、微妙ですかね。具体的になにかするぞ、とも言ってないし」

「まあそういうことだな」

〝あいつ〟というのは円淵《えんぶち》京一といい、名古屋支店の大口客の甥っ子だ。

一か月ほど前のこと、その客を長年にわたり担当していた年配の社員の不祥事が発覚した。預かり資金を勝手につかった横領で、それ自体そう珍しい話ではないが、調べるとおよそ二億円という小さくない金額と判明した。取り急ぎ上司二人が客の自宅に謝罪に向かおうとしたが、そこにどこかで話を聞きつけた京一が登場し、叔母本人から頼まれたと称して自分の会社の事務所に呼びつけた。夕方、派手なネオン街にあるビルの一室で

「いったいどうする気だ、誠意をみせろよ。こんな場合は慰謝料だろうが、全部あわせて三億だ！」

法外な要求とドスのきいた声。京一は暴力団との関係もチラつかせ、ときどきテーブルをたたき執拗に追い込んだ。苦情慣れした二人の証券マンもなすすべなく夜の十一時ごろまで難詰され、ようやく解放されたが支店では大騒ぎとなった。一夜明けて本社に「たいへんだ」と連絡があり、唯井のいる顧客相談部にお鉢が回ってきた。その後も京一から支店へ執拗な補償名目の金銭要求が続き、そして今回の脅迫まがいのハガキ騒動となった。

担当役員の専務はこの日は多忙のため、割り込みで十五分だけの説明となった。アフリカ出張の報告など、いつの間にかどこかに飛んでいた。急ごしらえの資料で、おもに課長が説明をする。専務にもすでにこの社員の不祥事は届いていた。

「するとなんだな、京一とは断固たたかうのだな」タカのような目つきの専務がたずねた。

「はい、安易に妥協すると、こんどは当社《うち》が、社会的責任を問われかねませんので」

課長が再度、京一のたちの悪さを強調する。

「たたかいは……得てして高くつくがな」そう独り言のようなあと、

「分かった、じゃあ任せるぞ」と承認があり、ほっと退室する一歩手前で

「ところで名古屋にはだれが行くんだ」とひと言あった。課長が「名古屋担当のこれが」と唯井をチラッと見て返答すると、

「うん。支店長はおれと同期だからよろしく言っといてくれ」

〝最悪のタイミング〟が現実のものとなった。専務からああ言われた以上、出発は今日の夜か遅くとも朝一番が相場だ。エレベーターの中で部長から「明日でいいが、朝いちばんでな」と念押しがあり、週末を実家でゆっくりという目論見はおおきく狂ってしまった。

席にもどると考えが次々に錯綜した。地元警察署への相談やらお願い、警備会社への増員、それに役には立たないが、支店の連中に緊急時のレクチャーも。一泊して帰りは土曜日の夜か。アフリカに行く前、母親には「今度の土曜日には必ず寄るから」と伝えている。仕方がないので、東京駅から直行だ。

やるべき事柄は無意識に次から次へと湧いてくる。自問自答ではなく、あちこちの神経から勝手に訴えてくる。この意味では現代でも、ホモ・サピエンスが生きて行くのに意識がなくともさほど支障はなさそうだ。いやむしろ危険の察知や回避には、ぐずぐずした意識など邪魔となる。

そのよい例が三年ほど前、9・11同時テロの際に活躍したリック・レスコーラだろう。彼は崩壊した世界貿易センタービルの警備責任者だったが、彼が毎年有無を言わさずにおこなったビルの避難訓練は、やがてビルで働く者全員の無意識の領域にまで染みこんだ。その結果、事件当日レスコーラの号令一つでほぼ全員の避難が自動的にはじまり、二千七百人あまりの命が救われた。彼は帰らぬ人となったが。

この日の朝一番のハガキにしても、話を聞いた瞬間に〝最悪のタイミングだ〟という一連の流れが浮かんだ。これに意識がからむ暇はない。対照的に唯井の意識の神経回路は、仕事を進めるにつれ疲労でグズグズと反応はにぶく、ようやくすべて片づいた頃には夜の十時を回っていた。大石先輩が手配してくれた明日の切符を確認し、まだ蒸し暑さの残るビルの外に出てふと振り返ると、窓から明かりがこうこうと灯っている。バブル経済のあと、丸の内界隈には目立った繁栄も勝者もなかった。あるのはビルの住民が疲弊のなか、「自分はまだましだ」という歪《いびつ》な優越感だけを糧に生きる停滞社会だった。

「おや、早かったのね」

「さきに寝てればよかったのに」

東京駅で名古屋に同行した嘱託の警察ＯＢ氏と別れ、そのまま三鷹にある実家に向かった。

合鍵はいまの賃貸マンションに引っ越した時から、母親に押し付けられている。母はリビングでなにするでもなくテレビを見ていた。すぐに気がかりな事が思い出された。母親に今日の帰宅を告げたあとに、父親から折り返しの電話があったことだ。「母さん、この頃すこし物忘れがあるからな」と、用心をうながすものだった。

こまめに温めたとみえる風呂からあがっても汗はなかなか引かず、疲れ過ぎたせいで目がさえていた。どうせ起きてるならと思い、部屋にはもどらずリビングの椅子に座り、

「あれね、詳しくはあす話すけどね」

「だいたい分かっているわ」

さほど驚くようすはない。電話のようすから、それとなく勘づいていたようだ。

「オヤジは？」

「もう、とっくに上で寝てるわ。ところで、なんという方なの」

「入沢深月といって、ことし二十九ぐらい。自由が丘で花屋さんに勤めてるよ」

「もうながいの？」

「そうだな、五、六年ほど。知り合ったのは、ほらあの塾のバイトだよ」

「違うわよ、お花屋さんよ」とわらった。この口調なら、とくにふさぎ込んでいるようすでも、変なところもなさそうだ。マツさんと会ったことも、もちろん姉のことも話さなかった。

よく朝の日曜日、昼ごろまで寝て、ひさしぶりによく姉に連れられた近くの公園を訪れた。奥の窪地からは水が相変わらずちょろちょろと湧き出している。夕方になってやっと風が出はじめ、二階のベランダ越しの風が開いた和室のふすまを気持ちよく通ってゆく。この古い家が小心者の父親の宝物だ。夕食までのあいだ一緒に涼みながら、はじめて深月の話をした。

「ああ、母さんから聞いた。おやごさんは農家らしいな」

「茅ヶ崎の近くで、米じゃなくておもに野菜のほうをやっている」

しかし父親は「わかった」とは言わずに、「だいじょうぶか?」と聞いてきた。二人の間には依然として、あの会社のことが尾を引いている。ほんとうは公務員にでもなって地道にと、この父親らしくいまでも悔やんでいるのだろう。よく言えば心配していたのだろうが。しかし今回も、ことさら反対するつもりはないらしい。

「松田の義兄《にい》さんに会ったよ」と、さぐりを入れてみた。

「ほぉー、いつだ」

「去年の暮とそのあと数回かな」いったい親は、むすめが別れた相手のことを、どう見ているのか。「姉さんからくわしい訳をきいた?」

「正直わしには寝耳に水だった。母さんには、浮気したのにむこうから別れ話を、と言ってたようだ」

ニュアンスはすこし食い違っていた。マツさんには苦渋の決断のはずだった。
「ほんとに浮気だけなのかな」
「いや分からん、母さんにはいろいろ話してたが。珍しく泣いていたと言ってた」
ちょうど階下《した》から食事に呼ぶ声がしたので、唯井が声をひそめて
「それから、母さんは別にどこも変わらないさ。物忘れも心配しすぎだよ」と告げると
「そうか。それならいいけどな」この父親の習い性か、あくまで疑っていた。

とりあえず三日間、名古屋からはなんの音さたもない。「油断していると溜まったマグマがドカンとくるぞ」と江野課長のぶきみな警告だ。課長は歳が唯井より五つ六つ上で、もともと営業畑だが今の仕事もけっこう長い。つね日ごろから「この仕事はまずは場数で、さいごはくそ度胸だよ」と、暗にまだまだ足りないと言われている。平和なうちにと、電話だけですませた桜田門の「企暴連」に時間をやりくりしあいさつに行った。事務所に顔をみせるなり、吉村事務局長が待っていたような大きな声で
「唯井さんが、ナイロビで女の尻を追って駆けだしてゆくもんだから、止めるのに大変だったよ」とからかった。それから思い出したように、そうそうと
「松田さんと竹田さんがふたりでお礼にきたね」と教えてくれた。ふたりは同業だからもともと

と馬はあうのだろう。唯井は本当はその足で新橋までゆき、成田で電話したきりのマツさんに会って、旅行の話やＪＪの話もしたかった。

社内でも遅ればせながら今のうちにと、関係する部署をあつめ江野課長から現状が報告された。今回の横領事件が発端となり、叔母を言いくるめ会社を乗っ取った京一と、それまで会社と叔母の面倒をみていた姉の舞子とが対立状態になり、互いに弁護士を立てて争っていることや、唯井の名古屋での調査で、京一が地元の暴力団Ｋ会幹部とじっこんの間柄であることも、明らかにされた。

また同席した弁護士資格を持つ法務部員からは、ふたりのうちのどちらに預かり資産を払い戻しても法的リスクがあり、さらに京一側の弁護士がその方面では著名で、厄介な人物だと説明があった。

「厄介なとは具体的には？」広報部の担当者がたずねた。

「暴力団を規制する法律が憲法違反だと訴えた〝おっさん〟ですわ」

法務部員がうんざりした顔で答えた。

会議がようやくおわり唯井が大石先輩と部屋の片づけをしていると、課長が戻ってきて「ごくろうさん」と言いながら、「ちょっと」と目くばせする。すみっこの方に行くと、「来年の四月に発足だからな」とささやく。新たに分室を大阪支店に作るという話で、内々に責任者には唯井がという事ですすんでいた。早口で

「年内に準備の内示がでる。しばらくはこちらと向こうと、往ったり来たりだ」と告げ、

「決まったら、大丈夫だな」と唯井に念を押した。

「あ、はい」一瞬、深月の顔がうかび返事がよどんだ。課長は気づいたかどうか、声をさらに低くして「上村の名も出てるからな」と。上村というのは同じ課の社員で、唯井とおなじサブマネージャの人間だ。社内にはなにかと、途中入社の人間はどうのこうの、と言う声がある。人目もあり最後は「そういうことだから」でおわった。

会議室からもどる途中、大石先輩が雰囲気でなにか察したか

「ユーちゃんも、もうそろそろだね」とさぐりを入れてきた。先輩は在籍十数年の課内の最古参で、言いだしたら聞かない性格だが、その一徹さはある意味で一目おかれている。

「なにがですか」

「じつは、もういるんでしょ」

大石先輩のはんぶん見当違いの見立てに、唯井は急かされるように

「直ぐにでも会いたい、実家に行く相談をしたいんだ」と深月にメールをした。待っていると夕刻に、「すこし考えさせて」と。それが答えだった。

その二　決断

マツさんから会社に電話があったのはそんな折で、帰国から十日ほど、もうずるずると日数だけが過ぎていた。

「ちょっと大事な話がね」と前置きがあり、

「すまないが会社の帰りに、ちょっとだけ事務所に寄れるかな」といつもとはようすが違う。

——なんだろう、この忙しいときに——と一瞬迷ったが、

「いいですよ。でもどんな話?」と応じた。

聞けば、よくない話といい話の両方だという。唯井はJJのこともまだ引っ掛かったままだし、大阪転勤や深月のことも言わなければと、自分を納得させた。

週末の金曜日に無理をして早めに会社を出たが、新橋駅で突然の強い雨におそわれ、あまやどりで時間をくって着いたのが七時すぎになった。事務所は綺麗なネオンの外堀通りから一本入った古いビルの三階で、廊下の奥のすこし広めの部屋だ。声をかけてドアをあけると、雑然とものが置かれた両側の机、突き当りのマツさんの席、みんなむかしのままだ。マツさんは席に絵コンテを何枚かひろげ、担当者と協議中のようだ。唯井を見て

「そっちで少し待っててぇー」と例のかん高い声をあげた。席の横のつい立と観葉植物で囲われた窓側の小さな一角が応接で、会議室と社長室をかねている。

十分ほどたち冷蔵庫から缶ビール数本をかかえ、「ナイロビの旅行はどうだった」とやってきた。すぐにでもＪＪの話が出るのかと思ったが、ソファーに座るなり「いやーまいったよ」とグチが始まる。毎年請け負っている「食のフェスティバル」というイベントで、参加者に配る布製のトートバッグにミスが出たという。上がってきた試作品をみると、協賛ビールメーカーのロゴマークの位置がデザインとほんの少しズレていた。毎年のことで確認に気がゆるんだ。こちらが悪い方の話だ。

「間に合いそう？」

「間に合わすさ。だから準備ができ次第、中国だ」

マツさんが中国に行き、現地の縫製工場でじかに試作品を確認してゴーサインを出す段取りだという。

「これは楽しい旅になりそうだね」

「まったくだよ」

「社長、あがりまーす」囲いの向こうから、なつかしい入江という社員の声がした。

「おう、イリさんご苦労さん。ちょっとビールもってこっちに来てよ」

三人がそろったところで、「ちょっとこれ見てくれ」と、重々しく一枚のA4の紙がテーブルに置かれる。マツさんあての電子メールのようだ。書き出しが「拝啓　盛夏の候……」と、はじまる普通のビジネスメールだ。唯井が斜め読みすると、マツさんから申し出た「日本での講演ご依頼」の返事で、ぜひ進めてほしいと企画書や具体的な打合せにも触れている。日本での、というところに引っ掛かりながら読み進めると、末尾の差出人をみておどろいた。なんと
「ジョナサン ジョイス／Jonathan Joyce」と書かれている。結語にはごていねいに「義弟さまにもくれぐれも宜しく」とある。メールの日付は昨日で逆算すると、唯井が空港から連絡先を伝えたその数日後には、もう依頼のメールを出した勘定だ。唯井の知らないこの一週間あまりの間に急展開したことになる。
「へぇー、これ外人さんが書いたんだ。それにしちゃうまいね」
「マッさん！　一体これはどうなっているの？」
唯井がすこし熱くなるのをイリさんは飲み込めなかったが、マツさんは
「いや悪いわるい、すまなかった。時間もなかったし、返事がくるとは思ってなかったんだ」と、素直にあやまった。そして「あれは旅行が無事おわって竹田と飲んだときだ」と、いきさつを話しだした。

築地にある竹田さんの会社の近くで関係者の打ち上げをやったあと、マツさんと二人だけで新橋に出て二次会となった。その席で酒の肴に、義弟が今は消息不明の著名学者と偶然会った、と喋ったところ、「そりゃ面白い」と乗ってきた。竹田さんもJJのことは知らないではなく、「ダメもとで講演会に呼ぼう」となった。さらに酒の勢いで、ぜひとも親会社のテレビ局のドキュメンタリー番組でもやらせよう、と盛り上がった。それで翌日にはもうあの連絡先にメールを出したという。まさに「待つのだ」だ。

「それで社長、結構有名な外人さんなんですか」

ナイロビ空港からの唯井の疑問も、今ようやく日の目をみる。

「あの本を知らない？」マツさんはグイッとビールを飲み干し、愉快そうに説明をはじめた。

「ジョナサン・ジョイスつまりJJというのは、有名な考古学者で心理学者だな。『アキレウス―幻影と神々』は、いっとき欧米の名だたる学術賞を総なめにし、旋風をおこしたんだから。今から十年ほど前かな」

「なにかやらかしたんですか、いままで雲隠れしてたのは」

「あはははは」三人からいっせいに嬌声があがった。

「いや、そうじゃない。まあ当時の印象だが、この本に世間が一発ガーンとやられて、態勢を立て直すまえに彼の方が消えたという感じだ」

「へぇー」「そうなんだ」

「ホントに知らないか？　〝意識が三千年前までなかった〟という有名な本だよ」

唯井は将棋指しの成りそこないとして、意識には少なからず興味があったはずだが読んでいない。彼は衝撃的に登場し、その後の活躍を期待されながら、なぜか忽然と消えた。マッさんは後ろのスチール棚から、一冊のハードカバーの本と古いスクラップブックを手に取り、「この本だよ」とテーブルの上に置いた。「家からもってきたんだ」

分厚いその本はゆうに六百ページを超えるもので、あちこちにマッさんの付箋が付けられている。そのひとつを「ここだ」と探し出し、「これが分かりやすい」とページを開いた。

「訳者のあとがきだけどね」と赤線が引かれた箇所を、ゆっくりと声を出してよみ始める。

「ここに繰り広げられる重厚な仮説は、今からせいぜい三千年ほど前まで人々は意識をもたず、重要な事柄や局面では大脳が神の声を聞いてそれに従っていた、という驚くべきものだ。その典型として『イーリアス』で描かれるアキレウスをあげている。神の声は大脳の右半球から生まれ、左半球に伝わり留まったのち命令となって人に行動をうながす。やがて社会の変化と文字の発達により大脳の〈二つの暗室〉が変化し、ようやく意識が誕生したという。すぐには信じられない仮説だが、ページを進めるにしたがって広汎でち密な例証に圧倒され、ゆるぎない真実として迫って来るだろう」（別注2）

そこで閉じて「とまあ、われわれの意識の由来を解く、そういう本だな」と述べたが、すぐに照れかくしのように「わしはみんな忘れちゃったけど」と混ぜかえした。

「社長もむかしは勉強してたんだ」

「マッさん、そっちのファイルはなんなの？」

「邦訳が出されたときの新聞とかを綴じたものだよ。書評欄とか人物紹介の切り抜きだ」そのうちの付箋が付いた一枚が開かれると、やはり赤線がしるされた次の文章が目をひいた。


ジョイス博士が本書の着想を得たのは、一九七六年のニューヨークでの考古学会で苦い経験をしたことが発端となっている。まだ若い助手の頃の話だという。奇しくもその年は、コンピューターの「ディープブルー」が人間のチェスチャンピオン、カスパロフ氏に勝利した年だ。ディープブルーは高らかに、人間の思考の絶対性を打ち破り、これが〝数字に置き代えられる〟ことを宣言した。

博士はこれに対しその年を節目に、人間の意識の神秘性を否定し、意識が生物として本来そなわったものではなく、右脳からの声、つまり幻聴が弱まった結果、ときの社会と文化の要請により〝学習によって置き代えられた〟ことを確信していった。さらに、意識がいまなお進化途上であることも。

唯井にはすぐに分かった。——あの考古学会の話じゃないか！——ＪＪはこの本で、常識外れのことを述べているらしい。唐突に、ナイロビでの〝意識の小人〟の話が思いだされた。訳者のあとがきや、新聞の切り抜きに書かれているのは、まさに意識の一人二役のうち、二役目の〝意識の小人〟が、このとき学習によって置き換わり生まれた、ということに違いない。

しかし「ディープブルー」に対する敗北は見方をかえれば、メソポタミアで人類が文字を発見してしまった大いなる〝過ち〟と、さらに文字の鬼っ子といえる数字までも解放してしまった無辺際の〝罪科〟に対する、当然のしかしかわいい罰だったかもしれない。

それにしても、意識がまだ進化途上だというのは、なんと重そうなテーマだろう。このことから、ＪＪは容易に続編に手を出さなかったのではと、唯井は勝手に想像した。ドバイへ向かう飛行機で「帰ってから本を読めば分かる」とかるく考えていたが、それはとんでもないようだ。

「で社長、ここに『ぜひ一度当地にて、打合せ致したく』ってあるけど、バルセロナに行くんですか？」

イリさんの心配そうな声でマッさんもわれに返った。

「いや正直、わしも当初はこんないい返事が来るとは思ってなかった。交渉のほんの渡りだけ付けて、あとは当然竹田か、親会社の『Xメディア』だと……」

普通、海外の文化人や芸術家を国内に呼ぶとすると、公的な文化団体や文化基金のほか、大手マスメディアが文化芸術事業として催すのが常道だという。十年以上消息が知れなかったとはいえ、JJクラスの知名度ある学者の講演イベントだと、とてもマッさんの手に負える代物ではない。

「しかし竹田さんはともかく、Xメディアがこの返事だけでうまく食いつきますかね」

イリさんは以前、いまはつぶれてしまった広告代理店にいた関係で、マスコミのことは詳しい。

「そうかも知れんが、竹田の奴もむかしは親会社にいたから顔ぐらいはきくさ」

「それに外人さんは来日する気でも、講演会の内容でXメディアとうまく折り合いがつきますかねぇ。たしかに音信不通だった分だけセンセーショナルだけど」イリさんの率直な感想だった。

酒のさかななら直ぐにでも実現しそうな話だが、実際はJJに最終的な確約を取り、そこからXメディアとの交渉が始まる。お膳立てだけでも容易じゃないし、それはみんな内心うすうす分かっている。とっくに缶ビールはなくなり、スチール棚のウィスキーが開けられていた。マッさんが水割りをちびちびやりながら夢を語る。まあこの程度はしかたがない、トートバッグの敗戦処理には夢も必要だった。

「イベントとしては、講演のほかに対談もあった方が厚みがでるな。だれを対談者に選ぶかだが、この本では〝右脳の神の声〟が繰り返し説かれているから、まず脳科学者が必要だろ。それから意識と神々とくれば哲学者も欠かせないな」

「と、くれば、進行役には科学評論家あたりですかね。会場もできるだけオープンにして、観客の参加型もおもしろいかも」

「この手の観客というのはどんな人が来るの？」

ふつうこの手の堅いテーマの講演会なら、主催団体の関係先を中心にその分野のマニアや愛好家、興味のある一般人や学生などで、その人数は多くて百人から二百人ていどと予想される。だが今回は本の読者はもちろん、作者に興味がある人も見込める。講演会のやり方次第だが、意識の分野の研究者や学者、作家、科学雑誌の担当者あたりにも声をかける。さらにはＸメディアの新聞やテレビの宣伝も期待できる。

「社長、竹田さんにドキュメンタリー、ぜひやらせましょう」イリさんもすっかりその気になって、ＪＪの来日までの足取りをふくめて作れば、と提案する。

これで意識や考古学などに関心のない人々にまで、その切っ掛けが広がればと、夢は際限がない。

「イベントは二日間だ」とマッさんが構想を述べ、一日目は対談者との討論会に続けてＪＪの講演。二日目は文化人との一対一のトークショーに落ち着いた。

「一日目の時間は？　あまり長くても間延びしますね」

「でも、あわせて三時間くらいは欲しいな」

「あいだに休憩もいるしね」

「二日目の場所はどこだ、帝国か大倉か？」

「大きく出ましたね」

「やはり、豪華ディナーショーだな」

「それなら、当社《うち》の金持ちの客が来るかも」

「だいたいこんなとこか」

「そうですね」

「よし竹田に言っとくよ。宣伝打ってスポンサーも募れって。それでテレビでドキュメンタリーが撮れれば最高だ」

「でも考えてみると、これじゃあ少しテレビ受けがどうか」

「そうか、絵にならないか。たのんで激論してもらおう」

「素人に演技はむりですよ。ホンキじゃないと」

「ほんとに仲のわるいのを呼んでくるか」

唯井は話の合間に、ふたりに大阪への転勤のこと、深月をちかぢか実家に呼ぶつもりだとも告げた。わしのように失敗はするな、とマツさんが苦笑いをした。いつの間にかテーブルのウィスキーも空になり、ようやくみんなの夢も一炊のように冷め始めてきた頃、とつぜんマツさんが「ちょっと聞いてくれ」と言いだした。

「じつは……今ここで話していて、迷いが吹っ切れたんだ。今回はわしのところで遣る！　いや、やれるところまで遣りたい」――まさか？　トートバッグで大変のはずじゃあ――

「社長、中国のかたきをじゃないけど、あまり無理しない方が」

「まあそうなんだけど、じつは考えたんだ」意外に冷静な口調だった。

マツさんの言い分は、ここで最初からXメディアに任せてうまく行く保証はない、むしろ逆だ。イベント全体は竹田さんとXメディアでも、最初のセッティングだけは、接点のあるこちらが小回りを利かして遣った方がいい。もちろん自分もイベント会社としてのプライドもある、と。

「もう動かないと、すぐに博士に会わないと間に合わないんだ」

腹案では、もし年内にしかも世間がにぎわう十二月にイベント開催するなら、早々にＪＪに会って来月、つまり八月の上旬には基本的に合意しなければならない。まして十二月もクリスマスをさけて上旬にするならこれでもギリギリだ、という。そして唯井の顔を見て、前かがみに膝に手をついた。

「どうだろうか時季夫君、じかに接点のあるのは君しかいないんだ。君ならうまく行く。じつは竹田には昨日内々で、話だけは通した。これが最後だ、行ってもらえると助かるんだが。いや、無理ならいい」

一瞬、テーブルは静まり返った。


唯井は事務所をとびだし、無我夢中で品川駅の構内を終電めがけて走っていた。まだ間に合う。どうもこうもない。さっき、マツさんがテーブルで両手をついたとき、ソファーにかけた上着の携帯の音に気づき、まさかと取って驚いた。深月が泣きわめいている。

「もう、何回も何回も、出ないんだから。アァーもう……ずっと待ってるのに！」切れ切れに息をしゃくり、感情が爆発していた。時計を見るともう十二時を回っている。

「帰ります！」唯井はマツさんにそう言うと、背広や脱いでいた靴やカバンをかき集め、急いで身支度をはじめた。

「え、どうした、大丈夫か！」

「深月が僕の自宅でパニクっていて」

「なに、ドアの外でか？」

「いえ、合鍵で」

「そうか、早く帰ってやった方がいい。それで、バルセロナはどうする！　ダメなら竹田にたのむ」

「行きますよ！」

唯井にも、どうしてそう決めたのか分からなかった。もしかするとこれは脳科学でいう〝意識が働く前の決定〟だったのかもしれない。つまり意識し決める〇・五秒ほど前に、すでに発声の神経回路が無意識に準備活動し、イエスと決めていたというものだ。無論そこでは自由意志など存在しない、ということだ。

自宅の1LDKの部屋に着いて飛び込むと、深月は意外にケロッとしている。混みあった車内からメールしたので安心したのか、あるいは思いっきり吐き出したせいか。

翌朝、近くの喫茶店でひる兼用の遅いモーニングを取りながら、深月が手帳をみて言った。

「じゃあ、来月の五日の木曜日でいいかしら」

唯井はホッと緊張がゆるんだ。

「じゃあそれで、お昼前に実家だね」と、平静をよそおって言ったものの、じつは八月からの定例の夏休みも取れるかどうか不明だった。

「なにすればいいの？」「とくになにも」そうは言ったが、

「おふくろは生け花をやっているから、話はあうよ」と付けくわえた。

座席のシートから身体を起こし、

「年明けに僕だけ単身赴任し新居を探す。四月から新生活だ」と、はんぶん冗談めかしていった。面と向かって反対するわけではないが、「そんなにはねぇ」とやはり煮え切らない。江野課長の問いかけに一瞬ためらったのは、間違いなくこの辺りの不安だ。

その三　綱渡り

週明けの月曜に行われる課の朝のミーティングでは、連絡事項やスケジュールの確認がおこなわれる。来月から始まるみんなの夏休みの調整もここだ。金融業界、とくに証券業界は休まないのがながく美徳で文化だった。休んだことにして出社することなど別に珍しくはない。それが十数年前にいわゆるバブル経済が破綻してからは、少しまともになったが、それでも積極的に声に出すことは憚られた。ところが唯井の課の大石先輩は意に介すようすもなかった。

「ユーちゃんは四日から彼女と旅行かな。ムラさん悪いけど夏休み少しずらせない」

ムラさんと呼ばれたのは、同じ大阪分室の候補の上村さんだ。唯井よりすこし年上で、普段からあまり表情が顔に出ない。確かなのは、飛行機の中で夢にでてきたホモ・サピエンスの隣人たちとは違い、転職者をすぐにはなかまと認めていないことだ。顔を上げもしないで、「いいすよ」とつぶやくように言う。

これを合図に水門が開いた。マツさんに「予定通り休みがとれた」と電話をし、昼すぎにマツさんから「ＪＪの方はそれでオーケーだ」と返事があった。出発は八月六日と決まり、羽田の指定された航空会社のカウンターで、パスポートを見せれば分かる手はずだという。ＪＪからのメールには

「《ゆい》さんが来るのを楽しみにしている」とあるようだ。

徐々にまわりも動きだした。来日公演の話の中味はいまマツさんが竹田さんと一緒にＸメディアに持ちかけている。唯井は単にバルセロナでＪＪと会って橋渡しをするだけだが、それ以外に、あの途中でおわったイラク博物館の祈願者像の続きはぜひ聞きたい。それに〝宿題〟もあった。仕事のあいまにも旅行の支度やマツさんとやりとりが増えた。でもこれは会社には秘密の話だ。こんなバタバタのなかで、五日には約束どおり深月を実家に連れてゆく。綱渡りだが、もはや後戻りはできなかった。

ちょうど唯井が仕事と旅支度に追われている頃、マツさんと竹田さんはドキュメンタリー番組への売り込みの最中だった。テレビ局のある人物を喫茶店に呼びだし必死に口説いていた。相手はまわりから〝Sさん〟と呼ばれる番組プロデューサー兼制作部長だった。

「なあS君、なんとかむかしのよしみで頼むよ」

「勘弁してくださいよ、竹田さん。私なんかに言われても」

「大プロデューサーの君がなにを言ってるんだね。内々だけど、もう制作会社には話を伝えているんだ」

「そりゃ、こまりましたね」

竹田さんは講演会と討論会がセットになったトーク・イベントを、なんとかテレビのドキュメンタリー作品に仕上げたかった。マツさんとイベントの企画をいじくり回しているうちに、むかしの制作の魂に火がついた。それにはもう企画をスタートさせて、イベントの準備段階から材料を撮っていないと。話は急を要した。Sさんは忘れられた学者のトーク・イベントと聞いて、どうも気乗りがしなかった。本のことも本人のことも少しは知っている。しかし、過去の人が再登場するだけではドキュメンタリーとしては物足りない。

「竹田さん、ご存知のとおり、今はもう伝説のテレビマンはいませんよ」

「そうだなぁ、良くも悪くも鬼がいたからな」と、竹田さんがため息まじりに漏らしたとき、この〝鬼〟ということばにSさんの記憶が複雑に反応した。たしかにもう鬼はいないが、企画会議でS部長が押せば、反対する者はいないのも事実だった。組んでいた足をほどいて、

「分かりました、すこし詳しくおうかがいしましょう」

隣に神妙に座っていたマッさんが、「部長もご存知の……」と説明をはじめる。Sさんはタバコを手に資料を見やりながら考えを巡らしていた。あのジョナサン・ジョイスなら、意識や脳科学、ひろく哲学や歴史に興味がある人間なら名前は知っているだろう。その本をひも解いていても不思議ではない。好意的に見れば十年以上前に忽然と消え、いま訳ありの再登場も話題にはなる。ドキュメンタリーやノンフィクションの中で無難な構成は可能だ。しかし、この空白の間なにをしていたのか、なぜいま日本で講演と討論会なのか、英語圏で二冊目の著作を出すのではなく。これらの本心を掴めないと、この人物のこだわりや信念が深みを欠いてしまう。聞きおわって、Sさんが
「この十年間はなにを？　それに、なぜいま日本なの？」と質問すると、マッさんは返答に窮したが、

「来週、その偶然に会った男に、バルセロナでそのへんも含め聞かせます」と釈明した。

「ほぉー」それならこの疑問も解けるかもしれない。あらかたSさんの肚は決まった。〝意識との格闘―天才学者の半生〟といったテーマが考えられる。まだ、博士がやりたい全体像が見

えてこないが仕方がない。なんとかなるだろう、なんとかする、そんな業界だ。

「じゃあ少し考えさせてください。その彼が帰ってきたら、すぐに呼びましょう」

そのあとで、ぽつりとたずねた。

「イベントの会場が〝ホール後楽園〟になったら、あそこのリングはどうします？」

ホール後楽園というのは、ボクシングホールとして名高いイベント施設で、Xメディアとも関係が深かった。

「たたみますが。博士もまさか使わんでしょう」

「いや、ホメロスなら円形劇場もありかと。思いつきですが」

「S君、もしやるとすれば〝人生工房〟あたりかな」

正式な番組名は「人生工房―心のドキュメント」で、週一回夜の十時から四十五分の放送だった。

「そうですねぇー。まあそれはこれからですが」そうことばをにごし、「あとで若いものを寄こしますよ」と応じた。

約束のほんの十五分を大幅にすぎて、Sさんは時間に追われるようにして出て行った。マッさんはカラカラになった喉に、冷めたコーヒーを流し込んだ。

「Sがいいと言えば編成の方も通るだろうさ。しかし円形劇場とは驚いた」

「それと竹田、さっきの〝人生工房〟って、全国ネットか？」

「うん？　たぶん違うだろう。そこまでのスポンサーは付いてないが、地方のローカル局が流すかもな。どうしてだ？」

「いやなに、田舎の年寄りにな」竹田さんは「あとで聞いといてやるよ」と笑った。本当は子供たちにそっと自慢したかったのだ。


おわりが決まっていれば、どんな土砂降りでもやがて元の日常を迎える。肝心なことは少し光がみえた時に、光をみないようにしてじっと雨風に耐えることだ。案の定、休み前の仕事は出張やドタバタの連続で、やっと解放されたとき、すでに夏休みは始まっていた。深月と十時に待ち合わせ、何事もなかったかのように実家へ。型通りのあいさつと紹介の後、四人で昼食となった時、母親は「なんだか疲れているの？」と心配した。でも深月とはさいわい気が合うようで、食事のあとふたりで別室にゆきなにやら話し込んでいた。

そして今は、羽田の国際線ターミナルでマッさんと待ち合わせて、大きな通路に面したオープンカフェで向かい合っている。バルセロナに行くと決めてから、電話で数回やりとりした以外は、これが最初で最後となる打合せだ。マッさんが成果として数日前のSさんとの遣り取りを伝える。それからＪＪがバルセロナ大学の教授をしていることも分かった。Sさんのいう空白の十年間がすこしだがみえてくる。

「悪いね、時季夫くん。疲れているんだろ」

唯井は出張と実家の件と旅の支度で、この二日ほど正直あまり寝ていない。話している途中もはんぶん上の空だ。

「あの本は参考までに読んどいてくれた？」本は、マツさんの事務所から飛んで帰るときに詰め込んできたが、六百頁を超える代物だ。ほとんど読めるはずもない。

「博士にも送っているからね」と、最終の企画書と資料を渡される。基本的にはあの夜に事務所で飲んで話していたものがベースとなっている。唯井の目的は実現するかどうか分からないイベントの打合せだが、Sさんのいう通り〝本心を掴んで〟くること、これで全体の成否が決まる。うまく行けばドキュメンタリーの目もあるが、すべて水の泡になるかも。

「マツさん、この一日目の『収容人数、約一千人のイベント会場』ってどこ？」

「『ホール有楽町』だね」これは竹田さんの親会社Xメディアのメーンホールで、当然にお勧めだ。

「予備で押えているのが『ホール後楽園』だ。どちらも写真がついてるよ」

「『ホール後楽園』って、あのボクシングの？」

「そう、まあプロレスもだけど、中央のリングはたたんで、北側に舞台を作るんだ」

討論会のメンバーは、タレント的な脳科学者や生物学者、哲学者など有名な先生の名前がずらりと並んでいる。もちろん竹田さん側の強い意向だ。文化事業の一環として華やかに和やかにやるつもりだ。ミュージシャンなど海外アーチストを呼ぶときは、スキャンダルなどで公演中止の心配があるが、文化人や学者の場合スキャンダルではなく、ときにイベントの考え方で主催者ともめる事がある。

「JJからは企画のことでなにか？」

「とくになにも言ってこない。最終的に君と会って決めたいと」

――きっと江野課長ならそれは用心しろのサインだな――しかし企画はもう半分動き出している。

「竹田のほうも乗り気だから、もめても折り合いはつくさ」

マツさんは楽観的だが、唯井の方は行って帰っての旅だ。現地で一から調整する時間などない。もっとも逆説的には、もめた方が本当に本人に来る気があるといえる。

「順調にゆくと帰国はどうなるんだっけ」――そ、それはこっちのせりふだろ――

「そうですね、着くのが現地時間の今日遅くで、明日の朝からホテルで打合せて……」ここに来る前、うまく一日で片づけば翌日は観光とバルでの読書だと、もくろんでいた。夜遅くの便でも月曜日中には帰り着く。夏休みは火曜日までだから十分余裕だ、と。

「マツさん、あっちの仕事の方は？」

「なんとかね。いま、イリさんが中国に行っている。出発は十四時だね。もうチェックインしないと、ほんとに悪いけど頼むね」

マツさんの声と入れ替わりに呪文のように、

「いつかバルセロナに訪ねていらっしゃい」との声が聞こえてきた。

「そのときは、われわれの意識が、つい三千年前まではなかった話をしよう」と。

第四章　バルセロナ

その一　円形劇場

空港から指定された市街のホテルをめざし、深夜の自動車道をタクシーがひた走る。漆黒の夜空をただ見ていると、仕事でもないのになにをしているのかと、また自問と自嘲が始まる。来る途中、機内やシャルル・ド・ゴール空港では、幸いにも本で気をまぎらわすことができた。マツさんから借りてきたあの本だ。眠ろうと思って旅行バッグから取り出したのだが、皮肉にも読みだしてかえって目が冴えてしまった。つごう十五時間以上没頭していたことになる。

これは意識にかかわる古代史や考古学の本だろうか、あるいは脳神経科学や心理学の書なのだろうか。心の哲学に関する二元論や自由意志などの問題は、とうぜんのように随所に顔をだし、神や言語や文字の話も分かちがたく登場する。いまから三千年ほど前の時代に、外見や行動もほとんど変わらない人々が意識を持っていなかった。その驚きの結論もさることながら、じつは背景にある語りの肥沃さもあって、没頭し引き込まれたのだ。

車がものの十五分も走った頃、遠く右手の暗闇の海からだんだんと、金色と青色の粟立つ粒のような光が近づいてくる。やがてムンジュイックの丘を越えると、光は前方にすがたをあらわし、白くかがやく港がせり出してきた。バルセロナ港だ。何本も突きだした埠頭が照明で浮き上がっている。市街地からの光もみえてきた。唯井はナイロビの時とは違って、会社に無断の海外旅行だ。そこまでしていったいなにがしたいというのか。


翌朝ホテルで軽い食事をすませ、まだ時差ぼけのままホテルのまわりをかるく歩く。ホテルの名前は「パレス バルセロナ」といい、昨夜は気がつかなかったが、正面の造りがバロック風だろうか、いかにも古そうな建物だ。よく見るとホテルのまわりは、いやここはすべて石の街だ。

約束の九時にロビーのソファーにもたれていると、JJらしい姿があらわれ近づいてくる。ナイロビのときとは違って目立たない立襟シャツに、大陸の朝はすこし冷えるので薄いブレザーを着ている。

「《ゆい》！　ほら、来たじゃないか」

「久しぶりだね」――でも、実際はひと月もたっていない。東京でいろいろあったからな――

とりたてて大げさなハグなどはせず、しっかりと握手をかわした。

「おかげさまで、初めてバルセロナにね。でも、そんな有名人だとはしらなかったよ」

「ところで、今日は彼女は一緒じゃないのかな？」と、意味ありげに笑みをうかべた。

「彼女？　ループタイのこと？　あれなら置いてきたけど」

「来年、結婚するらしいね」

「えぇー！　どこで知ったんだ!?　マツさんか」

どうもあることないことメールで送っているようだ。聞けば
「はじめの手紙には、《ゆい》の義兄で、大きなイベントを何度も手がけたとか、日本の読者とファンにメッセージを発する手伝いをしたいとか、書いてあったね」

「ひょっとして、俺のことは？」

「むかし一緒に仕事をしたことがあって、今は本業のかたわらこのイベントに加わっている、とだね」

——やはりそんなことだ——唯井としては巻き込まれ綱渡りでここに来たとか、言っておきたいことは山ほどあったが、とにかく打合せだった。ＪＪの案内でロビー正面のエレベーターから五階に昇ると、建物を出た外にテラス席が見える。修道院の中庭かと思わせる落ち着いた雰囲気だ。

「ここは古いホテルなんだ。王族や芸術家のダリも泊まった、むかしはね」

煉瓦の壁に這わせた緑のツタは風にゆれ、遠くにはサグラダファミリアが見える。もしここに観光だけの目的でいたら、気持ちよく通り抜ける風にふかれ、世間のごたごたなどは一瞬で消し飛ぶだろう。しかし、決して楽観できない話が待っている。

「マツさんから、企画のことでなにか聞いてる?」と、ようすをさぐると
「いちおうはね。まあ無難なものだね」と、どうも反応は芳しくない。

「もともと特別なことをする企画じゃないからね」言い訳のようにいうと
「《ゆい》さんは古代ギリシアの祭りを知ってるかな」と尋ねてきた。

その最大のものはアテネの町で年に一度、女神を祝い盛大に行われる祭りで、吟遊詩人のラプソードスや弁論家のソフィストたちが、石造りの円形劇場で多くの観客を前に熱狂的に叙事詩の吟唱と弁論を競ったという。アテネ以外の各所でも大小さまざまの祭りが催された。

「今回の討論も講演もね、この雰囲気でやりたい」と明かした。つまり一般の観客にとって意識やクオリアの話は正直むずかしく、従来の堅苦しいやり方では一層敬遠されてしまう。むしろ本当は身近で面白い、なんとかそれをみんなに伝えたい、と。

——これは必ずもめるな——唯井は先行きの不安を抑えて、

「じゃあ具体的にはどうするんだ?」

「出演者が互いに本音で意見のやりとりをする。自由で本気のバトルだね」

前半の討論はテーマと司会者だけを決め、とくに面倒なルールは設けず各人が思いどおりに自説を展開しまた反論する。辿りつく結論もその場まかせだ。後半の講演は本人が、難解な意識を分かりやすく話したい、という。これでお堅い市民講座からいわば夏祭りのもよおしに変身させる。

「場所は後楽園でね」

「え、『ホール後楽園』か」

ここまでの話しぶりで、場所もまあなんとなくそんな予感はした。唯井はボクシングの試合を見に、ここにはなんどか足をはこんだ。ホールにはよく、すこしくたびれた座席で酒を飲みながら、知り合いの選手の名を呼ぶ彼や彼女の熱い声がとびかった。目つきのするどいジムの関係者や、派手な服装の後援者がリングサイドの席を入れ替わりする。応援のファンがエプロンに忍び寄り、プロのカメラマンの隣でシャッターを切る。少しなら見て見ぬふりだ。ここは元来そんな場所だ。ＪＪは送られてきた「ホール後楽園」のリングの俯瞰写真に目が留まった。階段状の観客席が四方を取り囲み、そのすり鉢の底がリングだ。一瞬にして「円形劇場」が閃いたようだ。ギリシアの円形劇場は、扇形に開いた石造りの観客席が何層も階段状に重なる。劇場の底が扇の要にあたるオルケーストラという半円形の場所で、吟唱や弁論や演劇が繰り広げられる。その後方は一段高い舞台になっていて、背後に石造りの高い壁が設けられていた、という。

——さてどうしたものか——唯井は迷った。有楽町ではなく後楽園で、しかもリングを使う。竹田さんがなんと言うか。下手をすればイベントが飛んでしまうが、まずは話を聞いてからだ。

「討論会も講演会もこのリングの上でかい？」

「もちろんここね」後楽園の大きさは、実際のギリシアの十分の一ほどらしい。うまい具合にリングの北側の座席は可動式なので、取り外してリングと一体の舞台を設けることができるという。舞台は横長でその後方は書き割りの壁を作り、円形劇場らしさを演出する。もうＪＪのなかでは構想が進んでいる。

「討論会はディベートのように一対一で？」

「いや、そうじゃない。あれは一種のショーだからね。もっと制約もなしに自由に。これはこれまでの失敗の教訓からだね」

「仮にだよ、仮にこれでやるとしてお堅い学者さんたちがウンと言うかな？」

「内心は目立ちたい人間ばかりね。それにみんな、学会の発表でささいな不備をついて、最後の審判を下すように言い立てる小悪魔と闘っているでしょ。心臓には毛だね」

「もうだれか心当たりは？　日本人で」

「それが、打ってつけのがいるね」と、もう連絡を取りそうな勢いだ。

「講演のテーマも、決まっているのかい?」

「一応ね。『意識の本質』といった内容だよ」

聞けばあの本がテーマとする時代を、はるかに遡って話したいらしい。これはあの本の愛読者なら興味は引くだろう。

二人ともテラスの古い木製のチェアにもたれ話し込み、気が付けばロイヤルブランドの紅茶をお代わりしていた。JJはその合間になんどもパイプを詰めなおして風に吹かしている。やがて当然だが
「《ゆい》さんはどう?」と唯井の意見を聞いてきた。唯井はいまこれ以上話がすすむと、いろんな意味で危険だと分かっていた。帰国してから、板ばさみで抜き差しならなくなる。唯井の〝意識の小人〟は「だんな、分かってるでしょ、もち帰って伝えるだけでしょ」としきりに促す。

「JJ、よく聞いてくれ」と口がうごいていた、あの不動産会社に決めたときのように。

「この企画のことだが……」

唯井はいまのマッさんの弱い立場と、実際は大手の『Xメディア』と系列の放送局が最終的に決めることを説明した。うまく行けばドキュメンタリー化の話もあるが、それに際しSという制作部長が、この〝空白の十年間〟と〝なぜ日本なのか〟を知りたがっていることもすべて。

「だからＪＪの希望をＸ側にぶつけたら、下手をすると話が流れてしまう」

肚を決めてそこまで伝えた。加えて半ば好きで巻き込まれている唯井の微妙な状態もだ。

ＪＪの予想していたことも、いなかったことも含まれていただろう。しばらく遠くのサグラダファミリアのあたりを眺めていたが、やがて口を開いた。

「そうだねー、この十年間ね。あの本をアメリカで出版してから、考えにいろいろと迷う所があってね、簡単に進まなくなったんだ。もっぱら調査や研究に費やしていたが、途中、心配した妻の助言で、いったんリセットしようとね、妻の母国のスペインに移ったんだ。それで今やっと、あの本のささやかな続きの『意識の本質』を仕上げる時期をむかえたんだ」さらにことばをついで

「ああ日本での講演ね。それは若いときの留学の縁と一番先にマッさんから声が掛かったから、かな。まえから続編を出版する際には、先に討論と講演をどこかでやらねばと考えていた。その出版は、これが済んだあと《ゆい》さんの言う通り、まず英語圏でね」

淡々とした口調だ。それからおもむろに

「《ゆい》さん、できればね、わたしの希望通り伝えてほしい。じつは考えがあるんだ」

「考えが？」もちろん聞いてから答えるべきだったが、唯井は乗り掛かった舟だと観念し「分かったよ」と応じた。これで先の読めない状況となってしまった。

「それで《ゆい》さん、いつまでここに居られるんだ」と話題が唐突にかわり

「見てもらいたい物がね。あす家に来てくれないかな、妻のランチをごちそうするよ」

これには驚いたが選択の余地はない。自宅で見せたい物とは、いま言った考えのことだろうか。聞くと関係がもろく崩れてしまいそうな気がした。でも、これでバルセロナの観光と読書は消えてしまった。

いったん心が決まると、ものの見方は変わってくる。たしかにあそこのリングなら対談者と観衆の距離がぐんと近く、参加すら可能で臨場感は十分である。いっぽう「ホール有楽町」は、りっぱな舞台のうえで対談者がテーブルに座り、ほぼ予定通り行儀よく議論が進むだけだろう。

「話は変わるけど、この討論会はなんと呼ぶんだい。ディベート？　それともディスカッション？　日本人的には〝トーク・バトル〟の方がしっくりするけどね」

ＪＪによればこれは和製英語で、おそらくテレビなどの〝トーク・ショウ〟からの連想だが、まあ日本人がピッタリくるならそれで構わないという。気がつくともう昼どきで、テラスにも景色を目当ての客の姿がちらほらする。

「いい店があるんだ」と立ち上がった。

その二　エル・コール

ホテルから少し歩けばランブラス通りだ。土曜日で車も観光客も多い。通りには間口のせまいバルやみやげ店がひしめき、呼び込みも盛んだ。そんな中を港に向かって歩く。通りはひろいが両側の古い石造りの建物と街路樹の日蔭が、夏の日差しを心地よく防いでいる。

カサ・ジョセフという間口がふたつ分あるバルに着き、JJが中をのぞき込む。お昼どきのバルは観光客もまじり賑やかだ。店主に目で「二階は？」と合図すると、カウンターの爺さんにサーバーでビールを注いでいた店主は黙ってうなずく。二階にいるのはもっぱら年寄りの常連客で、昼間からけだるくビールやワインを交わし、ときどき「フッフ」と思い出したように笑い合う。

JJは窓際の席に着くと、さっそくショルダーバッグから見慣れたタバコのポーチをとり出し、せっせとパイプに詰めだす。吸い口の先を満足げに唇の端にくわえ、重厚な臭いを漂わせてやっと一息つき始める。ちょうどウエイターがビールと、山盛りの皿をお盆にのせて器用に階段をあがってくる。黒いムール貝に、あめ色のジャガイモとタコがあらわれた。

「彼はトニオ、むかしからここにね。それでこれが定番のガリシア料理だね」

腹もすいていたので残った話は食べながらとして、ともかく先行き不明朗なまま乾杯した。

「対談者が決まったら直接マツさんに連絡して。それから司会者もね。それと……」

ＪＪはタコの足をほお張ったまま、うん、うんと繰り返す。リングでこの種のイベントは珍しく、一応の宣伝効果はありそうだが、狙い通りにぎやかな祭りの雰囲気が作れるのか。イリさんではないが素人には簡単ではない。

「対談者との打合せはいつなんだ」

「いや、ぶっつけ本番ね。テーマだけ決めて事前の打合せはないよ」と、やっと噛み切って解放された口から意外なことばが出た。

「準備をすればそれだけ新鮮味がなくなるからね」

討論のだいご味は、相手からいきなり出された意見に、自分も頭の無意識の層から予想外の反応を示して応じることだという。それは新たな発見を生むかもしれないが、下手をするとバトルは目的地を見失って漂流し、凧のように糸がきれて宙を舞う。

「でも観客に分かり辛くならないか」

「観客はすこし戸惑っても、生の本音のことばに納得するでしょ。会場が盛り上がり、『俺にも言わせろ』とでもなれば大成功ね」と反論する。唯井はなにか言いかけたが、もうやめにした。できるだけ竹田さんサイドを説得する、危険な道だけどさっきそう決めた。ＪＪが何杯目かの

ビールを空けてジョッキをドンと置き、

「分かってるよ、《ゆい》さん。最後はまかすから」と宣言し、今日の打合せはおわった。

「当日はぜひ彼女と一緒に。イベントのお守り代わりに、あの貴婦人像もみたいね」

「分かったよ。でも深月の方は、店のやすみ次第だね」

唯井たちはにぎやかな午後のランブラス通りに開く大小のパラソルをぼんやり見下ろしながら、いい気分になって椅子によりかかっていた。まだ明日もあるが、出発前にマッさんから言われたＪＪの本心は、これでだいたい掴めた気がした。そうすると次は……と思い始めたとき、ＪＪが少し疲れたような声で、

「あのあとわたしを探していたんだってね？」ムカミから話が伝わっていた。

「あの時といえば、なにか宿題があったね」

宿題は〝ホモ・サピエンスのクオリアの光景とは〟だった。抽象性と想像力をもたない七万年前のホモ・サピエンスたちが、一体どのように目の前の光景を自ら感じ、それがどのように変化していったのか、だ。この光景の変化のようすが分かれば、彼らがあらたな力をもつにいたった仕組みの大きな手がかりとなる。

「これは簡単じゃあないんだ」と、パイプをくわえうなずく。

「そのせいで、帰りに飛行機でホモ・サピエンスの夢を見た」

「そりゃおもしろい」

唯井は自分の答えとして、あの長い夢をくわしく話そうとしたが、すでにかなりが耳の砂となってこぼれていた。だから辛うじて伝えられたのは、水牛の狩りとそれに続く「お使い」と、その途中に頭蓋の中で唯井が感じたあの「祭りのみこしの密集」や「映画のスクリーンの世界」についてだけだ。

「うん、うん」と聞いていたがおわると、真面目な顔になり
「いまの密集やスクリーンの中の二次元世界は、正直わたしは考え付かなかった。どちらかと言うとクオリアの変化前の光景だけれど、いや、なかなか面白いね」と意外な評だ。

「変化前の光景か。それじゃあ先生の話の続きをぜひ聞きたいね」

「そうだ、あの話は時間切れだった」

そのとき、大きなおしゃべりで再びこの話を中断させたのは、二階へ上がってきた観光客の一団だった。ＪＪが酔って火照った顔をさすり、「すこし外の空気に」とうながす。二人でバルの正面の車道を横切り、歩道に設けた大きなパラソルの下に腰を落ち着けた。通りには海からの風が出はじめ、お構いなしにパラソルをゆらしている。店員のトニオが赤ワインのグラスを席に運んでくる。ＪＪは一口含んで話を再開した。

「話したとおりあの頃わたしは、ホモ・サピエンスの抽象性と想像力の能力について、悩みを

かかえ続けていた。そして機会があって、イラク博物館で祈願者像の説明を学芸員からうけたのだったね。そこでは祈願者本人から抜け出た魂が、守護神に導かれ大神のまえで額づき、本人の像はそのようすを本人に代わり眺め見守っている」

その不思議な光景は唯井にも思い浮かんできた。

「最初は『そうか、なるほど』と思ったが、だんだん奇妙な気がしてきた。死んだ者の魂なら分かるが生きた肉体の魂だからね。それが外に出て大神に額づいている。ひょっとして、陶酔したような大きな目で虚空を眺めている祈願者像は、見守り役などではなくて魂が抜けたあとの姿ではないか」

学芸員の使った魂の意味は、どちらかと言うと霊魂に近く、これに対してＪＪは人の心の意味で考えたのだが、唯井もそれは理解していた。

「するとね、見方が大きく変わってくる。本人の抜け殻となった祈願者像は、『あれは自分だ』と、他人を見るように魂という本人を眺めている。逆に魂も、『自分があれだ』と、本人の像を見ている。《ゆい》さん、これはまさに客観視された自分、つまり『クオリアの自分』が出現している状況ではないか。すなわちこれが『クオリアの光景』だ。これと同じことが、ホモ・サピエンスに起こったのではないか。間違いない！　そう確信したんだ」

ＪＪの考えでは、この当時のメソポタミアでも、魂つまり心と肉体のむすびつきは、われわれの想像よりはるかに強固で、心を外に出すことはそう簡単ではなかった。だから像を作り、自らもそれに倣うことにより離脱をはかった。今から四千五百年ほど前の当時でもそうなら、あのホモ・サピエンスたちには至難の業だ。

「彼らはある時、身体の外に『クオリアの自分』つまりクオリアを実感する自分のようなものを奇跡的にみつけ、数万年の気の遠くなるような時間をかけて、わがものに成したのではないか。では、どのように？」

「まさか、突然変異や進化じゃないんだろ」

唯井には空港のラウンジで聞いた偉い学者たちの説がよぎった。「まさか」とＪＪは笑った。

「わたしはそれまでごく常識的に、ホモ・サピエンスを含めた動物のなかに、『クオリアの自分』の萌芽のようなものがあり、それがヒトにおいて突然変異や進化しやがてクオリアの変容が生じ、ついには『文化の爆発』を引き起こしたと考えていたね。しかも変容の原因を強引に〝ことば〟だとして、学会で手きびしい反論を浴びた。だけどこのときやっと繋がったんだ、すべて。変容は萌芽の突然変異や進化などではなく、〝偉大な錯覚〟とでも言うべき偶然の産物により引き起こされ、それを助けたものがヒトの卓越した『心の理論』だった、という事実がね」

ここでやっと、ナイロビ空港の話の続きが締めくくられた。さらに〝偉大な錯覚〟について、「あくまでわたしの推測だけどね」と断って、また例によって太古の物語をはじめた。

『文化の爆発』の始まる前、今から七万年ほど前のサバンナでのことだね。狩りの途中である若いホモ・サピエンスがみんなと歩いていた。彼はもちろん、ほかの者もまだ『クオリアの自分』をもつにいたらない状態だ。その時とつぜん仲間の一人がたおれた。同時に毒蛇が若い男の足もとから飛び出し、男も紙一重のところだった」

唯井には——蛇の顔認証のモジュールだ——と、ラウンジでの記憶がよみがえった。

「仲間はほそい足のふくらはぎがどす黒くはれあがり、苦しみうなっている。男たちはあわてて仲間をべつの場所にうつしたが、すでに息は荒く顔はゆがんでいる。まわりに必死に助けをもとめるが、もう死ぬことは明らかだった。若い男にはどうにもできず、ただ茫然とあの祈願者像のように眺めるしかなかった。男はその仲間とはおなじ女にでも育てられたのかとくに仲がよく、そのせいで痛いだろう苦しいだろうという感情が、せきを切ったようにあふれ覆いつくした」

ここで話をいったん止めて、唯井に問いかけた。

「《ゆい》さんが若い男なら、どうするだろうか?」

「助からないのならやはり、痛いか、大丈夫か、とそばで同情するくらいかな」

「この男の場合は、仲間自身の気持ちに深く入り込んでいった。仲間が痙攣するたびに、自分の身体も跳ね上がった。《ゆい》さんでもサッカー観戦で、好きな選手がシュートするとき、思わず足に力が入ることがあるでしょ」

これがいわゆる「心の理論」のひとつの作用で、男の場合にはトランス状態、つまり興奮状態のように極端に表れたという。

「すると男に異変が起こったんだ。一瞬だけ、横たわる仲間におのれ自身が重なった。なんと、体外の仲間の身体におのれ自身を移し、つまり憑依し、仲間の目で『オレがあれだ』と、男の肉体を見てしまった。他方、逆方向から男の肉体は〝他人事《ひとごと》のように〟『あれはオレだ』とおのれ自身が憑依した仲間を見てしまったんだね」

もちろん錯乱した中のありえない錯覚だが、これがＪＪのいう〝偉大な錯覚〟であり、〝クオリアの自分〟の始まりだ。若い男は初めて客体としての自分を垣間みて、一瞬だけそのクオリアの味を体験した。

「その後もこの男は、たぶん同様の短い時間の弱々しい体験を繰り返し、自分の分身を生体の外に見る便利な能力をすこしずつ身につけていった。それは集団に代々受け継がれてゆき、やがて数万年後、この分身は〝クオリアの自分〟として大地の色の問いにはっきり答えるようになるんだ。『そうだ、赤いぞ』とね」

ＪＪは宿題の〝ホモ・サピエンスのクオリアの光景とは〟を、このように説明し、最後に「自分の創造は抽象化の最たるもので、このすぐあとに『文化の爆発』が待っているんだ」と、明言した。

話しおえて満足したように目を閉じていたが、すぐに感心したように言う。

「でもね錯覚はべつとして、笑ってしまうよ。片や二百万年、片やたった五年だよ」

思わず唯井がなんの年数だときくと、

「『心の理論』だね。いまの子供ならわずか五歳くらいで、これを使いこなせるけど」

話のついでに、発達心理学における典型的な「心の理論」の実験ケースを講釈した。

「幼い妹のサリーが姉のアンと、動物の小さなぬいぐるみで遊んでいるとする。そしてアンは気に入った〝犬〟のぬいぐるみをポーチにいれて、いったん部屋からでていった。そのあと直ぐに妹サリーの目の前で、〝犬〟を〝猫〟にすりかえる。そしてサリーにこう尋ねる。『アンがもどって来た時、アンにポーチの中身は？　と聞いたら、アンはなんと答えるかな？』四歳までの子供だと多くは〝猫〟と答え、五歳くらいから正しく〝犬〟と答えるね」

そういう事か、と唯井は納得した。モジュールで動く人類には、この壁が二百万年か。

「ホモ・サピエンスの若い男も妹のサリーも、相手の気持ちになって、はじめて自分の心に気づくね。心は皮肉でしょ」

唯井はまたなにか上手くしてやられた気もしたが、「オレがあれだ」と「あれはオレだ」という、宿題の核心が聞けたということでよしとした。そして、若き日の学者、ジョナサン・ジョイス博士はここが出発点だった。「文化の爆発」の解明が土台となって、十数年後にあの『アキレウス―幻影と神々』の出版に結びついたのだ。

赤ワインも手伝っておおらかな気分だ。人はゆっくりと歩き、語らい、笑い、あるがままを楽しむ生活をしている。ところが唯井は昨日ここに来て明日の夜遅くには、もう帰国の飛行機に乗る。ＪＪもいるこんな貴重な時間をと無性に腹が立つが、反面、いまこんなことでいいのかと不安がつのる。会話が風のようにぱたりと止みわれに返ると、ここは間違いなくバルセロナで自分がいて、夏の陽光はまわりの石の建物と壁と道に影をおとし、大陸のかわいた空気が石の街を覆っている。ふいにＪＪが口をひらいた。

「事のついでにほんとに会社を辞めて、この仕事に移るつもりはないのかな？」

「まあ、今の会社に入るときに世話になった人の手前、簡単にはね。それに来年結婚もするし」

「そうか、そりゃ残念だね。でも、イベントまでは手伝ってくれるね」

「約束するよ、大して役には立たないけど」乗り掛かった舟で、まだ竹田さん側との詰めの交渉ものこっている。

もうそろそろ日も丘のほうに傾いて、時間を見るとほどなく四時だ。ＪＪは「明日の件だけれど」と、住所をメモに書き「すこし早めだけどね十二時頃にきてくれ」と言った。自宅はバルセロナ市街を望むモンジュイックの丘にほど近く、タクシーにメモを見せれば分かるらしい。

「ほんとうは迎えに行ければいいのだけど」

口ぶりから、なにか用事があるようだ。唯井の方は今からだと美術館や博物館は入れないし、有名な教会にしても同じだ。――さあ、ホテルに帰ってマッさんにメールを打って今日はおわりだ――ほんとうなら明日は観光と夜八時の便までバルで読書ざんまいのはずだった。

「そうだ、まだバルセロナの観光はしてないでしょ。それなら絶対にゆくべき場所があるね」

「いまからかい？」

「エル・コールだよ。ここからそう遠くない」きけば旧ユダヤ人地区にある、墓標石とシナゴーグ（ユダヤ教の会堂）だという。ガイドブックにはまず載っていない。

ＪＪはトニオに、ユダヤ系の団体が案内用に作った一枚の古い地図を頼んだ。

「この端っこがわれわれのいるランブラス通りだ。エル・コールはこれ」と、鉛筆で小さく区画を囲み、さらに墓標石とシナゴーグに丸印をつけて、その由来を説明する。

「六百年ほどまえだね。この一角には四千人ほどのユダヤ人が暮らしてたけど、蔓延したペストにまつわるデマと扇動によりほぼ全員が殺された。ポグロムだ。暴徒が手あたり次第にユダヤ人を襲い、そのなかには普段付き合いのあった職工や商人たちもいただろう。意識が一人ひとりの個人から離れ、一個の狂った巨大なエネルギーと化したんだ。おおぜいが逃げ込んだ城郭でも殺戮がなされた。建物の一部は火を放たれ壊され、そのとき墓標石とシナゴーグも破壊され埋もれていたけど、最近になって悲劇の象徴として発見された」

たしかに、聞くかぎりふつうではなく、触れられたくないような観光地だ。

「さらに、人々はあるじの居なくなった建物を、勝手に我が家にしてしまった。殺した人間の宝飾品も金貨も。彼らの墓石さえも平然と石壁となった。近くには、キリスト教の大聖堂が人々の心のより所として、何事もなかったかのように荘厳に佇んでいるわけだね」

バルセロナに来たならゆくべき場所の意味はわかった。すると「おもしろい詩がある」とウンベルト・サバというユダヤ人の血を引く詩人の『ミラノ』という詩を口ずさんだ。


石と霧のあいだで、ぼくは／休暇を愉しむ。大聖堂の／広場に来てほっとする。星の／かわりに／夜ごと、ことばに灯がともる。／生きることほど、／人生の疲れを癒してくれるものは、ない。（別注3）

「あのミラノではいざ知らず、ここエル・コールではね、〝石〟も〝霧〟と同様に彼岸の世界のものなんだ。死んだユダヤ人たちは石の建物のなかで〝夜ごと、ことば〟を待つんだ。でも六百年あまり、だれも灯そうとはしないのさ」淡々とふたつの街の違いを述べた。

さらに思いだしたように、日本の詩人、宮沢賢治に『春と修羅』という詩があるが、と水を向けてくる。これは唯井も学生の頃によく読んだ詩だ。ＪＪのいうその長編詩の序文が、唯井の記憶では確かこうだった。

わたくしといふ現象は／仮定された有機交流電燈の／ひとつの青い照明です／（あらゆる透明な幽霊の複合体）／風景やみんなといつしよに／せはしくせはしく明滅しながら／いかにもたしかにともりつづける／因果交流電燈の／ひとつの青い照明です／（ひかりはたもち　その電燈は失はれ）（別注4）

「一般的にはね、人の心象風景だといわれている。でもわたしには人の視覚神経がとらえたサバの石の世界に感じられるね。視覚のクオリアに変わる以前の電磁波が飛び交う、そんな世界をズバリ詠んでいるんだ」

予想もしない解釈で、唯井は知られたこの一節が、まさか視覚神経や電磁波の世界とは考えもしなかった。

「脳神経回路網のスパイクのようすと、ひょっとすると霧の世界のことも、詩人はうたっているのかもしれない」

ＪＪがなにを伝えたいのか、残念ながら唯井にはよく分からない。ＪＪや脳科学者にはすんなり飲みこめる感覚なのかもしれないが。そろそろ夕暮れ時なので、早く〝休暇を愉しむ〟方がいい、と言うＪＪの強い声にうながされ、唯井はワインで回った足で立ち上がった。「あすは十二時だね」と確認し、ＪＪをパラソルに残して地図をたよりにフラフラと歩き出す。トニオがあわてて上着とバッグを持って追いかけてきた。

サンタ・マリア教会を目印に地図を頼りにしばらく歩くと、エル・コールに進むにつれ、道はほそく曲がりくねり出した。「シナゴーグは中に入って見学すればいい。ただし、《ゆい》さんは行き着けないかもね」

ＪＪの予言が耳に蘇ったとき、完全に道に迷っていた。「陽が落ちるとなにかとぶっそうだから、無理せずに引き上げることね」シナゴーグ近くに幽霊がでるという有名なユダヤ人屋敷があり、夜にポツンとだれもいないはずの館に灯りがついたりするという。あきらめてたどり着いた市役所の広場には、ライトアップされた教会を背に、あちこちでギターを弾く音色がしずかに響いている。

「パレス バルセロナ」ホテルの部屋に帰ったのは十一時を過ぎていた。ショルダーバッグや薄いジャケットをソファーに放り投げ、そのまま疲労困憊でベッドに倒れ込んだ。打合せに神経がすり減ったのでも、ＪＪの話が難解だったのでも、くすんだ石積のユダヤ人街を歩き疲れたわけでもない。それはきっといま唯井自身が味わっている現実感のせいだ。会社や今までのしがらみが切れた、失敗や成功の評価と無縁の生活、とでも言えばよいのだろうか。
――そうだ、マッさんに今日の顛末をメールしないと――半ばねむった脳を叱咤してなんとかサイドテーブルに移り、ズボンから携帯電話をとり出した。なにを送ればいいのか、死んだような頭では、話のやり取りを正確に伝えるのはむりだ。

時季夫です、いま夜の十二時です、つかれました。ＪＪから聞くことはおおむね完了。ホール後楽園のリング使用を希望。なお対談相手の選考は待ってください、いろいろとＪＪに腹案あり。明日は当初予定変更で、ＪＪの自宅へ。帰りは予定通りです。よろしく。

これだけ打つのが精一杯であとは眠気にあらがえず、そのままベッドで寝てしまった。

その三　イラク人　ザーイド・アーマッド・アルジャビール

翌朝、カーテンを開けたままの窓から明るい陽が差してきても、なぜか安心して久しぶりにたっぷり寝込んでしまった。目を覚まし時計をみて驚いてとび起きた。「十一時じゃないか！」

あのままのズボンとカラーシャツの姿だ。——しまった、車で三十分はかかるはずだ——なにを捨てるのか、なにができるのか。シャワーはあきらめた。チェックアウトの荷造りが先だ。精算は？　タクシーは？　頭のなかは回るが、意識が追い付かない。ひげを剃り靴を履きなおし、部屋をとびだした。

タクシーの運転手は観光客と思い、盛んに話しかけゆっくりと運転する。あせる気持ちを押し殺し、車の外を眺めると緑の景色が増えてきた。曲がりくねった坂道をゆくうち、日本だと大豪邸といえるような家がいくつも過ぎてゆく。——まだか！——と思ったとき、車が右折し「アクィー（ここだよ）」とゆっくり門のまえに停止した。間に合った。門扉ごしの庭は広々としているが、建物は赤いベンガラ色の屋根と白い壁をまとい、まわりの白いしゃれた建物に比べてこぢんまりしている。頭の髪を気にしながら呼び鈴を押すと、ＪＪらしい姿が正面の玄関口からあらわれた。

「よく来たね、入ってくれ」と玄関に続くポーチルームに通され、すぐ左にまがると広いダイニングとリビングだった。すでに焼き立ての大きなパンやリブロースの骨付き肉が、おいしそうな匂いでテーブルに並べられている。奥のリビングの窓から広がっているのは先ほどの大きな庭か。

キッチンから夫人がスペイン語でなにやら口にしながら、焼き上がった円盤のようなオムレツを運んできた。唯井の前でなべつかみを外しエプロンのまま、英語で「お会いできてうれしいわ」と、軽く抱擁した。唯井は髪は寝ぐせで、シャツもしわのまま、もうなにも気取ることなくしぜんに抱擁をかえした。ホームパーティーの類いは得意ではなかったが、リスのような目の夫人とその飾らなさに、きょうは杞憂のものとなった。

白ワインで乾杯し食事がはじまると、喋るのはもっぱら夫人の役目だ。名前はソニア。

「〝ナバハス（Navajas）〟はガリシアの実家では、焼かずにウニのスープにいれるのよ」

「ナバハスというのはマテ貝だけど、スペインでは殻ごと焼く方がふつうだね」

ソニアは唯井にも分かるようにゆっくりと英語で話し、難所やときどき混じるスペイン語は、ＪＪが同時通訳をする。二人はマドリード大学で知り合い、付き合いはその頃から始まった。当時ＪＪは、スペイン北部のアルタミラ洞窟の調査で、臨時の研究員としてマドリード大学に派遣され、ソニアはまだ歴史学科の学生だった。やがてＪＪがアメリカの大学に戻る話が出たのを機に二人は結婚に踏み切った。ＪＪは三十二、ソニアは二十三歳だった。

彼女はそれ以来およそ三十年間、各国の遺跡調査や講演に帯同する。ガリシア地方のポンテベドラに近い漁港の有力者であった祖父は、いつか必ずソニアが祖国に戻ってくるようにと町のマヨール教会でお祈りをした。するとその夜、夢に

「孫娘のために、バルセロナに赤いスペイン瓦の家をたてなさい」と聖ヤコブのお告げがあっ

た。そうソニアが言うと、こんどはＪＪが日本語と英語を混ぜながら、

「まあ、それはまゆつば〝ダウトフル（doubtful）〟だけど、ここはポンテベドラではよく見かける家〝ティピカル　ハウス　イン　ポンテベドラ（typical house in Pontevedra）〟だね。バルセロナもポンテベドラ同様に、気候もいい〝ワーム　クライメイト（warm climate）〟。おまけに港もある〝ア　ハーバー　イン　バルセロナ（a harbor in Barcelona）〟だからね」と、いそがしく打ち消す。

「ここからはヨーロッパはもちろんアフリカにも便利だわ。あのイラクにもね」

そういうと、ソニアはいたずらそうな目を芝生の遠方に向ける。

「ほらあそこに屋根が見えるでしょ。あれが二年ほど前のイラクのおみやげなの」

唯井にはどういう意味か測りかねたが、よくみると低木で丸く囲まれた一角から、ログハウス風の茶色い屋根がのぞく。

「あそこはもともと花壇なのよ」杏の木で囲われた中央に、丸い幾重もの花壇があるらしい。

ＪＪはガリシア産の冷えた白ワインをテーブルに置き、スペイン語でなにやら焦ったように喋っている。表情からは「ソーニャ、近いうちになんとかするから」とでも言い訳してるのだろうか。唯井は当てずっぽうでソニアに
「〝ダズ　エニワン　リブ　ゼア？（Does anyone live there?《だれかあそこに住んでるの？》）〟」と聞いてみた。

「あははは」と三人同時に相好をくずした。ＪＪはソニアの方に向き直り「《ゆい》さんに書斎で話しておきたいんだ」と了解をもとめる。骨付き肉のチュレトンもデザートのタルトも料理はあらかた片づいていた。ソニアも十分に承知している話とみえて、「もちろんよ」とうなずき、二人は二階の書斎に上がった。

昼下がりの少し暗い書斎のソファーにもたれるや、ＪＪはさっそくパイプにタバコを詰め、火をつけるのももどかしく至福の一服をクプクプとあじわう。昨日のカサ・ジョセフの二階の続きが、ところを変えてあらわれた。

「こんどの日本の講演内容にも関係があるし、じつはこの十年間の大きな出来事でもあるからね」

そう言うと、庭の丸太小屋とイラク人、ザーイド・アーマッド・アルジャビールとの因縁話を、次のように語りはじめた。

わたしのザーイドとのかかわりは、今から十二年前の一九九二年二月に、彼をイラクのバグダードに訪問したことから始まったんだ。ちょうどラマダン明けだった。もっともまだイラクが平和なときに、イラク国内の遺跡の発掘現場などで知らない仲ではなかったね。当時彼はまだ四十歳前だけど、イラク国立博物館の「シュメール人に関する展示」の責任者で、古代メソポタミア文明、とりわけ楔形文字《くさびがたもじ》の研究では知られた人物だったよ。

一方のわたしは、『アキレウス―幻影と神々』の発刊が間近にせまり、ある〝迷い〟を抱えていた。それを払拭するためザーイドの意見を聞きたかった。さらにこの目で、湾岸戦争後のイラクも見ておきたかった。

その頃のイラクはというと、前年の二月末に湾岸戦争があっという間に、多国籍軍という名のアメリカ軍の勝利におわり、四月には停戦合意がなされていた。合意をみてわたしは直ぐザーイドに手紙を送り、彼からも「ぜひともお待ちしています」という返事がきた。本当はその足で訪ねたかったけど、戦争の余波でイラク国内はもとより中東全体が騒然としていた。イラクから隣国へ逃れて行く人々や、逆にクウェートからの難民など、ヒトの波が砂嵐のように激しかった。なにより、国際線の民間空路は不確かで危険で事実上停止状態だった。やむを得ず、わたしはツテを頼り国連文化援助機関の一員となり、イラク入りをじっと窺っていた。

そしてやっとあのラマダン明けに機会がやってきた。われわれ援助機関の一団は、戦争後のニネヴェなど各地の文化遺産の損壊状況を調査するため、いったんヨルダンの首都アンマンに集合した。しばらく待機してから、専用の小型機で早朝にサッダーム空港に降り立った。特別な入国手続きを済ませ、現地での注意事項の確認と役割分担をしたあと、わたしは昼すぎに一団と別れて市内中心にあるホテルに向かった。イラク博物館はバグダードの空爆以来、閉館状態だったので、そこで現況の聞き取りをかねてザーイドと会うことになっていた。

ホテルの最上階の大きな客間で、ザーイドは握手をしながら流暢な英語で

「博士、はるばるとバグダードによく来られましたね」

と迎えてくれた。眼下にはティグリス川ののたうつ蛇行が広がっている。

「いつも仕事はその衣装で?」

ザーイドは白いディシュダーシャと呼ばれる、くるぶしまで届く長衣の民族衣装を着て、頭には白地に黒の粒もようのカフィーヤと呼ばれるスカーフを被っていた。

「いや、いつもはラフなシャツですが、今日は再会できた特別な日なので。本当はこれでご案内できたら……」と、客人を手厚くもてなすイラク人、ザーイドは残念がった。博物館は戦火を危惧し貴重な収蔵品を避難させ、全体が混乱していたに違いなかった。白いディシュダーシャが、博物館の至宝「黄金の竪琴《リラ》」と錯綜する姿が思い浮かんだ。

「必ずそのうちに、またその日がくるよ」

気休めだったが、ある種の期待を込めた自分へのことばでもあった。わたしたちは椅子にもたれ水パイプを吸いながら、遺跡や博物館の話をした。ときおりザーイドは、先のみ

えないイラク社会の不安を憂えた。そしてディシュダーシャの両膝を手で払いながら「彼が暴発しなければ」と、「ハッ」とするようなことを口にする。サッダーム政権下のイラクは盗聴や密告社会で、親兄弟の間でも本音は出せなかった。

しばらくして本題に入った。わたしは既に本の基本となる一連の論文を公表していたが、それはザーイドも読んでくれていた。今それを説明する時間はないけれど、集大成するとあの本ができあがると考えてほしい。わたしが抱え聞きたかった迷いは、「世界最古の文字をもつ社会で、王や神官や武将や庶民に〝われわれのような意識〟がなかったのか」というものだった。ここでいう意識は〝クオリアの自分〟ではなく、《ゆい》さんにも説明した〝意識の小人〟という意味だね。この問いに対してザーイドは、

「博士、私は今までに、国内外の多くの有名な遺物に刻まれた楔形文字《くさびがたもじ》を、自身で直接読み解きました。おなじみのラガシュ市の王碑文やエアンナトゥム王の戦勝碑、ハンムラビ法典碑、グデア王の祈願像、ウルナンシュ王の奉納額、さらには『サルゴン王伝説』や『イナンナ女神賛歌』といった文学的な作品群も。はては書記養成学校の教材、行政文書、会計文書の粘土板にいたるまでです。そしてその限りでは、博士の説と直接矛盾するものは見つからないと思います」と淡々とかつ慎重に意見を述べた。

「ありがとうザーイド博士、君にそう言ってもらって安心したよ」と言ったものの決して

油断できない。これは年長者であるわたしへの敬意にすぎない。
　この古代シュメール人の創った「楔形文字」は、世界最古の文字とされている。基本的には、三角形の楔形とそれに線を付けた形「▼｜」を、さまざまに組み合わせて表記する文字だ。最終的に六百ほどの文字数に落ち着き、これは日本語のひらがなと漢字より圧倒的に少ないが、たとえそれを覚えても読めるものではない。碑文や粘土板などが作られた場所や時代により使われている言語が異なる。シュメール語なのか、アッカド語なのか、あるいはエラム語など他の言語なのか。また漢字と同様に同じ文字でも同音異義語となったり、意味が変わり音が変わることも多く、結局全体の文脈で判断するしかなかった。
　さらに厄介なのは、古い石碑や粘土板は四、五千年以上前のもので表面が劣化し、直ぐには読み取れない。肉眼と拡大鏡で現物と対峙してなんとか紙に写し取り、時間をかけて翻訳する「粘土板読み」と呼ばれる学者が必要となる。残念ながら写真撮影をして、画像の加工によりデジタル化して解明する、ということに馴染まない世界だった。（別注5）
　わたしは続けてザーイドに
「では、この時代の文字はどうして後の時代のさまざまな文字のように、右脳の神の声を遮断し意識を生まなかったのだろうか」
と、疑問の核心をぶつけた。あの本の説は、今から三千年前までは、神の声が大脳の右半球から生まれ、左半球に伝わり留まったのち命令となって人に行動をうながす、というものだが、わたしの説では文字の発達がその神の声を衰えさせ消滅させた、と結論づけていたからだ。粘土板に刻まれた文字の多くは、神殿への奉納記録など事務的なものだけど、なかには外交や戦争の文書、訴えの判決文と思しきものもある。外交と戦争は国を動かす重要な判断だし、利害がぶつかるから裁判がある。今と人の精神構造が異なるものの、そこには個人の思惑や背信、商人たちの算段や駆け引きといった「自分」、つまりわたしのいう「意識の小人」の存在が見え隠れするはずだった。すると彼一流のクセ球が返ってきた。

「それは、古代シュメールの世界では王から庶民にいたるまで、かならず守護神を介して大神に伺いを立てていたことを、私のような者でさえ知っているからです」

これはわたしの〝迷い〟をさらに揺さぶった。守護神は、昨日カサ・ジョセフで話した祈願者像が見たあれだね。つまり守護神の存在だけが、右脳の神の声と文字文化の両立を可能にした、という見立てだ。たとえ文字を通じて左脳が物事の判断や理解をしても、同時に大神の声が左脳に伝えられる限り、という条件付きの両立だ。裏を返せば、「博士の論拠は弱いし、守護神の存在をろくに知らず異を唱える学者もいますよ」という忠告だ。

「分かった、ザーイド博士。他にあればもっと言ってくれ」

「博士、どうか気を悪くしないでください。私は、シュメールの粘土板の中からノアの箱舟やバベルの塔の話の原型が見つかったように、可能性としての話をしているだけです」

こう言って、ザーイドはまたしずかに膝を払った。彼の一族はヨルダン王室の流れを汲み、祖父がバアス党時代の大臣にもなった名門だ。彼自身も博物館のナンバーツーであり、ゆくゆくはイラク文化庁のトップにと周囲からは声が上がる人物だった。そして

「さきほど私がもうしあげた『守護神』ですが」と続けた。

「農民や遊牧民、商人たちは、あれをときには自らの分身のようなものと、考えていたらどうでしょうか。門外漢の私が言うのもなんですが」

不意をつかれた。ザーイドの指摘は、まだ「意識の小人」が生まれていないと、わたしが考える紀元前三〇〇〇年の時代に、商人たちが相談しつつ主体的に決めてゆくような、その萌芽が存在した可能性を意味した。だとすれば、わたしの考えは修正が必要となる。

「確かに有力な考えだね」わたしは慎重にことばを選んだ。

「しかしそうだとすると、守護神の性格はある時はカミで、ある時はヒトという奇妙なことになりはしないか」

「たしかに奇妙です。ただシュメールや古代バビロニアの歴代の王は、人であり大神の代理人でした。人々にとっても、『守護神』は家の神のような親しい間柄だったかもしれません」

おそらく現時点の粘土板や遺物からは、白黒が付かない問題だった。しかし、この有り難いザーイドの助言のおかげで、他の学者からの予期せぬ反論や闇討ちの危険はさけることができる。《ゆい》さんのようなビジネスマンからすれば、「なにをまどろっこしいやり取りを」と映るだろうが、この世界はおしなべてこうなんだ。

「それから」

「まだあったか」

「博士、お茶にしませんか」ザーイドはそういうと、召使を呼んでチャイを運ぶように命じた。

いま思い出しても、わたしにとっては楽しい時間だった。メソポタミア文明研究の若い第一人者と、互いに肚を割ってスリリングな議論ができた。そのなかでザーイドはこんなことも言った。

「やはり粘土板のなかで注意すべきは、あの『ギルガメッシュ叙事詩』かもしれませんね」

《ゆい》さんも知ってのとおり、『ギルガメッシュ叙事詩』は「ノアの箱舟」の原型ともいわれる『大洪水伝説』の話が、そっくりその中に入っている。今日伝わる叙事詩は、主人公の半神半人のギルガメッシュをはじめ、登場人物がいやに〝世俗的〟だ。

「たしかに。そのまま読むと、われわれのような意識をもってそうな連中だ」

問題の粘土板は紀元前一七〇〇年頃のものとされ、古美術商を経由した曰くつきの品だ。わたし個人的には本当の年代はもっと新しいと思っていたので

「ところで、このような粘土板は、その由来や年代はどうなんだろう」と問うと、ザーイドは珍しく沈黙した。召使にチャイの代わりをもって来させ、それからおもむろに口を開いた。

「これは微妙な問題です。埋蔵の遺物や文化財が、すべて正式な許可のもとに発掘されている訳はありません。その最たるものは、大英博物館でありルーブル美術館と言えるでしょう。ギルガメッシュの粘土板は、盗掘品が回り回ってブローカーに渡った可能性がありますす」

「でも、盗掘されなかったら、二度と世の中に出てこなかったかもしれない」

「そうです。そして盗掘されたので、永遠に正確な場所と遺物の年代と遺構は不明です」

「もし粘土板に、アッカドと都市名が刻まれていたら？」

「おお、博士それは大事件になりますね」

アッカドはアッカド王朝の初代サルゴン王が開いた都市で、今もまだ遺跡が発見されていない幻の都だ。これが引き金となり、ザーイドの今朝からの逡巡がとまった。

「博士にぜひお見せしたいものが。これから博物館にいらっしゃいませんか」

わたしが〝ある種の期待〟をしていたのは、まさにこれだった。ザーイドは女の秘書を呼んで手配を命じた。

ＪＪがここまでを話しおえたとき、ソニアがようす見がてらに紅茶を運んできた。

「ちょっと空気を入れ替えましょうね」と、ソニアが窓をあけると驚いた小鳥が数羽とびたった。二階からは杏の木の囲い越しに、ガトーショコラの上に置かれたような小屋の姿がよく見える。ＪＪは紅茶を飲むと唯井にたずねる。

「《ゆい》さん、どうだろう。今までの話はすんなり分かっただろうか？」

「まあ、いいとこ半分くらいだね」と唯井は正直に答えた。

「専門的な話や、むかしと今のイラクのことも知らないしね」と言い訳すると、ＪＪも納得した。ソニアが二人の顔を見比べて下に戻り、また話が次のように再開された。

秘書は部屋から博物館に連絡し車の手配をした。おわると、ザーイドは改めて彼女をわたしに紹介した。ハーラ・アルシャーハンという聡明そうな若い秘書だ。ヒジャブを頭に付けただけで黒いアバーヤは身にまとわず、ズボンにデニム地の黒いシャツ姿だった。サッダーム大統領の世俗的な統治下では、これは許容範囲らしかった。われわれ三人を乗せた車は、ナサイア・ストリートから古代アッシリアを模した双塔門を左手にみて、そのまま止まることなく正門をくぐりファサードの車寄せに滑り込んだ。

ザーイドとわたしはそのまま、展示ホールがある二階に上がった。彼の案内で展示室を足早に見て回ると、あちこちのブースや棚が空っぽの歯抜け状態となっていた。梱包の資材も足元にむぞうさに置かれている。

「湾岸戦争が始まる前に重要な遺物で動かせるものは、地下壕や中央銀行の地下金庫に移しました。当面はこのままです」

急ぎ気味に歩きながら、隣でザーイドが説明してくれる。超国宝級の「ウルクの大杯」は、台座に固定されているため幸か不幸かそのまま見られたが、伝「サルゴン王頭部像」とされる銅製の怜悧な肖像は展示台から消えていた。ザーイドは、「アメリカ軍の空爆よりも」と声をひそめ、「略奪のほうが危険です」と続ける。徒党を組んだ犯罪者や武装集団のゲリラ攻撃だ。来る途中の街角で所在なくチャイを飲んでいた男たちは、いともたやすく扇動され豹変するのだった。

さらに回廊を進むと、至宝「黄金の竪琴《リラ》」が目に入る。四千五百年ほど前のハープに似た楽器の先端に、ほんらい突き出しているはずの金製の「牛頭」がない。ザーイドは力なく「牛はウルの王墓に帰りました」と。ウルにある地下金庫だった。これは《ゆい》さんには想像ができないでしょう、たとえ大地震が起ころうとも略奪も放火も暴動も起こらない国では。そこに警備責任者から鍵を借りてきたハーラが戻ってきた。イラクでは総じて男はなまけ者で女の方がよく働く。「では行きましょう」ザーイドのその声で、われわれは回廊から別棟のほとんど人気のない職員エリアに入った。

展示品修復室を過ぎて、ようやく目的の部屋の前に着いた。扉には番号だけでプレート板もなにもなかった。大きな扉を左右に開きハーラに続いて部屋に一歩入ると、そこは見覚えのある空間だった。「粘土板の整理作業室です」と後ろから声がする。照明は明るく、大小さまざまな作業用の機器や道具が、連なったテーブルの上に設置されていた。ザーイドが見せたかったものは重厚な展示室の至宝と、じつはこの部屋だった。

見わたすと、入口近くのところが遺物の水洗い場で、そこで発掘時の土などを落とし、次に手前の記録台で遺物に出土場所や番号を書き込む。奥に計測台、右手前は修復台で、その向こうは撮影室らしい。粘土板の記録カードとイラクに普及し始めたパソコンも置かれている。

「ザーイド博士、これは中々のものだね」

当時、博物館に遺物整理の部門が設けられているのは珍しかった。

「数年前に修復室の物置を改装して造りました。残念ながら昨年の戦争で、いま作業は止まったままですが」

「ここで博物館全体の仕事も？」

「いえ、ここは粘土板の専用場所ですが、正式の部署では……」と言いにくそうだ。イラクではここ十数年あまり戦争に次ぐ戦争で、満足に遺跡の調査も発掘もできていない。南部の地域は立ち入りさえ制限されている。正式に発掘される遺物や粘土板は皆無だった。するとと持ち込まれるものは、おのずと決まってくるはずだ。

「それで、肝心の粘土板は？」

入口左側にある保管室に案内された。見上げると天井までとどく鉄製の格納棚が何列も並び、深さが十センチほどの専用のトレーが数多く格納されている。きちんと報告書まで完成しているものは少なく、大半は水洗いと乾燥だけのようだ。近寄ってトレーをのぞくと、分厚いビニールぶくろが数個。そのなかには粘土板が保存され、型どおり記録カードが添えられている。

「これらの買取りにはすべてわたしが立ち会います。相手の素性や評判、いままでの信頼が肝心です。出土したと言い張る場所もじつは重要です。ウソから本当の由来が分かることもあります。何度となく彼らの話を聞くうちに、『これは違う』、『これは面白い』という勘が働くようになりました」

「それはすごい！」

その日はじめて白い歯がのぞいたザーイドは、今まで一人で責任を負ってこの博物館で戦ってきたのだろう。さらに心が動いたのか、「博士、立ちばなしも」と、本館のゲストルームに場所をうつすことになった。そこは床一面にアラベスク柄の絨毯が敷かれ、さらに奥には擢りガラスの両開き扉で仕切られた、大統領と国賓専用の貴賓室だった。ここは安全な場所のようで、彼はソファーにゆったり座りながらこう話し出した。

「この十年あまりで、買い取った粘土板は五千個以上になります。持ちかけられたものは数倍です。ほとんどが内外のブローカーや古美術商や収集家からで、もとは盗掘してきたか、どこかの博物館から盗んできたものです」

「すると買い取りの費用は？」

「スタッフの手当は国から出せますが……」と苦笑いする。

「しかし、ザーイド。こんなに苦労して、大量の粘土板のなかからなにを探しているのだい？」

「第二の『ギルガメッシュ叙事詩』が出れば言うことはありません。しかし大事なのは、こうやって細々とでも作業を続けることです」

「作業そのものが？」

「そうです。博士はいま、ヨーロッパやアメリカの博物館にどれほどの粘土板があるか、ご存知でしょうか？」

考古学者の端くれとして耳にしたことがある。古くは十九世紀のなかごろに、イギリスがアッシリア地方の遺跡を発掘したのが嚆矢だが、以来フランス、ドイツ、アメリカが参入し、一度に数千、数万の数の粘土板を自国にもち帰った。一世紀にわたるその累計は数十万と言われている。

「四十万個ともそれ以上とも言われていますが、多くは我が国のものです。しかも大部分が未解読のままです」そして強い口調で言った。

「これは犯罪です。返還すべきもので、せめて解読して公表すべきでしょう」

普段と違うようすに、後ろにいるハーラの目が大きく見開いた。ザーイドの意図は欧米の博物館に対するメッセージで、あの作業所で新たに聖書の物語や文字の起源が読み解かれれば、耳目を集めるうえで申し分がない。ただ、レリーフの神の壁画や竪琴などと違い、砂を払い文字をよみがえらせる必要がある。それを砂漠の民ゆえの忍耐強さで、成しとげようというのだ。

すこし場が押し黙ったあとに、ザーイドは思い出したように口にした。

「ところで、博士のご研究に関連するかもしれない粘土板が、解読したなかに一つありました」

「おお、それはおもしろいね」と、今度はわたしの目が見開いた。アッカド語を記した楔形文字の粘土板一個と、断片一個で、王朝の書記養成学校の規則らしい。残念ながら規則全体の一部でしかも欠けているが、「生徒は勝手に物語を紡いではいけない／生徒は＊＊＊賛歌を作っては＊＊＊＊」「＊＊＊勝手に文字を教えてはいけない」と読めるという。単なる生徒向けの注意で、まだ未熟だから禁止していると取れる。しかし彼の見解は違った。「未熟ならそもそも作れません。まして教える余裕などありません。わざわざ禁止するまでもないことでしょう」

ザーイドによれば、これは役人である書記の世界の掟で、生徒に書記の職のあり方を説いたものではないか。その目的は、創作と筆記の住み分けのためである。物語や碑文は王が家臣に作成を命じ、賛歌は神官や歌詠みが奉納し、行政文書は行政官が発する。書記はあくまで、そのことばを忠実に文字で再現する役目に徹する。それがひいては自分たちの世界を守ることになる。そう彼らは考えたのではないか、という。

シュメール人やアッカド人は、神殿への作物などの献納にも交易にも、その証として文字を多く用いこれを必要としながら、なぜか自身では読み書きしなかった。その答えの一端がここにあるかもしれない。もし、ザーイドの考えのとおりだとすると、その影響は決

して小さくはない。わたしは

「その残りの粘土板は？」と身を乗り出した。彼は首を振って

「持ち込んだ者に問い詰めても『友人しか知らない』と、答えません。『友人がニップル市あたりでみつけた』と言うだけでした。払った対価が不満だったのかもしれません」

それでも、多忙なはずのザーイドだが、「もっと他のルートで探させましょう」と気づかいをみせる。これは非常に大きな発見となる可能性があったが、年代と都市名、学校名など、規則の全体を慎重につかんだ上で、ようやく公表に辿りつけるものだ。

「ぜひとも期待しているよ」と言うと、

「真っ先に博士にお知らせします」と約束した。

こんな話をいくつも交えながら、ハーラの声で気がつくともう時間は尽きていた。博物館とイラクを辞する時が迫っていた。残念ながら、シュメールやアッカドの地には、アキレウスの後ろ髪を掴んだような、無理やり帰国を妨げる神はいなかった。

その四　ガリラヤのレンガ

このあと、翌年の一九九三年にわたしは無事に著書『アキレウス―幻影と神々』を出版

し、講演や執筆の仕事もいそがしくなったが、一方ではザーイドの知らせに少なからず期待をしていた。ところが彼の方は、ときどき届くメールで粘土板の探索作業はほとんど思うにまかせないと、窺い知れた。予算の乏しい中で、荒廃した遺跡の復興や博物館の再開に忙殺されていたんだ。わたしの方は待つ一方で、ザーイドから示された疑問や提言に真正面から対峙したが、納得できる資料や考えに行き着かず停滞の日々だった。ついに「しかたがない」と決心した。《ゆい》さんにも話したようにソニアの助言をいれて、環境を整え自由に研究を進めるチャンスだと思いなおし、当時勤めていたプリンストンの大学を辞めソニアの祖父の残してくれたこの家に移ることにしたんだ。あの本には詳しくは触れなかった「クオリアの変容」もそろそろ仕上げたかった。幸いバルセロナの大学に教師の口も見つかり、地理的にギリシアやオルドヴァイ渓谷の地にも少しは近づくことになった。もちろんイラクにも。

そのあとのイラクの情勢は《ゆい》さんも知ってのとおりだ。二〇〇一年にアメリカで同時多発テロ事件が発生し、イラクとアメリカの関係は最悪の一途に。湾岸戦争のときと同じく、周辺のアラブ各国の利害関係は複雑で、国連はまったく無力だった。そして昨年の二〇〇三年に入ると、だれの目にもイラクでの戦争はもう避けられなかった。またしても、報道ではなく実況中継される戦争だった。

わたしは居ても立っても居られず何度もザーイドと連絡をこころみた。しかし、携帯電話やメールはネットワークのせいでいくら試みても無駄だった。イラク博物館あてに電話をかけても、いきなりアラビア語の男が出て一方的に話し出す。しかたなく三月に入り大学のアラビア語が話せる同僚に頼み、ようやくザーイドと繋がった。意外にもザーイドは落ち着いていた。ようすをたずねても、「こちらはいたって平穏です」と拍子抜けしたが、だれか監視が近くにいるのだろう。

翌日、ザーイドがひそかにあのゲストルームから電話をよこし、ようやく状況が分かってきた。すでにイラク国民の中でも、動ける者の大がかりな避難が始まっているという。特に西のヨルダンに集中しているが、まだ動いている飛行便で南のクウェートに向かう者も多くいるらしい。これに以前からの難民たちの再避難が加わり、国内は湾岸戦争時より騒然としている。一方、すでにバグダード市内の要所に軍が展開し始め、いくつかある大統領の宮殿や大通りの前を固めている。博物館にも二十人ほどの小隊が来ているという。

「それじゃあ、そこも危険じゃないか。早く避難しないと！」

「博士、私は責任者として、ここを離れるわけにはゆきません。動かせない展示品もあります」

「そんなことを言っても」という声をザーイドがさえぎり、

「それより博士、粘土板のことでご相談があります」

例の粘土板は避難先が決まらず、宙ぶらりんのままだという。正式には博物館のものではないが、価値は今後の解読しだいではイラクの国宝級の財産ともなる。いま、あちこちに避難を打診しているというが、あれからも毎年少しずつ増え続け、そのうちの有望な物だけでも約三千個、二トンに近い大物となり簡単にはゆかない。そして最後に

「博士、これだけでも、どこか引受け先のお心当たりはありませんか」と問いかけた。

「そうだね、しばらくならうちの大学でもいいが」と答えたが、このまま博物館に残した方がむしろ安全なのでは、と率直に気持ちを伝えた。なまじ混乱の中で海を越えてスペインに運ぶよりも。しかしザーイドの頭のなかには、十数年前の湾岸戦争やその前のイランとの戦争で露呈した、寄せ集め国家の不安定さが染みついていた。幼い頃に革命で斬首された祖父の記憶も残っていた。

「ここでは、奪われ破壊されます」きっぱりと断言した。

「強奪に来ても価値が分からないだろう」

「いえ、ここは盗賊集団や密売グループにとっては宝庫であり、民衆にとっては、略奪しなくても不満のはけ口です」ここまで言うのなら是非もない。

「分かったザーイド、全部こちらに送ってくれ。こちらで預かろう」

当時イラクは禁輸制裁を受けてはいたが、博物館の輸送品は例外のはずだから、わたしは深く考えずにこう言った。この時ザーイドが、ゲストルームでどんな顔つきになっていたか。おそらくは珍しく憤怒でゆがんでいただろう。

「ジョイス博士、こちらはライフラインが満足に機能していません」

やや間があってこう言われるまで、わたしの頭のなかでは大手の国際物流会社かなじみの通関業者が、博物館まで取りに来て運んでゆく、といった平時の経験と思考しか働かなかった。そのとき、電話の向こうで女のあわてたような声がした。

「分かったザーイド。すこし考えさせてくれ」これが三月三日のことだった。

それから一週間後の三月十日の午後、わたしはクウェート空港のチェックインカウンターで、じっとバグダード行きの便を待っていた。どう考えても、これだけは本来取りえない選択だった。すぐにも確実にアメリカ軍が攻撃を仕掛けてくるバグダードへ、そこから避難してくる人々をかき分け、逆進しようというのだ。空港の駐機場はイラク中の都市から臨時で飛んできた機体であふれ、当然だがすぐに元に帰る予定はない。ところがそんな中で、危険をおかしてバグダードにもどる特別便があった。さまざまな理由で現地に帰る職員や民間人を乗せる便だ。三日に一度ほど便が出るたびに、「これが最終便だ」といわれた。欧米が定めたイラク軍機の飛行禁止区域を通過し、さらに事前にアメリカ軍とイラク軍の許可を得て終始連絡を取り合って飛ぶ。ソニアの猛反対を説得しわたしはこれに賭けていた。そう、ザーイドはあのあとでこう囁いたのだ。

「博士、あの粘土板を大学で研究されてはどうでしょうか?」

これは、学術品としてイラク博物館から正式に調査の委託を受けたわたしが、輸送と通関の仕事を直接はたす事を意味していた。そして貴重な考古文化財の持ち出しとなるが、「こんな混乱状況だけに特別許可されるでしょう」とも。

クウェート空港で待つこと二日、ついに十二日の早朝の便でなんとか無事にサッダーム空港に降り立った。入国審査場で、外国人にたいする好奇の目を気にしながら待っていると、やっと連絡がとれたハーラが迎えに来た。

「おお! ハーラじゃないか」

「博士、お久しぶりです」

あれからおよそ十年ぶりの再会だった。あのアーモンドの形をした魅力的な目のハーラ、やはりザーイドのそばにいたのだ。すぐに職員用の出入り口から車に移動し、博物館の正門まで来ると、両側に装甲車やトラックが止まっている。建物の玄関前と屋根の二か所に土のうを積んだ銃座が見えた。兵隊たちをすり抜けて館内に入るとザーイドが待っていた。わたしの表向きの用件は国連の文化援助機関として、展示物保護に関する調査である。だから、互いによそよそしいあいさつを交わした。

「博士、取りあえず作業室に参りましょう」とザーイドが耳打ちする。話すことは山ほどあったが時間が惜しい。そのまま大きなキャリーバッグを転がしあの整理作業室に急いだ。館内は十年ほど前とさほど違っていなかったが、照明が落とされ全体に暗い。時間の余裕がなく、今回は避難させた展示物がむしろ少なかったという。破壊されれば別だが、有名品は盗まれてもどこかで生きのびる。しかし、まだ無名の粘土板はたぶんそれっきりだ。

作業室にはいると、すでに入口付近に丈夫な段ボール箱が、五、六十個ほど梱包され準備されていた。箱の中には例の粘土板の専用トレーが、何段か慎重に重ねられているはずだ。問題はこの宝物を、どのタイミングでどのルートで運び出すか。いずれアメリカ軍が最後通告を出すと、四十八時間後には確実に戦争が始まるので、ぐずぐずできない。作業室には博物館の作業用パーカーを着た展示品の搬送責任者も呼ばれていた。イスマイール・ターヒルというゴワゴワ髪の中年男で、アリと呼ばれるその甥っ子も一緒だった。ザーイドに促され、アラビア語まじりの英語でこれからの搬送の説明をはじめた。

「わっしとこの若いので、運搬用木箱をトラックでやります」ザーイドが
「あの展示品専用の木箱に段ボール箱をいれます」と補足する。

「これ見てくだせい、館長ザーイドさま」そう言うとイスマイールは作業台に地図を広げ、

二つのルート案を示しはじめる。

「一つは南のウンム・カスル港でさぁ。バスラの向こう」バグダードからバスラを経由し、アラビア湾に臨む港をめざす、という。

「クウェートとの非武装地帯のなかだね、イスマイール」とザーイドが口をはさんだ。

「ただ、港の施設がうごいているかどうか」

当時、アメリカ軍二十万はクウェート国境付近にすでに集結しており、国境の非武装地帯に駐在していた国連の監視団も要員を退避させていた。イスマイールによると、港まではおよそ五百キロで道路も良く、アリの運転なら半日の道のりだと言う。イラク一の港で、かつては経済制裁下でも定期便が出ていた。戦端が開かれる前に今すぐにでも出発し、遮二無二走り非武装地帯に駆け込む。あとは倉庫まで行き、そのなかでひたすら港湾機能の再開と船を待つ。途中運よくイラク軍や秘密警察に邪魔されなかったとして、問題が一つあった。ここにいる五人のだれもが口にできないこと、「フセイン政権の崩壊」だ。政権の空白ができれば、博物館館長代理のザーイドが申請し、文化庁の大臣がわたしに許可した「国外移動特別許可証」の効力が停止し、通関ができないおそれがあった。

「もう一つは西のルートでさぁ」イスマイールが指で地図のルートをなぞる。こちらの方は、開戦を待ってその混乱に紛れバグダードを西へ。難民や避難民とともに、イラクと唯一交易ルートを開くヨルダンの首都アンマンへ。そこからヨルダン川西岸をとおり、イラクとの対立国イスラエルの港湾都市ハイファをめざすという。その間およそ一千キロで、途中「アル・カラマー」と「キング・フセイン橋」の二つのボーダークロッシング、国境を越えるために行程はたっぷり三日を要する。そのあとハイファで輸出代行の業者に頼んで、書類を整え貨物船に積み込めば、海の荒れぐあいにもよるが二週間たらずでバルセロナ港に到着する。

「途中は安全なのかい?」

「だんな、まず、だいじょうぶでさぁ、アンマンまで」

難民たちは自らの危害を避けるためアル・カラマーの先にある難民キャンプをめざす。盗賊たちは部族をつうじて日ごろから昵懇《じっこん》の仲であった。厄介なのはキング・フセイン橋のイスラエル側検問所だという。特殊な荷物をはこぶイラク人とイギリス人だ。怪しまれると、入国拒否や荷物没収のおそれがある。一般的にイスラエルの出入国審査は、空港はもとより陸地でも非常に厳格だ。とりわけここはヨルダン川西岸に開けられた、唯一パレスチナ人が使える国境だけに難関であった。審査官には、テロ組織と戦った経験から多くの退役兵が採用され、とくにドルーズ兵という名のアラブ系イスラエル人は冷徹で要注意だという。

どちらも一長一短だ。どちらを選ぼうと結果は、まさにアッラーのおぼしめしといえる。ザーイドが熟慮の結果、西のルートに決断した。となるといつアメリカが戦争を始めるかだ。その日からわたしたちは博物館に泊まり込み、短波ラジオのボイスオブアメリカを聞いてようすを窺った。粘土板は六つの専用木箱に格納され、アルミバンの大型トラックに積み込まれ、じっと脱出を待っていた。ラジオからは三月十六日に国連の戦争決議の否決が報じられ、いよいよアメリカの単独開戦が事実上決まった。十七日にはブッシュ大統領が、テレビで最後通告をして四十八時間以降の武力行使を告げた。これで予定どおり戦争というものが始まる。

そして十九日払暁五時三十分、ついに爆発音が数回ここまではっきりと轟いた。直後に空襲警報が鳴りひびき、二階の窓からはまだ暗い南の空に赤い炎が見える。

「近いぞ」目と鼻の先で、アメリカ空軍のミサイルだ。イスマイールが「政府庁舎の方だ！」と叫ぶ。直ぐに、日の出前のファジュルの礼拝をおえたザーイドもハーラも駆けつける。

「とうとう始まった」ザーイドがそう言うと、赤くはらした目でイスマイールが

「館長さま、行きますだ」と告げた。

「あなた方に平安とアッラーのご慈悲あれ」手を握って互いに旅立ちのあいさつをかわす。

おわるとイスマイールは
「だんな、いまだ」と叫んだ。その声でわたしは身震いしながらザーイドの方を見た。おたがい無言でうなずき、そして走り出した。

「神のご加護がありますように」という声にもういちど振り返り、最後となった顔を見た。

アリが荷下ろし場で待つトラックに乗り込み、建物北側の貨物用の通用口までゆっくりと車を回した。イスマイールが大声で銃を持った兵隊に「今から政府庁舎だ。応援にゆくぞ」と告げる。怪しみもされずに可動式の鉄柵が動く。アラウィー・ストリートを南へ、緊急車両とすれ違うほか車両はほとんどいない。左手前方には黒煙と炎があがり、おおぜいの人が集まっている。政府施設が立ちならぶエリアまで進むと、軍の検問が張られている。一瞬、「止められるのか」と不安がよぎったが、浮足立っているのか博物館のトラックのせいか、ろくすっぽ見むきもせずに「早くゆけ」と手で追いやった。いちばん危険な市街地をどうにか抜けることができた。

バグダードをひたすら西へ。黄土色の土と石ころの荒野を道路が一直線に続いている。その両脇を難民の家族が何組も、ひたすらヨルダン国境の緩衝地帯にあるキャンプをめざす。今から四千年以上前にも、同じような光景におちいったはずだ。エラム人の侵入によりシュメール人の都市ウルは崩壊し、人々は奴隷として連れ去られ、あるいは北方へ二度ともどれぬ流浪の民となった。戦争という行為によりこの粘土板も二度ともどることはないが、そのおかげで日の目を見ることになる。これは皮肉なめぐりあわせだった。
途中のラトバ市の中継地でガソリンを補給しながら一泊し、何事もなくアル・カラマーのヨルダン国境を越えアンマンまで辿りつく。車をイスマイールの知人が持つひろい作業場、ヤードに預けて市内の安ホテルで暖を取る。やっと生きている心地がしたが、まだ最後の国境が残っていた。そのキング・フセイン橋は、死海の北の高地を下った荒地にある。じつはここから六十キロほど北、ガリラヤ湖の手前にもう一つ国境があるが、イスマイールの情報では一時閉鎖がもうずっと続いていた。《ゆい》さんの住む日本では、それはあまり想像できないだろう。ふだん地図上だけの世界である国家、それに唯一形としてお目にかかれるのが国境検問所だ。今のアメリカやヨーロッパでも、キング・フセイン橋のような緊張感ただよう検問所には、なかなか出会えないだろう。
早朝、冷たくふる雨にトラックはゆっくりと死海をめざす。アリは万が一のことを考え知人の家に残し、わたしとイスマイールの二人で国境に向かう。いつも車列ができるため早すぎることはなかった。陽気でおしゃべりのアリがいないので話すことがない。ためしに
「なぜ、危険をしょうちで運ぶのか?」と聞くと、

「館長のためでさぁ」と答えた。とどのつまりわたしは、イスマイールの言う「土色のレンガ」を自分のために運んでいたのだ。

トラックは市街地を抜けたあと、岩だらけの高地を三十分ほどで登って下り、やがてアレンビー橋をわたってヨルダン側の検問所に到着した。ここは簡単な質問と書類を見せて、短時間でそのまま通過する。そのあと監視塔のほか岩しかない両国の緩衝地帯の荒地をゆっくり進み、ついにイスラエル側の検問所に着いた。イスマイールはトラックターミナルに車を運び、わたしは降りて書類をもって通関窓口に並んだ。

二時間ほど待ってわたしの順番となり、窓口のむこう側から開口一番

「イギリス人のおまえがどうして、イラクの文化遺産を持っているのか」と、若いアラブ系の顔立ちをした入国審査官が英語でたずねる。イスマイールが言った退役のドルーズ兵だ。イラク文化庁の移動許可証をしめし、わたしが委託をうけたと説明しても納得しない。文化財の密売ルートを疑っているのだろうか。別室に来いと命じられ、彼と机に向かい合い質問が浴びせられた。

「文化庁の大臣はどうして開戦の直前に許可をしたのだ」ザーイドの律義さが裏目に出た。

「しかもどうして個人に」と痛いところを突き、「これは偽造ではないのか」と決めつけた。

両手を顔の前で合わせる仕草をして、鋭い目でにらみつけ、「なぜ戦争がおわるまで運搬

を待たないのか」「盗み出したのではないか」「本当にバルセロナ大学の職員か」「大学の委任状はあるのか」「パレスチナ自治区に行くつもりか」「なぜハイファでの輸送業者は決まっていないのか」と、執拗に尋問を繰り返した。

すべてにどうにか答えても納得せず、許可しようとはしなかった。これには生きた心地もなく、最悪の事態が頭をよぎる。不法輸出に対する没収と入国の拒否だ。すると運転手として審査官に呼ばれていたイスマイールが、係官と一緒に部屋に入ってきた。審査官は椅子をすすめアラビア語でなにかを尋ね、コンコンとなんども移動許可書を指さした。イスマイールも繰り返しアラビア語で答える。しかし審査官は納得せず首を振り続けている。「ダメだ」とわたしが覚悟を決めたとき、最後にイスマイールが呆れたように二こと三こと、つぶやいた。わたしには「ガリラヤ」とおぼしきことばだけが耳に残った。一瞬の間をおいて若い審査官は立ち上がり、事務所の奥に消えた。しばらくして出てくると、「よし、通れ」と耳をうたがうことばが発せられた。入国を許可されたのだった。

ハイファ港で輸送業者を探し、トラックから積荷をコンテナ船に移し替え、すべてをおえて書類を受け取るまでには、バグダードを出発してから一週間がたっていた。ようやくそこでわたしとイスマイールはこの難行から解き放たれた。イスマイールはアリが心配だから、これから直ぐにアンマンに戻ると言う。別れる間際、わたしは彼の手を握り「ザーイドに伝えてくれ、必ず連絡をくれ」と念を押した。さらに続けて、あの時、審査官にアラビア語で告げたことばをぜひ教えてほしいと頼んだ。彼は「とんでもねえ、だんな」と、はにかみながらこう言った。

「せっかく、宝こわしてぇのか、ガリラヤのレンガを」であった。

イスマイールの話す英語で、わたしには十分理解できた。イスラエルとアラブとどちらの世界からも、歴史的に不当な扱いをうけてきた元ドルーズ兵と故郷ガリラヤ。イエスの聖地ともされるそのガリラヤについて、粘土板がなにを記しているか不明だが、今度はわたしが問われる。「せっかくの宝を調べずに壊したいのか、ガリラヤのレンガを」と。

二日後の三月二十五日、わたしはハイファ空港からボロボロの帰還兵のようになって帰国した。六つの木箱はまだその頃、ギリシア沖をめざしゆっくりとコンテナ船で揺られていた。ところが状況が一変する。四月十日から十二日にかけて、イラク博物館が略奪にあったというニュースが流れた。ザーイドのあの予言は、残念ながら予想以上に的中する。四月十日、アメリカの戦車部隊が博物館前の双塔門に戦車砲を一発撃ち込み、そのまま博物館をあとに政府庁舎へ進攻した。ようすを窺っていた武装集団がそれを見て「いまだ」と乱入した。同時に外にいた民衆の多くが館内に入り込み、強奪と無意味な破壊をおこなった。その結果、数万点の展示品や収蔵品がうばわれる事態にいたった。ニュースの届いた日に、木箱はやっとバルセロナ港に到着し、コンテナごと荷揚げの最中だった。わたしはあわてて大学当局と話をし、後難をさけるため急きょ自宅に小屋をつくり、わたしが個人的に預かるということになった。

《ゆい》さん、そんな訳があってね、粘土板はあそこの小屋に置いてあるんだよ。


ザーイドと粘土板についてのＪＪの長いながい話はおわった。唯井より二十歳あまり上の、初老ともいえる人間の行動力に舌を巻いた。

「粘土板の数は三千個ほどね、最近やっと整理が一段落。これから、一つひとつね写真撮影してゆくんだ」

「たしか解読は写真じゃダメなんだろ?」

「また違うんだ。まあ、なかを見た方がはやいね。来てほしい」

ソニアに見送られＪＪと一緒に庭の芝生へ。小道を二十メートルほど先の低木まで歩くと、無残な円形花壇と小屋の全体像があらわれた。茶色い板壁の小屋は思いのほか大きい。ソニアが嘆くように丸い花壇の敷地に、左から三分の一ほど食い込んでいる。ＪＪが開き戸を解錠し中に入ると、リビングほどのひろさだ。小屋の中はガラスの明かり窓が一つ、蛍光灯をつけると壁に大型のスチール棚が何列もあらわれた。じょうぶな支柱と棚板だけの構造で、列は天井近くまで達している。まるで蚕棚のようだが、はるかに棚が多く十数段ある。のぞき込むとどの棚板の上にも厚い木の板が敷かれ、そこに粘土板が置かれていた。

「《ゆい》さん、手伝って」ふたりで木の板をスライドさせて引っ張り出し、そっと部屋の中央の作業台に置いた。色つやの良い黄土色の分厚いタイルが、白い格子状の発泡スチロールのなかに並んでいる。その数、ざっと二十個ほど。

「想像より小さくて、分厚いね」間近で初めて見た唯井の第一印象だった。大きいもので、たてよこが名刺大のサイズで厚さが二センチほど。小さいものはその半分くらいのサイズで、コロコロしている。中には縦が十五センチを超えるのもあるが、多くはこんなサイズのようだ。

名刺大のものを「本物だよ」と、一個手わたされた。教科書のメソポタミア文明そのものだ。やはり、肝心の文字が判然とせず、楔形の三角形や直線が読み取れない。唯井が目を凝らしているのを見てJJが言った。

「粘土の肉厚で、彫られた文字がわずかに立体にね」そこに劣化が加わり、拡大鏡で時間をかけて紙に書き写すしか手がない。もどかしいが解読はそれからで、これが、写真やパソコンなどによる解読作業を阻む原因だという。

「そこで考えついたんだ。解読前の分類ね」

まず、粘土板の両面と側面を計六枚の高画質の写真に収め、パソコンに画像をデータベース化する。次に特定の価値のありそうな文字群を作成し、データの中から探し出すという。

「その文字群は、たとえば歴代のシュメール王の名前ね。これを言語別にすべて楔形文字として取り込み、写真の画像データと次々に突合《とつごう》させる。エンメテナ王、サルゴン王、グデア王といったように。劣化して判然としない写真の画像から探すわけね。だから、見逃すことも、間違うことも。でも極めてまれに〝似た画像〟がヒットするだろう」

ヒットしたものだけ、人の目で実物の粘土板の文字と見くらべる。

「王名の他に、エンリル神やニンギルス神などの神名もいいね。あのアッカドやラガシュといった都市名も、価値のある文書をあぶりだすには有力だよ。あるいは羊、ろば、牝牛などの家畜名やなつめやし、大麦、小麦などの穀物名なども、貴重な財産として考えられるね。文字群の種類を増やして突合を繰り返せば、一個の粘土板に幾重にも文字群が重なってゆく。それらを重ね合わせるとやがて、おおまかな目的や用途と、重要性の判断ができるでしょ」

そうして、これはと絞り込んだものを「粘土板読み」の学者に依頼をする。もともとどれもザーイドが一つひとつ吟味して、信用できそうな者から集めたいわく付きの物だ。

「するとヒットする可能性は高そうだ」

「そうだね、ひょっとすると意識にかかわるものが三、四個は出るかもしれないよ」

唯井にはつくづく学者という人間は理解できなかった。この世界では三千個で三個でも高確率なのだろう。ところがこの学者はそれだけでもなかった。

「これは研究と同時に、アリバイ作りでもあるんだ」

「なんのアリバイなんだい？」

その答えを聞いて、唯井はつくづく自分をお人好しだと知った。

「わたしがこの粘土板を博物館から盗んでない、とだれもが信じるとは限らないでしょ」

たっぷり暮れてきた窓の外をながめ、自分に言い聞かせるようにつぶやく。

「しかし、ザーイドに聞けば分かることじゃないか」

「彼は博物館が襲われたあと、忽然とすがたを消した。ハーラとともに」

「殺されたのか？」

「いや、あそこの職員はだれも亡くなってないね」

自国の国民に失望しきったのか、政権交代で更迭されたのか、なにか事件にまきこまれたのか分からなかった。

「例の許可証は？　あれは証拠になるだろ」

「ザーイドが勝手に偽造した、と言われるかもね」

「一緒に運んだイスマイールはどうした」

「彼はあのあと博物館を辞めて、どこにいるのか分からない」

ＪＪは唯井が納得したのをみて、サラリとこう言った。

「この粘土板をドキュメンタリーの材料にできないかな？」

これが昨日「パレス バルセロナ」のテラスで「考えがある」といった意味か、とようやく合点がいった。

「そうか！ それはおもしろいね。ぜひＸメディアの竹田さんに、うまく持ちかけるよ」

あとは運しだい、プロデューサーのＳさんの感触しだいだろう。唯井が書斎の時計をちらちらと見出したので、

「ありがとう。さあ、もう時間だね」とうながし、そのあと不意に
「これは《ゆい》にだけは話しておくけどね」と、当日のあるサプライズを耳打ちした。そして「東京はたのしみだよ」と真顔で言った。

タクシーを待たせた門まで送りがてら、まだ先ほどの話の余韻が残っているように
「《ゆい》さん、あの時はっきりと覚えてるよ、博物館であの粘土板のすごさを前にして、興奮したのをね。今から五千年ほどむかしのシュメール人や古バビロニア人が、なにを考えどんな生活を送っていたか。文字を世界で初めて作った〝彼らの意識〟はどうなっていたのか、これらを探る貴重な手掛かりがこの中に潜んでいるんだ！」

第五章

東京バトル

その一　粛清

バルセロナからの帰途、機内で疲れ果てている頃、イベントは唯井がホテルからマツさんに送った一報で危なっかしく滑り出していた。このさき取り止めもありうる。そんな中テレビ局のSさんの主導で、帰国の翌日に唯井の報告を中心とした関係者全員の打合せが勝手に組まれていた。最終的に報告を聞いて決めようという肚だ。唯井とすれば「夏休み」さいごの一日で、持ち帰っている仕事や深月との話もまだまだあるというのに。それに社内では、前月の団体旅行に続き「また休みか」と陰の声が聞こえる。しかしマツさんの懇請で、自分に「これが最後だ」と言い聞かせたが、実際このままではこんなデタラメな生活はいつか破綻するに決まっていた。

昼過ぎに自宅を抜け出し、いったんマツさんの事務所のある新橋駅に向かう。マツさんに

ＪＪとのやり取りを伝えておわりとする当初の予定は、はなからつまずいた格好だ。事務所では旅のあいさつもそこそこに、イリさんも加えてバルセロナでの話を簡単だがそのままに伝えた。マツさんの顔は話を聞くほどに曇ってゆく。果たしてそううまくＪＪの希望が通るのか。粘土板のことも手短に伝えたが、真っ先にマツさんの心は「ホール後楽園」に占められ、これをドキュメンタリーの材料とする案には「できるかな？」と弱気だ。説明がおわると、「さっき丁度、これが来ていたよ」と、ＪＪからのメールを渡された。トーク・バトルのメンバー二人と司会者の名前をさっそく知らせてきたのだ。司会者は唯井もテレビでときどきみかける顔で、二人のメンバーも「けっこう有名人ですね」とイリさんが感心する。マツさんがようやく「しかたないな、これで行こう」と決心し、ふたりで竹田さんの会社が入る築地のビルへ向かうことに。

会議室にはすでに総勢十五、六人ほどがそろっていた。まわりの雑談から、みんな唯井の本職と中途半端な立場は、うすうす耳にしているのが分かった。予定の三時に竹田さんとＳさんが席に着くと話し声がやんだ。来る途中でマツさんに聞いた話では、Ｓさんは本名を八重洲《やえす》とい い、若い頃竹田さんの部下だった。当時、制作局には鬼と呼ばれた剛腕の局長が君臨し、Ｓさんは仕事でも遊びでも嫌というほど泣かされ、竹田さんに飲んでは愚痴ったらしい。やがて世代が変わり立場がかわるにつれ、いつの間にか名前の「や」が取れだし「えす」となり、しまいに「S」となって泣かせる方に転じた。

進行係が全員そろったのを確かめ立ち上がり、

「では、いまから〝考古学者ジョナサン・ジョイス博士—来日プロジェクト〟の打合せを始めます」と、述べたところ、さっそく

「おまえ、考古学者じゃダメだろ」とSさんの声が飛ぶ。たしかに、これじゃあ足りない。あの本の略歴欄にはこれに心理学、人類学、生物学、哲学と続く。結局マルチ考古学者ということになった。正式にはこの打合せで決まるが、仮のスケジュールも発表された。イベントの開催が十二月三日と四日の両日で、前日に来日し関係先へのあいさつ。会場の下見は当日の昼からだ。これは当初のマツさんの案とほぼ同じだ。

集まった顔ぶれと役割が簡単に紹介される。イベントは竹田さんの会社が担当し、グループとしての企画全体は、JJの招請とその情報発信を含めSさんが仕切る。今回うまくJJの再評価に繋がり、これをきっかけに考古学や脳科学のブームでも起これば、とのもくろみも含んでいる。一巡してSさんが「では部長」とうながされ、「今日の会議次第だが」との条件付きで、「国際人が日本から文化を発信する時代の先駆けにしたい」と、大きく広げてむすんだ。続いての指名で、マツさんが今までのJJとのいきさつをかんたんに話し、「彼が直接の交渉役です」と唯井を紹介した。

いよいよ場違いの雰囲気のなか、みんなの視線をうけて慣れないしかも期待に反する報告が始まる。ひどく緊張したまま、成るようになれと立ち上がった。

「そのー、博士はできれば、いや強くこのイベントは自由で気楽な雰囲気で、つまり後楽園のリングをギリシアの円形劇場に見立てておこなうと、そんな風に希望してます」と支離滅裂に話し出したとたん、席がざわつき出す。「なにを言ってるんだ?」との声がする。

「討論会は打合せなしで、市民講座ではなく夏祭りの……」と口に出したとき、みかねた進行係から
「いったんここで整理しましょう」と声が掛かる。

そこで唯井の方が、希望する会場やイベントの進め方、ホールの設営など質問に逐一答えてゆくうちに、JJの大まかな構想は伝わったようだが、Xメディア側の文化事業の一環という理想とは、どんどんかけ離れてゆく。それは竹田さんのことばに集約されていた。

「博士は本気ですか?」

――それは、いま説明したばかりだろ――一体なんと答えればいいのか。上がっているせいで、気ばかり焦って頭が錯綜する。まだ、Sさんはなにも口を出さない。すると、マツさんからそっと紙がわたされた。事務所で見た二人の討論者と司会役のメールだ。すぐに「博士から今日、送ってきたメンバーですが」と早口で名前を読み上げた。みんな「おや?」

という顔だ。進行係があわててコピーして配った。

【討論者】
谷辺進次郎《やべしんじろう》　五十歳　東京大学教授、専門……脳科学
ドイツ研究所の客員研究員

杉田真理亜《すぎたまりあ》　哲学者、専門……東洋思想
ミラノ在住、現地大学の客員教授

【司会者】
博多之佳《はかたこれよし》　六十五歳　京都大学名誉教授、専門……進化生物学
テレビコメンテーター

この三人については、唯井がもっとも不案内だったかもしれない。谷辺教授は新進の脳科学者で科学誌やテレビにもときどき登場し、人工知能と脳神経回路の融合を研究しているようだ。もうひとりの杉田先生は翻訳家でもあり、現地ミラノでの芸術家との交流も広いという。年齢は不詳。司会者はテレビでもおなじみの顔だ。

「もちろん三人とも了解してるんだよね」と、イチ押しの会場や討論者、きれいな文化事業すべてに横やりを入れられた竹田さんが念押しをする。

「御社さえオーケーなら」小声でこたえると、すこし場の風当たりが変わり始めた。ただこのような自由で筋書きのない討論会や講演会の進め方に、先ほどから懐疑的な意見の番組制作ディレクターは、

「リング、つまり円形劇場にする必然性を博士はどう言ってましたか」と蒸しかえす。唯井もあの時は分かっていたつもりだったが、「それは……」と言いよどんだ。会議室が静かになり、マツさんや進行係がなにか言い出しかけたとき、口が意識とは別に動き、

「いや本当はこれ以外にも、ぶっつけ本番だとか、観客には生の本音だとか、もう博士の信念なんだ」とカサ・ジョセフでの遣り取りを伝えて、「じつはオレもあの場で危惧したんだ」と、本音も覗いてしまった。その効用で少しでもあの場のようすが伝わったのか、いままで成り行きをみていたSさんが、

「まあ、そういうことなら、演出過剰にはならんだろう」と口をはさんだ。ただ、納得するにはほど遠いようで、「リングもいいが」と迷っている風だ。そして唯井に向かって、

「ほかになんでもいいから、博士のことを話してくれ。座ったまま」と指示をする。唯井もようやく平静さとともに記憶がもとの位置に戻り、もうメモは見ずゆっくりと順々に記憶を辿り

だした。

円形劇場は後楽園の写真をながめて閃いたようであり、たぶん討論者は大学時代からの付き合いのようであること。それから、日本での滞在はせいぜい数年だが、日本語はほぼ完ぺきで話し始めたら止まらないこと。素人に熱心に意識や太古の時代を説く一徹な学者であること。また、唯井に詩とユダヤ人街のもつ歴史を語る文学的な一面があることも。そんなことを唯井にとっては延々と、じつは数分間ほどしゃべり続けた。

「たとえば、博士と一緒に観光なんかは？」とＳさんがたずねる。思わず引き込まれて、

「いや、その代わり翌日、自宅で昼をごちそうに」

「ほぉー」

唯井の脳裡に釈明におわれてすっかり飛んでしまった、丸太小屋でのＪＪとの会話がようやくあらわれる。

「ああ、そうだ。粘土板が庭にあったんだ、丸太小屋に」

「粘土板？」

「ええ、あのメソポタミアの楔形文字の」

「で、どうして、その粘土板の話が出てくるの？」

唯井は誇らしげに

「じつは博士は、去年のイラク戦争のまっただなか、三千枚の粘土板をイラク博物館から命がけで運び出したんですよ」

「ほぉー」という声が一斉に上がる。同時に、Sさんはみるみるまっ赤な顔になり、大声で進行係にどなった。

「バカヤロー！　なぜ会議の前に聞いておかないんだよ」

若いスタッフが直ぐに唯井たちのところに飛んで来て、「おわったらくわしく」と消え入りそうな声でささやく。

「おいおい頼むぜ、ドキュメンタリー作るんだろ。『人間工房』を！」

Sさんの怒りの半分は自分たちに、残りはもちろん唯井やマッさんにだ。打合せは時間をオーバーしたが、企画は決定した。目標と役割も決められて、各人あとは二十万年前のホモ・サピエンスよろしく、無意識で仕事に突きすすんでゆく。みんなの退出とともに、さっきの進行係が連れ立ってやって来た。かたわらをSさんが通り、一言「わるいねー」と声を掛けて行く。機嫌は悪くなさそうだ。

築地のビルを出たときには六時を回っていた。唯井はマッさんと竹田さんの誘いを断りひとりで帰途についた。会議の余韻は明日からの仕事と不安に消されて、どうも気分が乗らない。新橋駅には向かわず反対の墨田川まで歩き、遊歩道に降りてさらに西へぶらぶらと勝鬨の方へ。まだ空はどことなくあかるい。前方高くタワービルをうす墨色の雲が覆い、わずかな雲間から、夕日に輝くオレンジ色の雲がのぞく。振り返ると佃大橋に濃紺の夕闇がせまっている。

——当社《うち》ではああは行かないな——時間が惜しいので、唯井の報告を待ってぶっつけで決める。乱暴なモノ創りだが活気がある。やっとこれでイベント当日までお役目ごめんだ。来年からは深月さえうんと言えば、慣れない大阪に呼び寄せふたりの暮らしをはじめよう。姉と母と三人のために、こちらに留まるのがいいのは分かっているが、またこの年で失業だ。マッさんのところは楽しいが、それもお客さんのうちだけだろう。この夕暮れ空の下、ユダヤ人街で迷いふと出てしまった市役所の広場を思い出した。あのときも、この堂々巡りのループから逃れる道を探していた。がむしゃらにもがく事からしか、それはみつからないのだろう。こんなデタラメは深月のためにも、今日でおわりにしよう。


翌日、毎度の休み明けの儀式を繰り返し、大石先輩からいつもの小型段ボールをうけとり仕事がはじまる。途中、頃あいを見て江野課長に「大阪の件で」とささやくと、目で別室へと合図があった。唯井は部屋で立ったまま頼んだ。

「大阪の分室にはぜひ行かせてください」課長はなにごとかと硬かった表情をくずし、

「ああ分かったよ。部長には念を押しておくよ」昼休みに、深月にまたバカにされるような「すべては順調」とのメールをする。今は旧盆のお花の準備で大忙しで、たぶん忘れた頃に、会える日を知らせてくるだろう。ところがこのとき、唯井の方からしばらく会えなくなるとは予想もしなかった。

旧盆もあけ月が替わり、また東京に人が戻り社会の歯車が回りだす。そんな折、京一側に動きがあり、代理人の弁護士から法務部員のところに直接連絡があった。近いうちに上京して話がしたい、決して悪い話ではない、と。法務部員は「厄介をしょい込むだけだ」と危惧するが、部長が「聞くだけなら」と話が決まる。

唯井たちは本当はもっと用心すべきだった。悪徳のバッジを胸の誇りとする弁護士が、正義のまねごとをするはずもない。その時、唯井たち皆の脳回路が異常に〝ゆらいだ〟のか、あるいは幼子が〝心の理論〟で犬のぬいぐるみに心を見るように、この弁護士に人の心を見てしまったのか、どちらかだった。

弁護士は九月の初旬、残暑の続く風もない丸の内の本社に十時ぴったりに来て、ほぼ三十分話をして帰って行った。エレベーターホールまで部長以下四人で見送り、扉がしまってわれに返るや「毒気に当てられた」という表情で顔を見合わせる。

能定《のうじょう》というその弁護士は会うなり、争っている姉の舞華側との間で和解が整った、と切り出した。ふたりを知る地元のある人が間に入ったという。

「手うちですわ。姉《あね》はんの方から京一はんに、解決金として十億円わたしますんや」

この十億円にただしい根拠などはない。あえて言えば今回の舞華のうっかり料で、あとから弁護士が名目を作り上げる。その代わり、京一はいっさい手を引く。裁判も取り下げ、登記を元にもどし実印や証券類も返却する。めでたく叔母鏡子と舞華が一切の実権を取りもどす、という内容だった。しかし、いまは双方にらみ合いで銀行から金が動かせない。

「そこで、おたくの会社が姉はんに十億円貸しまんにゃ」

双方の争いが終結した後に、社員の使い込みを差し引いた金額が舞華側から当社《うち》に返され、それで八方丸くおさまる、そんな筋書だ。法律的にはうかつに乗れない話で、この争いはあくまで、社長の京一と大株主の円淵鏡子氏とのものだ。

しかし、そんなあやふやな部分はすべて自らがブラックホールのように飲み込むつもりだ。エレベーターホールからそのまま会議室に集まった。「さてどうするんだ」部長がみんなを見回した。

「本当に双方が約束をまもるか、危なくて乗れません」が、でた結論だった。金は出したわ、解決はしないわ、それどころか京一が要求をさらにエスカレートする。そんなリスクが懸念された。

「分かった、専務にはわしから説明しておく」

翌日、弁護士には断りの電話を入れ、これでいつ騒ぎが再燃してもおかしくない。深月には「また落ち着いたら、こちらから連絡する」とメールするはめになった。

そして、弁護士の訪問後しばらくして事件の本番が幕をあける。前から部長と面識のある国会議員秘書が「あいさつにゆきたい」と連絡をしてきた。いそがしい政策秘書が、わざわざ「なんの用事か？」と、部長にはいぶかられた。五十がらみの愛想のよい男で、当たり障りのないあいさつのあとに

「じつはうちの後援会の有力者をつうじ、先生に名古屋の件で相談がありまして」

と深刻そうにつげる。議員はいわゆる金融畑なので、名古屋のトラブルはありえる話だ。秘書は「お耳にだけ入れておこうと。でも、くれぐれもここだけの……」と言い残して、見おくりも固辞し帰っていった。あの弁護士が動いているのは間違いがない。いずれにせよ専務にも一報だけ入れておいた。

十月となりやっと暑さもやわらいだが、京一と舞華の動きの方はとくに伝わってこない。さすがにあきらめたかと思い始めた矢先、

「名古屋の不祥事案のことで進展を聞きたい」と、金融庁監督局から急な呼び出しがあった。「へんだな、今までに報告もしているのに」と部長も唯井たちも思った。「どうせいつもの監督

局のパフォーマンスだろう」とタカをくくり、課長と監督局担当者を伴い赴く。出かけてから二時間ほどして、一行が色を失って帰ってきたさまが深刻さを表していた。そのまま役員室に直行し、社長と専務にことの次第を報告した。社長は聞くなり

「いったいどうなっている！」と、顔をまっ赤に激怒した。

部長の一行が部屋で待っていると入ってきたのは、いつものノンキャリアの課長補佐ではなく、若いキャリア官僚の課長補佐だった。補佐は席に着くなり

「困りますよね、ちゃんとやってくれないと。苦情が来てますよ、永田町から」と、強い口調で叱責した。すぐに今までの対応を話したが、聞く耳は持たない。部長がおそるおそる「永田町とは？」とたずねると、補佐は苛立ったように

「財務金融委員会の理事の先生ですよ」とその名前をだして

「政策秘書が事情を聴きにきたのに、話もろくに聞かず追い返したでしょ」と言い放った。部長は「あ、」と口をおさえ、「はめられた」と内心ほぞをかんだ。秘書は来ることは来たが、ただの時候のあいさつ程度だ。そう抗弁するが、「これは先生からの直の話です」と一蹴される。さいごに課長補佐から

「直ちに社長名で、対応と社内体制について報告してください」と宣告がなされた。もちろん真実は十分に知ったうえでだ。

これが唯井があとで課長から聞いた事件の顛末だ。あの弁護士は十億円の融資も政策秘書の訪問も、当社《うち》から当局に報告はされないだろうと、そのへんを巧みに読んだうえで、政治家を使って事を大きくしたのだ。意識の謎とは無縁の輩に、意識と判断の間《はざま》を突かれた。

翌日から急ごしらえで監査部署による聞き取りがなされ。部内からは部長や課長はもちろん唯井まで呼びだされ、どのような抗弁もむだであった。やがて処分がくだされ、次期の有力な社長候補だった専務と名古屋支店長は関係会社にそれぞれ転出し、部長と課長は地方の営業店に異動となる。名古屋の案件は、あの弁護士案を丸のみすることに。課長には同じサブマネジャーの上村が昇格する。「大阪分室」は責任が不明確になるという理由で取りやめとなり、唯井には今の部のまま「大阪駐在」と発令される。分室の責任者から体のいい降格だ。駐在と身軽になった分、発令は来年の一月一日付となり三か月前倒しとなる。地図がすっかり変わってしまった。

そうこうするうちに、「このたびはご栄転で」との声が、あちこちで聞こえ始めた。唯井たちは頃合いをみて別々に応接室に入り、課長はドアが閉まるなりソファーから足をなげだし、「やられたよ」と苦笑いした。

「最初から最後まで。あの弁護士が絵図を描いたんだな」弁護士はあの日拒絶を見越し、すでに代議士と秘書に手を回していたのだろう。唯井が憧れめざした職業の黒い現実だった。

「課長はいつまでこちらに?」

「一週間で引継ぎだ、同じ部だしな。唯井、おまえは」

「相手がまだなので、たぶん来月からです」

「大阪は悪かったな」格下げのことだ。

「いいか、自分のことだけ考えろ」最後の忠告だった。

この一連の騒動がまさに宮仕えであり、実にくだらないものだ。課長は送別会も日程が合わず、唯井はこの後もずっと会わずじまいだった。

なにもなかったかのようにゴタゴタが収まった頃、上村新課長から申し渡された。

「引継ぎは必ず十一月中に。おわったら年内に準備して、年明けから正式に着任してください」

後任は十一月中旬から出社する。とたんに引継ぎまでの半月余り、宙ぶらりんの社内失業となった。時間をもてあましたが、だれもうるさいことは言わなかった。「企暴連」の吉村局長は事情を察して、「いつでもいらっしゃい」と言ってくれるが、そう何度もという訳にはゆかない。足は必然のように日比谷公園のベンチやカフェに向かった。

その二　身内

のびのびとなっていた深月との約束が実現したのは、この騒動が落ち着いた週末だった。いつものように「やすみ取れたよー」と、短く書かれたメールには、続けて「ちょっと話が」とあった。こんな思わせぶりは珍しい。

その日深月と遅い夕食に出る前、どうも壁を通して隣からこちらのようすを窺っている気配がする。唯井が借りている1LDKの三階建てマンションは、単身者向けで壁も床も音がよくひびく。唯井は用心して四つん這いのまま、ゆっくり裸の深月を越えてベッドから降りようとした。するとほそい両手が食虫植物のように巻きつき、ベッドに引き戻す。

「のどが渇いたんだ」うつ伏せになったたまままそう言うと、

「話があるのよ、だいじな」唯井の顔を自分のほうに向け、バルセロナへ行く前日の実家のことだと、話をはじめる……。

あの日、四人でお母さんの手作りのお料理を食べたあと、庭に面した部屋に行ったでしょ。あなたとお父さんはまだ居間で飲んでたけど、部屋で花器を見せてもらったの。古そうな青磁の水盤、竹の器の花入れなんかを直接手に取って。その続きに「これがお写真」とおっしゃり、むかしの花展のアルバムも。一枚一枚懐かしそうにめくり、ある写真でとまったの。それをしばらくじっと眺めながら、ぽつりと

「覚えていない？」と。

中学生くらいの女の子が花展の作品のそばに。覚えているはずはないし、一瞬わけが分からなくなって、あやふやに「えぇ」と。するとお母さんは「だいじょうぶよ、春奈。このときも治ったからね」とおっしゃるの。ああそうか、写真はお義姉《ねえ》さんで、お母さんは写真に語りかけているのだと思ったわ。それは今でもそうだと思う。だから、「な、に、が、治ったんですか」って、かるい調子でたずねたの。

そしたらわたしを見て、「ほら、いじめっ子の男の子と喧嘩して、相手を触れなくなったでしょ」と真顔で。おどろいて「なぜ？」と聞いたわ。すると

「相手に下着の血をみつけられてさ。でも、あの心の声はすぐ消えるわよ、春奈」って。間違いないわ。信じたくないけれど、お母さんは……軽い認知症なのよ。そしてお義姉さんは……潔、癖、症？

唯井はもちろん深月に、マツさんと姉の離婚のいきさつは話していた。例のパンティのこと

も。しかし、三十数年間おふくろと姉と暮らし全く気づかなかった秘密が、家族とはべつにあったとは。やり場のない怒りが襲ってきた、ふたりにも自分にも。唯井は起きあがってベッドの上にあぐらをかき

「それじゃあ、明日の日曜に実家に行こう。母さんに会って三人で話をしよう。それから姉さんのところにも！」

「だめよ、そんなことしちゃあ」「どうして！」

壁をドンドンとたたく音がしてわれにかえった。

「もおー、子供なんだから」深月が笑いをころして言った。唯井は家族のことを知らなかったのがショックだったが、たしかに母と姉に話をしても、逆効果は明らかだ。

「じゃあどうしたら……」ふたりとも身体が冷えてきたので、もう一度毛布にもぐりこんだ。深月は姉と母親を身内として心配したのだろう。温まりながら、ふたりで話をした。マッさんのこと、やり直せるのだろうか。それに「あいつがふたりいた」と言っていた姉のこと。母親の言い方だと、なにか命令する声が、頭の中で聞こえるようだ。母親を含めたこの三人の問題は一度に解決しそうにない。十分な時間が必要だが、唯井はいったん年内には大阪だ。

曖昧な解決策のまま、空腹感が入れ替わり支配した。時計を見るととっくに午後の八時を回っている。こんどはふたりとも静かにベッドを抜け出した。

同じ頃マツさんは忙しい普段の仕事のなか、ほぼ孤軍奮闘でイベントの準備を進めていた。なんとしてでも成功させる、その一念だった。ときどきイリさんからは唯井にようすがメールで伝わってくる。イベント名はすでに決定で、「トーク・バトル　意識の王国」。サブタイトルが、「マルチ考古学者と哲学者と脳科学者が解く〝意識の謎〟」だった。有名な国際人というものの、一般受けはしないイベントだから大々的な宣伝はせず、チケットの販売も大学や学術団体、科学雑誌や愛好団体へのルートがメインだという。当日までのスケジュールや会場設営、パンフレットの制作などはまだしも、ＪＪが希望するあの会場でのイベント内容と運営は、とりわけマツさんやみんなの頭をなやませた。

一方Ｓさんのテレビ番組「人間工房」の制作チームは、八月の初回打合せのあとマツさんの橋渡しで、九月初めにメンバーがバルセロナに飛んだ。残念ながら自宅ではなく、大学の研究室での撮影と本や研究に関するインタビューとなった。それでも話が今回のイベントから、花壇を破壊したあの小屋と粘土板におよぶと、ＪＪは小屋の写真とともに「これがそうだ」とだいじに包んだ実物を三枚、カバンから取り出し慎重にテーブルに並べた。四千年以上の年月の存在感に、カメラもひるんだ。さいごに、唯井はなぜ来なかったと残念がり、「東京では楽しみにしている」とコメントしてインタビューはおわった。

チームはその翌日から予定通り、粘土板がたどったコースを逆にすすむ。まず、海路ではなく空路だったが、イスラエルのハイファ港へ向かい、そこから車で無事ヨルダンの首都アンマンに着いた。現地でイラクのバグダードまでシリア砂漠を経由してゆきたい、と持ちかけたところ、ガイドは風貌と装備を一瞥し親切に「途中で死ぬぞ」と忠告した。

砂漠の絵が撮れない。やむなく翌朝、当てはないが一か八か休館中のイラク博物館を訪問し、ここの撮影を交渉するという賭けにでた。幸い前日再開されたばかりのバグダード空港に、アンマンのクィーンアリア空港から便が出るという。なんとかこの便に乗り込み、やっとのことで空港に辿りつく。タクシーで双塔門の弾こんも生々しい博物館に到達したのはもう夕方近かった。現地のガイドが正門で撮影の交渉をするが、出てきた館員は「帰れ」と取りつく島もない。戻りかけた館員の背中に、ディレクターが必死に英語で「ザーイドを知っているか、彼は友人だ！」と叫ぶと足が止まった。交渉の末、なんとか中庭と一階の建物だけ撮影が許された。

ドキュメンタリーは登場する人物や来歴などを映像化するが、ただ事実を伝えるだけでは核心は伝わらない。作り手の的を射た〝解釈〟が必要となる。今回、Ｓさんが唯井や制作チームの話を重ね合わせ、作り上げたＪＪの精神や人物像は〝反骨〟だった。なぜあの本のあと十年も沈黙したのか。その勢いで世の著名な学者に倣い、二作目、三作目と出せば、名声はほぼ約束されていた。なぜ戦争のさなか危険をおかし、ザーイドの粘土板を取りに行ったのか。そして、今回スペインでもなくイギリスやアメリカでもなく、日本で講演をするのか、しかもリングで。答えはこの精神にあると睨んだ。さらにたぐれば反骨の芽は、大学の研究室や教授というヒエラルキー、学会という異端審問所など、若き日の苦い思いにまで行き着くのかもしれない。Sさんはジョナサン・ジョイスという人間に一度も会わないまま、唯井がずっと漠として掴めなかったその本質を切り取ったのだ。

イリさんから「助けてほしい」とのメールが入ったのは、ちょうど深月と話し合った翌週のことだった。手短に状況が書かれていた。トーク・バトルの谷辺、杉田の両先生がどうしても、バルセロナでの唯井の話を聞きたいという。ＪＪの来日はもう一か月後だ。メールの最後に、「マッさんにぜひ電話してほしい」とあった。唯井はもうイベントには来日までかかわらない、と佃大橋を背に誓ったが、他方でイベントは抜きにしてとにかく姉のことで一度マッさんに会わなければ、との思いも内心では高まっていた。誓ったあとで皮肉にも自由な時間が生まれ、また母親のことで事情もおおきく変わった。だから

「もういいんだ」と抵抗感もうすれ、外出先から電話をすると、

「いやー悪いね、ヤベの大将も杉田女史もぜひともと言って、聞かないんだ」

「いいよ、こっちもマツさんに会って……」

「あいつのことで話が？　分かった、それはぜひ聞かせてくれ。でもおわってからじっくりだな」

その返事を聞いて、――おそいなあ――と焦り戸惑う一方で、なぜか安堵する自分がいた。

その三　雨宿り

数日後の午後、「今日はもう戻りませんので」と課内に言い残し、谷辺教授の大学のキャンパスがある大岡山へ向かう。杉田先生はその翌週となった。すでにトーク・バトルの討論会のテーマは、一つ目が「心身問題」、二つ目が「自由意志は幻想か」と決まっていた。この一つ目の「心身問題」を唯井が本で調べると、いまなお解決のつかない難問で、脳や神経をふくめた肉体という物質から、クオリアや意識という精神的なものや現象がどうして生まれるのか、というものだった。二つ目も古典的な問題提起で、さまざまな実験の結果から、人が決心をする前に脳と身体の神経は、その結論に向かってすでに動き出している、とする研究発表だ。どちらも脳科学、心理学、認知哲学からすると、難しいがおあつらえ向きのテーマといえる。それぞれを各人が好きに論じる。その中に自分の得意の話題を放り込んでもいい。電車が目黒川を越え景色もずいぶん秋めいてくる。駅をおりて正門からしばらく歩くと、洗足池あたりから飛んでくる野鳥の鳴き声がする。時計台を見ながらキャンパスをさらに南へ。同じような棟に迷いながらやっとめざす研究棟にたどり着く。

唯井は谷辺教授のことはよく知らない。マツさんの話では、結構かわった先生らしい。明るいフロアーのなかを学生に案内され、実験室やゼミ室をやり過ごし教授室までくると、ドアに「〈歓迎　意識の徒〉求めよ真理、ただし悪人に手向かうな」と手造りの看板がかかっている。学生に「これなに?」と聞くと、「さあ、聖書かな」と笑った。部屋に入ると、床には棚から溢れた研究誌が無造作に積まれ、その横はネズミの実験装置の模型だろうか。作業台の上には、「電磁波注意」と紙がはられた機器が。そのほか研究室に入りきらない道具が、所狭しと同居し鬱蒼としている。教授は開口一番

「いやー遠いところを」といやに甲高い声だ。受け取った唯井の名刺をまじまじ見て、

「やはり証券会社の人なんだ」と驚いた。部屋には窓側に丸いテーブルがひとつ。唯井に「適当に」と席をすすめ、自分はキャスター椅子をテーブルまで押してくる。唯井は自己紹介がてら、旅先のナイロビでＪＪが日本語の本に目をとめた経緯から、マツさんが素早く手紙を出したところまで、ごく掻いつまんで話した。

「やはりそうか。行きがかりとはいえバルセロナまで行ったたか。お前さんも珍しい人だね」

先生は唯井の顔をしげしげと眺めそう言った。黒々した髪を丸顔のひたいのセンターで分け、メガネの奥でどんぐり目を開き、学生に話すような口調だ。

「ジョイス博士つまりＪＪとはお互いの研究の関心が同じでね、アメリカの大学からなにかと付き合いがあったんだが最近スペインにいるらしいということは聞いていたんだ、え、研究の関心？　うーんとお前さんこの世界はどこにあると思うかね？　分からないか、それはテレビでも日記でもなく、中枢神経の回路の中だ、といっても五億年前のカンブリア紀に原始の海に群れていた三葉虫に世界など意味がないだろ？　それにはまず神経のほうでクオリアというものを持つことから始まる」

「あ、それはＪじぇ」

唯井の合いの手をさえぎってまた教授がまくし立ててくる。

「え、クオリアはＪＪから聞いてる？　そうだ、ただの知覚ではないぞ、そこに『主観』つまり『自分』という厄介なものがくっ付いているが、ただの明るい、痛いという知覚だけなら物質的に説明はできる、刺激とか神経の電気信号とか化学的な反応とかでな、ではどう違うか？　少なくとも人間の場合はここに痛みを感ずる『自分』がいて、これはじつは摩訶不思議な現象だ、だれもそうは思っていないがね、そうだろ？　世界に『自分』がいて、見えるまま感じるままの世界がある、しかし根源の世界は不毛な渺茫《びょうぼう》とした暗黒の空間に、電磁波が飛び交っているおどろおどろしいモノかもしれないぞ」

「ＪＪは『春と修羅』に……」

「なに！　ＪＪが宮沢賢治の『春と修羅』は電磁波が飛び交う世界だと？　ほぉー、たしかにあの詩はな、つまり哲学の世界でいう〝物自体〟だな、よく分からないか？　そうだな……これは、たとえば色というのは人の脳のニューロンが発火して勝手に赤色や青色と決めているだけで、外の世界に〝本来の赤色〟がある訳ではなく、人には可視光線という限られた波長の光や電磁波以外はどんな色も暗闇で、だからこの世界を今あるごとくの世界にしているのが、クオリアと自分だ」

「じつは……」

「え、二十万年前のホモ・サピエンスのクオリアについて、話をしたって！　なるほど、まあそのあたりはあの大先生の専門だからね。ただ、それは……」

こうして教授がアクの強いキャラクターで一方的にしゃべっていると、「お約束の杉田先生が」と、研究生がひとりの女性を案内してくる。しっかり日焼けした顔がスカーフで包まれ、身体に巻き付くような飴色のカシュクール・ブラウスをまとった女性は、大量の研究誌とネズミの実験装置などが混然とする部屋を、かるく身をかわしながら進んでくると、

「ヤベちゃん、お久しぶりね。出世したわね」と、飴色の袖口から細い手を差し出した。谷辺

教授はやや照れたようにあいさつを交わし、唯井に
「こちらはミラノ大学の杉田真理亜先生、マリさんだ。大学で講座をね。ご専門は東洋思想だ」

と紹介する。――これは、フードの貴婦人じゃないか――唯井は顔を見て直感した。

「まあ、世間一般的にはそうでしょうけど」と唯井のほうを見て、「詳しくいうと認知哲学とか心の哲学ね」と付け加える。谷辺教授が「ボクも会う予定があるから」ということで、「ご一緒に」と呼んだらしい。マリさんは丸テーブルの教授のとなり、唯井の正面に優雅に座った。

都合よくふたりがそろい、だれ言うともなく「ではバルセロナの話を」となる。話をする前に、さきに唯井の方からたずねた。

「ジョイス博士から今回のことは、くわしく聞いてますか？」

すると、ふたりに今回のイベントについて、ＪＪからとつぜん電話があったのは七月の下旬、ちょうどマッさんがメールで来日を取り付けた直後のことだ、と判明した。

「今バルセロナにいるんだ。日本で近々イベントができそうだが、久しぶりに会わないか。三人でむかしのように議論をしようじゃないか！」

マリさんにはそんな言いぶりの声だった。それ以上のくわしい話はほとんど無かった。およそ十年ぶりの会話だったが、かといって絶対に断る理由もない。ちょうどマリさんは昨年亡くなった母の遺品整理のため、いずれは一度イタリアから大磯の実家に帰るつもりでいた。祖父

の代からの屋敷だが、欲しがっている兄にくれてやるつもりだった。

「そういえば、家にはあの人も来たのよ」

三人は十年以上前、プリンストン大に勤務中から研究仲間だった。もっともＪＪとマリさんはその前から付き合いがあり、ＪＪが研究のため訪日する際にマリさんが母に頼みこみ、大磯の家に長逗留したらしい。マリさんは、のべ二年間を超える滞日中のことを「そうそう、母が熱心に読み書きを教えていたわ」と、思い出した。

ふたりのだいたいの状況は分かったので、そこで唯井の方からあらためて「パレス バルセロナ」ホテルでのくわしいやりとりを説明した。これまで、討論会のテーマはＪＪとのメールで決まっていたが、ふたりにはイベントの進め方やそもそもの狙いがほとんど伝わっていなかった。マツさんから契約書と一緒に届けられた企画書も要領を得ない。しかし今、あらかた腑に落ちたようだ。討論会も講演会も後楽園のリングという舞台設定も。

「《ゆい》さんは、他にＪＪとなにを話したの」

マリさんは唯井の知らないタイプの女性だった。手みやげ代わりのミラノのワインも手伝って、思いつくまま饒舌になった。ナイロビでの石器と意識のないホモ・サピエンスや、その後の「文化の爆発」とクオリアによる謎解きも。あげくにはラウンジに駆け戻ったことも。バルセロナのカサ・ジョセフでのユダヤ人街のことや、自宅で語られたイラク博物館のザーイドの話も、Sさんたち以上にくわしく披露した。そのなかで学会での失敗はどうもマリさんはなにか知っている、と唯井にはそんな気がした。

「要は祭りのように、雰囲気を楽しみながらやる、そういうことだな」ヤベ教授は勝手に納得する。ウンベルト・サバの詩と、辿りつけなかったユダヤ人街の関係について、マリさんは
「《ゆい》さんがシナゴーグに辿りつけたとして、そこはサバのうたう霧の向こう側だと、感じたかしら」と口元が微笑む。

「サバの霧の世界は、さっき分からなかった暗黒の電磁波と同じさ」ヤベ教授も賛同する。

「でもホモ・サピエンスのクオリア、あれはおもしろいわね。本来、ことばでは表せないモノを苦心して無理やりね」

マリさんは、唯井とＪＪのそれぞれが辿りついたクオリアについてのイメージが、両極端である点がいいという。〝祭りのみこしの密集〟状態から一転して、〝他人事《ひとごと》のように〟冷たくみる自分だ。

「一見、矛盾したものの中に、得てして真理はあるのよ」

すでに二本目のワインが開いている。ヤベ教授には普段から議論と酒は一体なのだろう、部屋には冷蔵庫やワインクーラーまで備わっている。唯井から念のため確認した。

「ふたりとも事前の打合せなしで大丈夫？」

「まあ、大学じゃあ三人で会って、しょっちゅう打合せをやってたからな」

「博多先生とＪＪはどこかで？」

「あれは〝サークル〟じゃなかったかしら」

「そうだが、そもそもは〝ダロウ〟だろう」

生物学者の博多先生は〝循環と流れ〟を生命現象のキーワードとして重んじていたので、その延長としてアイルランドはドロンベッグの「ストーンサークル」や、アイルランドの国宝である〝渦巻き〟紋様の奇書『ダロウの書』にかねがね興味があったという。その現地案内や奇書の展示図書館への便宜を、ＪＪが取り図ったのが縁らしいが、唯井の知らない遠いべつ世界の話だ。

ヤベ教授がマリさんに問いかける。

「ところで、さっきのザーイドの粘土板だけど、ＪＪはどうしてあそこまで危険をおかしたのだろう」

「そうなのよ。でも思うのに、粘土板は単なる記録簿じゃないのよ」

マリさんは想像をたくましくする。つまり当時文字を知らない農牧民にとって、目の前の粘土板によって、去年神殿に穀物や家畜などを納めた事がまざまざと蘇る。彼らには、まか不思議で驚愕そのものだ。

「そこで初めて、〝過去〟が作り出されたのよ」

さらに、神話や神の賛歌、都市に置かれた威厳ある王碑文は、書記から農牧民に読み聞かされ、耳に偉大な神のことばと化して届く。

「これらは天上の世界からの全く抗えないメッセージなのよ」

ＪＪは自らの危険と引き換えに、異質な世界の希少な断片を求めたことになる。ＪＪを知り尽くした舞台裏での噂話ではあるが、マリさんはその才能を惜しみなく投げだす。

「あの本の〝右脳の神の声〟にはたしかに驚いたわ。でも粘土板や王碑文がはたす役割とみごとに整合しているわね」

「確かにおもしろい。さらに興味深いのは、はたして右脳の神の声は左右どちらの耳に語るのか。ボクはすぐに有名な『スペリーの分離脳』の実験を思い出したね」

「それどこかで聞いたことがあるわ」

すると窓の外、西日を受け徐々に黄金色《こがねいろ》にそまってゆく目黒台地の、壮大な大岡山キャンパスをバックに、ヤベ教授は奇妙な実験を描きだす。

「いまでもまれに重度のてんかん患者の治療で、右脳と左脳の連結部分の脳梁を切断することがある。心理学者のスペリー博士はこの患者たちに、ある〝作業テスト〟をおこない、右脳の秘めたる声を聞き出した。四十年ほど前の一九六〇年代のことだな」

ヤベ教授がいうには、ふつう人の視野の右側に映る物はじつは左脳で処理され、逆に左側の物は右脳で処理される。そのあと左右の視覚情報は脳梁で交換され、その結果統合され一つの視覚となる。ところが、この患者の視覚情報は、脳梁の切断により右脳と左脳に独立して存在することになる。

実施される〝作業テスト〟では、患者の視線を器具で中央に固定したまま、一枚の絵を見せる。これは右目の視野は絵の右側だけを、左目の視野は左側だけをカバーしたいからだ。最初は、中央に向かって右側はリンゴ、左側は白地となっている絵だ。「なにが見えるか」と問うと、「リンゴ」と正しく答える。ところが次に、左はリンゴ、右は白地と逆の絵を見せると、「なにも見えない」と口が答えることになる。

「種明かしをするとだ、人の言語野はふつう左脳にあるからなんだ。最初の問いには、患者は左脳で処理された右側のリンゴの視覚情報を、同じく左脳の言語野を使い処理できたので、リンゴと口にすることができた。ところがね、逆にすると右脳は左側のリンゴの視覚情報は分かっているが、言語野がないのでそれを処理して口にすることができず、一方左脳はなにも視覚情報がないから答えようがないという訳だ」

ここからがスペリー博士の真骨頂のようで、患者に見えないよう手元にリンゴやバナナやテニスボールなどを置いておき、口で答えるかわりに「左手で見えている物を探り出せ」と促した。すると、右脳は口の代わりにコントロールできる左手を使い、みごと手探りでリンゴを掴み出した。

「博士はめでたく、右脳が独自にコントロールできる左半身を使い、右脳のクオリアを聞き出した。これが運よくノーベル賞の受賞に繋がったという次第だな」

聞きおわり唯井が、壁のネズミの絵に向かい目をパチクリやっていると、教授が

「片目じゃあ意味がないぞ。両目を同時に開いて、しかもお前さんの両半球をスパッとな」とからかった。マリさんが以前からの疑問だとして、

「この実験が示すのは、意識が元々は右脳と左脳とに別々に存在するということ？」

「いや、分からないんだ、じつを言うと。これはまか不思議な実験で、その解釈も人によって一様ではない。この実験から確実に言えることは、視覚のクオリアは左右の脳半球に別々に生じる、これだけだな。それも右脳に生まれたものをクオリアと呼ぶならだがね」

「そうすると、わたしたちの無傷の脳がどこでどうして、一つのクオリアを手に入れているのかも……」

「分からないんだ。このあたりはジョイス先生にもおうかがいをしたいね。依然としてクオリアや意識、主観は、〝ハードプロブレム〟つまり神の世界だ」

「ＪＪは本の中で、さかんに左右半球の独立性を強調してたわね」

「独立性が強いと、神の声も生まれやすい。ボクも独立性には賛成だ。そしてさらに発展させることもできる」

「へぇー、なにか企んでいるの。おもしろい実験でも計画中？」

「ちょっとね。人工知能にクオリアがあるかどうか。機械の脳半球と人の脳半球を結合して、そこに視覚的なクオリアが発生するかどうか。ボクはあると睨んでいる」

「そう。でも、研究の世界は早すぎても、遅すぎるともっとだめ。大きな学会でタイミングよく世紀の発表をするなんて、まったく夢物語ね」

まわりの棟はどこも窓明りが輝き、夜のクルーズ船よろしく不夜城だ。ここからも、はるか東空にキャンパスの黒い木々をかすめペルセウス座が見え始める。ふたりの方はそんなことに頓着なく、もう根がはえた状態だ。唯井も酒と話の興味にひかれ、さっきから「あと十分、あと五分」を心のなかで繰り返してきたが、さすがに限界がきた。

「じゃあ先生、もうそろそろ……」

「《ゆい》くん、テレビの中継はするの？」

「ええ、まあ。中継じゃなくて、ＪＪの半生とイベントを、あくまでドキュメンタリー風に撮ってね」

「ウィスキーはまだ残っているぞ」

なにかの中毒者が、悪と分かっていても止めないのは、まだ自分は大丈夫だと誤解をしているからだろう。「じゃあ、せっかくだから」と、飛行機であの本を読んで引っかかったことを思い出した。

「ＪＪのいう右脳に宿る幻聴の〝神〟とは、たとえばキリスト教の神と同じもの？」

ふたりは「こりゃどうする」と一瞬顔を見合わせると、ヤベ教授が「あははは」と吹き出し、マリさんもつられて笑った。収まったあとマリさんは、「二つの神、そうねぇー」と、すこし赤味がさした知的な目元に水割りを近づけながら、ストーリーを紡ぎだした。

「わたしたちの信じる神は仏教のブッダであり、ユダヤ教のヤハヴェつまりキリスト教のイエスであり、イスラーム教のアッラーよね。一番古いユダヤ教ができたのが紀元前十三世紀頃かな。そろそろ、ＪＪのいう右脳の神の声が弱まりはじめ、あと二、三百年もすると消えてしまう頃ね。でも、この神はというと、今からずっと古く一万年以上も前にその原型が生まれたのね」

たとえばそのひとつであるイスラエルのエイナンの地に眠る王は、全身を大量のビーズで飾られ、畏敬されつつ埋葬され、死後もながく一族を束ねる精神的な存在であり続けた。みんなは事が起こると、「かの王なら如何に」と答えを想像し、その指示を仰いだという。ＪＪの説によれば、民の頭の中に想像した答えが幻聴として生じ、やがて右脳の神の声と化した。

「さて、《ゆい》くんの問いは、このエイナン王のような実体のある神と、ユダヤ教のヤハヴェのような信仰の神との関係ということになるかな。結構やっかいで、いろいろな可能性があるわ。たとえば、ふたつは全く別物で、エイナンの声は二、三百年後には自然に消えてしまった。あるいは、ヤハヴェの信仰がエイナンの声に取って代わった。逆に、エイナンの声がヤハヴェのことばとして聞こえるようになったとかね」

おおよそ信仰はだれか人間が、神との間を仲介するもので、ユダヤ教の場合ももちろん預言者モーゼである。一般の信者は、ヤハヴェの声は直接には聞こえず、だからモーゼが石板の十戒を示して教えを説いた。と、マリさんは推理を展開した。

「そうだとすれば、信者は徐々に右脳の声が消えてヤハヴェの信仰に替わったという、二番目の可能性が強いかもしれないわ」

モーゼはシナイ山で〝ヤハヴェの姿は見えず声のみが聞こえた〟といわれている。だから彼自身の場合は、それまでの右脳の声がヤハヴェの声に切り替わったのかもしれない、という。

「まあ、正確にはＪＪの声を聞かないと分からないけど」

マリさんはたしかＪＪより十歳ほど若く、ヤベ教授よりもすこし上ということだが、スカーフを取った顔を見ていても年齢は分からない。それに唯井が貴婦人と直感したように、少し異国の血が混じっているのだろうか。ヤベ教授も続いた。

「頭のなかで聞こえる声は、防ごうとしても消そうと思っても制御がきかないな。右脳の神の声は一方的に、時に滝の音のように止まらず流れっ放しだ。そのなかでこれを御したのが、モーゼの声であり、十戒の文字であり、ＪＪのいう意識であり、結局これらを統べる神経回路だ。最後はこれらの回路同士のせめぎ合い、と考える事ができるんだ」

こんどはヤベ教授の声がまったく止まらなくなる。

「そもそも人間の身体の機能は時とともに変化してゆく。たとえば虫垂にしろ尾骨にしろ、むかしに捨てられた器官だぞ。ところが神経回路はそうではない。どれも基本的には同じユニットだから、モーゼの声用の回路もなにか別の用途に使い回すことができる。たとえば痛覚だな。お前さんが失恋して胸を痛めるときも、痛覚が転用されるんだ」

「そうだ、モジュールだ」使い回しと聞いて唯井も閃いた。

「驚いた時のドキドキの」そう説明すると、ヤベ教授が「よく知ってたな」という顔で唯井をみた。マリさんが

「モジュールの神経回路は生まれて、やがて使われなくなるまでに、そうね百万年？　ところが人が神を畏れ信じることは、生まれてせいぜい一万年？　そして、意識はＪＪの説だと、たかが三千年ということね」と付け加えた。そこでヤベ教授がこう断言する。

「だからな、意識や自分などは、人の心の最終形じゃなく絶対のものではない。あくまで仮の

存在だと考えた方が無難だぞ」

何人かの学生や研究生が、終電をめざし「帰ります」とドアロであいさつをして行く。唯井はすでに眠気におそわれ、そのたびに中断して意識がもどる。さっきから意識と記憶が途中でなんども「ふっ」と飛んでいた。

「でも、この意識が絶対ではないとすると、俺の本体などどこにあるのか」

「……で、そもそも今ここに流れている時間さえも、絶対のものじゃあない。宇宙が始まって以来、流れ続けているかどうか本当のところは分からないぞ」

——ウソだろ——

「ビッグバンの時以来、セシウムだかの原子の振動で、正確に刻まれているのだろ?」

「確かに三百年以上むかしに、ニュートンは時間を何者にも影響されない、絶対のものと考えた。百年前にアインシュタインが慣性系ごとの時間を与えるまではな」

「……だから、《ゆい》くん。この先生、いい加減なことを言ってるけど、私たち数学と物理学の言語をもたない人間がそこで勝負してはダメ。執着心が違うのよ、正確さへの」

「でも、相対性理論では絶対的な正しさはないぞ」

「雑《ま》ぜっかえすわね、ヤベちゃん。とにかく、正確さを担保する上でのこだわり、執念、しつこさ、いやらしさが違うのよ」

「じゃあマリさん、いやらしくない哲学者はなにで勝負するのか？」

「まずは〝知ること〟だわ。そして自分の直観にしたがって考え続けること」

「古い、いかにも古いな」

「古代ギリシャの頃から、そうやって人間や世界について、真理と本質を求めてきたわ。あ、それに愛もね」


「……ゆえに、愛など死などは二の次だ。まずは名前だ」

「え、まず名前ですか」

「そうだ、名前があるから愛し合い、死ぬのが恐くなる。ロミオとジュリエットだ、いいかね」

ヤベ教授は、日付が変わっても衰えるようすはなさそうだ。

「もっというと、人間は先に原因があってその結果はあとから発生する、と往々にして誤解している。まあ、その方が脳神経回路にとっては都合がいいからだが。しかし自然界の営み、とくに量子力学でいうと結果があって原因がある。だから、死ぬのが恐くないから名前がない、これが正しい」

唯井はもっと具体的に説明して欲しいと頼んだ。ヤベ教授はめんどくさそうに
「網にかかったイワシの群れは、死ぬのを怖いと思うか。逆にノラ猫に名前を付けただけで、直ぐに変身するか？」

「……でもね、哲学という学問は自然科学と違って、〝知〟を積み上げて、どれだけ難解な理論を自分の感性や生き方に落とし込めるか、ときには自分自身を変えられるか、これが重要になるのよ。よむ文献は、プラトン語やカント語、ニーチェ語やサルトル語。それらはドイツ語や英語、フランス語が当たり前。そこまでは努力でなんとかなるとしても、〝そこから〟いかに自分のユニークさが出せるか、自分勝負の戦いが始まるのよ！」

「……でいいか、お前さんが夢で見たという巨大なワシが森で襲ってきたとする。なにか分からない異変を感じると、大脳の扁桃体でここは危険だ、逃げろと反射的に命令が出される。なんとかギリギリお前さんの命が助かって、バサバサと羽根音が遠のいてゆく。怖いとクオリアが感じるのは、じつはその〇・五秒後だ。意識や自分なんぞあてにはならんぞ」

唯井のいまの半分死にかかった頭には、強烈な個性のふたりの学者が交互に襲ってくる、そんな感覚だ。

「……そうとマリさん、クオリアについてのぼくの仮説だけどね。たぶんクラゲなどの神経回路の発達した生物が、回路間の電気信号をやり取りしながら、敵から逃げたりエサに近づいたりするうちに、そのやり取りだけを感知する別の回路があらわれたんだ。これが今のクオリアの祖型だ」

「でも神経って、そんなタイプはいっぱいあるんじゃないの」マリさんはあくびをしながら言う。

「いや、これは特別だ。まわりの神経回路の入出力やフィードバックの作用に付随し〝なにかが来た〟とだけ反応する回路だ。やがてそこから自分が生まれる。いや、正確に言うと生まれたような錯覚が生まれるんだ。これが自己意識のクオリアだ。ボクの新説だぞ」

「よく分からないけど、もうＪＪあたりが考えているんじゃないの。その神経細胞は、あちこちに存在するわけ？」

「じつはそこがミソなんだ。これは特定の決まった回路や細胞じゃあない。その時々に発生した感覚や知覚がその回路の一部を使い、一瞬おくれて錯覚だけを生みだす、いわば臨時の回路だ。きっかけがないと、先に独立して存在しないんだ」

では、先に存在できない自己とは唯井とは、いったい何者だ。だれなんだ？

よく朝、「フロントです」というモーニングコールの電話で起こされ、ベッドで気が付くと猛烈に頭が痛い。一瞬、自分がだれか分からない。

「しまった！」と飛び起きあたりを見回すと、どこかホテルの部屋だ。目に白いシーツとカーテンがまぶしく、あわてて枕もとの時計を見ると、「助かった！」まだ七時前だった。少し安心して、おそるおそる昨日のことをたぐり寄せた。——そうだ、ヤベ教授にニヤニヤと見送られたんだ——

タクシーには隣にマリさんがいたが、そのあとが曖昧だ。どこか高そうなホテルに着いたが、前後の記憶はフラッシュ画像のように断片的だ。シャワーに立ち上がると、頭がグルグル回り気分がわるい。不意にマリさんの楽しそうな顔が迫ってきた。——まさか、あれは夢じゃないのか——途中ずっと、マリさんと旧知の間柄のように話し続けた気がする。タクシーの中でマリさんから

「雨宿りをして行きましょう」と言われたんだ。

唯井たちはふわふわと跳ねるように一緒に車を降りたはずだった？　それにしてもどこだ、ここは。上品なバスローブには金の刺繍で「山の辺ホテル」と縫ってある。それなら会社までは遠くない。「あ、カバンだ！」どこだと見ると、ソファーの前のテーブルにカバンがちょこんと

乗っけてある。木製のコートスタンドに背広とズボンとワイシャツがきれいに吊るしてある。唯井はやっと記憶が繋がった。

その日、一日中身体と頭が重く、ときどき襲ってくる吐き気に外に逃げる気力もなく、ただ仕事のふりをして座っていた。来週早々に引継ぎがはじまる。そんな最悪の時に、マツさんから会社に電話がかかって来た。私用の電話とバレていても「ええ」とか「まあ」とか当たり障りのない返事しかできない。

「ヤベとスギの両先生が、ホール後楽園に来ると言ってるんだ」

「ええ、それは勿論ですね」

「違うんだ、今月の下旬のリハーサルにだ。来月の本番じゃなくて」

「ええ！」

どうやら唯井が原因だったらしい。昨夜酔って、ふたりにけしかけたらしい。当日ではなくもっと前にリングをイメージすべきだ、と。わたしが同席します、とも。

「よく分かりました、必ずまいります」

結局、唯井は上村新課長に頭を下げ、まだ引継ぎのさなかだというのに、その日休みを取る羽目になった。新課長からは「大阪は大丈夫ですよね」と薄ら笑いで念を押される。別に深い意味はなかったに違いない、ただ単にさっさと行ってくれ、という以外に。

第六章　トーク・バトル

その一　前哨戦

小石川後楽園を渡ってくる冷たい風が、東京ドームの丸い屋根から行き場をうしない、すべるように歩いている唯井に強く吹きおろす。「ホール後楽園」まで来ると、なつかしいむかしのままの建物だ。まだ人はまばらだが、週明けはもう師走のにぎわいだろう。今日が年内最後のビルのメンテナンス日で、リハーサルができる最後のチャンスだった。荷物用の他に三機あるエレベーターは一機しか動かず、せまいエレベーターホールは順番待ちだ。唯井は「いいや」と、わきの階段をぼつぼつ五階まで登ることに。折り返し階段のまわりの壁は、ビルの名物の落書きがびっしりだ。漆黒の壁に意味のない模様や下手なイラストになぐり書きのことば。白や赤や黄色のフェルトペンや修正液で、星雲のように光りうねっている。あらゆる拙さが無秩序に混在し増殖を続ける、まるでこの世の中のように。

息を切らせて五階のメインホールのドアを押しあけ入ってゆくと、ほの暗い場内にリングだけが真上からの照明で、中央に白く浮き上がってみえる。客席は東西南の三方から、リングに向かって緩やかにつま先下がりに傾斜しながら続いている。今日は北側の座席すべてが外され、そこだけがすっぽりと平らだ。当日はここにリングとピッタリ接して横長の舞台が設けられる。

目が慣れてくると、人があちこちで打合せやら作業をしている。総勢二十名ほどで、多くは今入ってきた出入り口のある南側にいる。マッさんや竹田さんはとみると、唯井が立っている通路からすこし下った席で、制作会社となにやら話し中だ。近くまで行ってふたりにあいさつしたが上の空で、視線をチラリと向けうなずき、また元の話に戻ってゆく。リングを使ったトークイベントはやはり勝手が違うのか。Sさんはそこから少し離れた場所にいた。われ関せずで、立って会場のようすを窺っている。そのそばで肩からカムコーダを掛けたカメラクルーが、あちこちのようすを黙って撮影している。――そうか、もうドキュメンタリーは始まっている――

そうこうするうちに、「先生がお見えになりました」とホールの事務員が呼びに来た。唯井はマリさんと顔を合わすのが恥ずかしかったが、「今日はよろしくね」と何事もなかったかのようだ。マッさんや竹田さんとの初対面のあいさつもそこそこに、マリさんは「あそこでやるのね」と、リングを見て興味津々のようすだ。

「上がってみていいかしら」と承諾をえて、コートとバッグを座席に置き、低めのパンプスで場内階段をコツコツと降り始める。谷辺教授もあとをついてゆき、ふたりをカメラクルーが追う。作業の手が止まり、「なんだ」とリングに目が向けられる。青コーナーのステップを上り、そこからリングのエプロンをつたい、居合わせたスタッフに四本ロープを上下に広げてもらってマットの上に登場した。

マリさんは先日とは打って変わって、Vネックの淡い虹色のブラウスと黒のパンツ姿という装いだ。真っ白いキャンバス地のリングマットによく映える。おくれて谷辺教授も入り、こちらは茶色のスーツにノーネクタイ。ふたりとも三方からせまる観客席を見回し、まんざらでもないようだ。ギリシアの円形劇場とはゆかないが、当日はここに多くの眼が集中する。そのままロープ沿いに歩きだし、弾力で足がすこしふわついている。

「おねえさん、いいよ」とどこからか声がかかり、両手をあげて応え一周する。マツさんは先生たちの反応に、「これなら」と安堵した。マリさんたちが戻って来るのを待って、ではと見送ろうとすると、ふたりともマツさんの隣の席にすわり込み、どうやら進行のリハーサルも見学するつもりだ。唯井もひとり帰る訳にもいかず、興味半分で席についた。

壁の横長で大きなデジタル時計が午後一時になったのを見計らい、「それではリハーサルを始めます」と、イベントのディレクターが声を掛ける。みんな手を止めて南側の観客席に集まってきた。合図で会場全体の明かりがさらに落とされ、逆に舞台とリングへの照明は強められた。

これが当日の見え方だ。ディレクターはマイクを持ってリングに上がり、「本日は先生方もホールの支配人もお見えなので、なにかあればご意見を……」と前置きをする。マツさんは「なぜ支配人が？」といぶかった。

「午後五時開場、五時半開演です」進行表と舞台図を手に、当日の動きを身振り手振りで説明する。リングはボクシング仕様で四方が約六メートルの正方形、高さが百二十センチほど。当日はこの北側にピタリと接して、左右対称で長さ十メートルほどの舞台が置かれる。舞台の後ろにはギリシア語でシーンと呼ばれる石壁を模して書き割りを作る。石壁は左右に湾曲しそれぞれ東西の客席にのび、そこで石段の絵へと変わり円形劇場全体のイメージを表現している。舞台の下手には石壁の前に書き割りを並べ、舞台袖用の通路を確保する。

舞台には一応四人分の席を設けるが、リングに直ぐ出やすいよう、席は幕板のながい四つの小机と椅子だけを据える。席は上手から博多先生、ＪＪ、マリさん、谷辺教授の順だ。もっともこの席は空いている方がおおいだろうが。リングには今はロープが四本張ってあるが、当日はコーナーポストとともにすべて取り払われる。後半の講演会ではリング前方に発言用の演説台と椅子を設置する。もちろんＪＪが立ち上がり歩き回るのは自由だが。リングサイドはマスコミや関係者用で、まわりに二列ほどパイプ椅子を並べるという。一通り説明がなされたあと、ディレクターが会場に意見をもとめると、竹田さんから

「ちょっとリングが殺風景じゃないか」

たしかに言われればそうだ。ホールのスタッフからは、

「ロープがないと落ちますよ」とか
「でも、北側だけ張らないのは技術的にどうか」といった声が出た。

急遽その場で協議され、ポストは四本とも残しギリシアの女神の上半身を模した石柱で覆い隠す。ロープは上と下の二本だけとし、東西南の三方だけ張ると決まる。北側はロープの締め具でなんとかするようだ。これで高さ二メートルほどの四本柱《しほんばしら》で囲まれた洋風の能舞台のできあがりとなった。竹田さんによると、奇遇にも能の本舞台も三間四方でほぼ同じ大きさだという。


せっかくの後楽園だからということで、メンバー四人の紹介はリングアナがおこない、討論会の開始はゴングが合図とされる。前半の討論会が休憩を入れて二時間。テーマは予定通り一つ目が「心身問題」、二つ目が「自由意志は幻想か」。後半の講演会が一時間。タイトルは「意識の本質」と決まっている。これでゆくと、もし質問が出たとしても九時には終了となる。そのあと急ぎ舞台の撤収もして、

「十一時までには、か、ん、ぜ、ん、に、明け渡しとなります」ディレクターは支配人を意識し強く念押しをする。

するとその隣に座っていた短髪初老の男が支配人と顔を見合わせ、うなずいて立ち上がった。

「あのな、当日は酒は売らないのか」みんな冗談かと思ったが、抑えた声の調子はそうではない。「だれだ、あいつは?」とマッさんが竹田さんにきいても、「しらないな」。ディレクターも面食らいだれか分からないまま、

「いやー、それは講演会にはご法度でしょう」

観客席がざわつき、どこからか「ファイティング沼田だ」という声がした。元Jライト級の世界チャンピオンで、黒いサテンのスカジャンには二匹の金の龍が刺繍されている。

「ここはいつも売店で酒売ってるんだ。オレはホントは文句を付けに来たんだ、大事な命がけのマットの上だぜ、そこで漫才か。でもまあまじめそうな興行だから、もうそれはいい。リングアナもな。あとは酒だ」

と真剣だが支離滅裂だ。ディレクターから「どうします?」と竹田さんに振られた。予想外だった、酒もマットの話も。まあ格闘技じゃないから飲んで騒ぐ客はそんなにいないだろうと考え、

「先生方さえよければ」とふたりに預けた。このふたりの結論は分かっている。隣に座っていたマリさんが代表して、

「どのみち小難しい話だから、お酒でも飲んでなんとなくおもしろかったでもいいわね」

ホールスタッフよると、沼田は神田駅近くのボクシングジムの会長をしていて、ここにはしょっちゅう見にやって来る。今回の話を聞きつけて〝大事なリング〟がどう使われるのか是非知りたい、と旧知の支配人に頼んだらしい。

「ジョナサン・ジョイス先生は?」ディレクターが確認すると、

「いいんじゃない、あのひと喜ぶわよ」ヤベ教授はドキッとした表情だ。この際にと、聞きそびれていたスタッフが遠慮がちに尋ねた。

「あのー当日売りの客席は、どっから詰めますか」まだ前売りの席が、とくに東、西の端が多くあいている。能や歌舞伎なら橋掛かりや花道もあるが、今回は左右対称だ。

「マツさーん、結局客は全部で何人くらい?」Sさんがビデオカメラを止めさせて、遠くから声をかけてきた。

「今んとこ、前売りがリングサイドを除いて三百人とちょっとで、最終いいとこ四百くらいかな」

あと一週間と当日分で、最終的には収容能力の半分に満たない入りのようだ。この種のお堅いイベントで、これだけの数がそろえば本来なら上々だ。観客の層は谷辺教授の私的な市民勉強会、学校関係者の団体、この分野の愛好家、大学の研究者などまちまちで、もちろんJJの愛読者もいる。Sさんは、役者からするとすこし物足りないと感じたのか、それとも映像の見栄えのことを考えたのか。しかし話はそれっきりだ。

ディレクターが「では、当日頑張りましょう！」と最後をひきとる。沼田会長も満足して腰を上げ、ふたりの先生も帰り支度をととのえ始める。横にいたマツさんがふたりに、

「ジョイス博士とは、ここで当日の午後一時から顔合わせですよね」と、唯井にも聞こえるように確認する。

「時季夫君も立会い、大丈夫だよね」

「いいですよ」

なにも阻むものはなかった。イベントの翌週からは、もう大阪に駐在する。東京さいごの思い出だ。じつはイベントの翌日に深月とふたりでマツさんと会って、あの話をすることになっている。

週が明けると前売りのチケット数は、じりじりと増え始めた。Sさんのテレビ局のニュース番組が、著名学者ジョナサン・ジョイス氏の消息が判明と題し、近々来日すると報じ、トーク・イベントを取り上げたためだ。その日から問い合わせが増え結局チケットはほぼ完売し、最終的には八百人と収容能力近くまで倍増した。

その二　メインイベント　R1

イベント当日の昼すぎ、唯井はドーム屋根の突風に吹かれ「ホール後楽園」の入口で、約束の時間に立っていた。師走に入り平日でもホールの前の通路は人で賑わっている。ドームのロックイベントに向かう人波もあるのだろう。もっとも、フードコートにスケートボーダーがたむろし、馬券売り場の客がモニターを見てどよめくのは、いつもの風景だ。

ようやく、右手の階段をゆっくりと降りてくるＪＪの姿が目に入る。駅から繋がる陸橋を渡って来たのだ。肩から小さなバッグを下げひとりで歩いて来る。やがて唯井に気づいて大きく手を上げた。

「いやー《ゆい》さん、久しぶりだね。本当にうれしいね」

バルセロナで会ってからほぼ四か月ぶりだが、唯井にはアッという間だ。エレベーターを待ちながら、

「正直、このホールの建物を見てどうだい」とたずねると

「わるくないね、ごちゃごちゃしていて」文化ホールにはない雰囲気が気に入ったという。

「衣装はもう先に届いているよ」と告げ、そのまま五階までゆくと、リングサイドでパイプ椅

子に座り、ヤベ教授とマリさんが進行役の博多先生と話し中だ。ふたりはすぐＪＪに気づき立ち上がり、一瞬にして十年ぶりの邂逅《かいこう》となった。

「いまバルセロナでなにしてるんだ」

「出前じゃないのよ、電話一本でミラノから呼び出して」

「ほんとうに、お母さんには最期にぜひお会いしたかった」

「あれ、君たちは前からの知り合いか。なんだ、はかったのか」と、年長の先生は置いて行かれたような意外な顔だ。

こんな喜びや恨み言やなんやかやが一段落し、今日の討論会のコンセプトと進め方について、四人で車座になり確認がはじまる。ＪＪが口火を切り

「参加者がテーブルに座ったまま、肝心な議論を隣同士でする、これじゃあダメね。リングの上で向き合ってね」と。これを合図に、みんな口々に言い合った。

「観客に〝意識の不思議〟をつたえるのよね、しかも平明かつ本気で」

「できたとしても、とうぜん精緻さに欠けることになるな」

「そもそも退屈で晦渋《かいじゅう》な話ですよ、これは」

「それも伝え方しだいだね。これは未開の試みになるでしょ」

「でも苦難のジャングルかもしれないわ」

「まさか発言時間は設けたりしませんな」

「まあ、あまり長いと切りますが」

「だから議論の議論はヤメにしましょう、優劣が目的じゃあないわ」

「それじゃあ深まりが出ないかもしれんぞ」

「あまりレベルを落とすのもどうかと。客には研究者もいますから」

「単なる愛好家も、それに素人もね」

「プロジェクターは使えるのかしら、《ゆい》くん」

「客の質問はどうしますか」

「時間次第で受けますか」

博多先生は事前に、討論会は二つのテーマ以外はぶっつけ本番だと聞かされていたが、「まさか、本当に真っ白だとはね」と驚いた。でも討論のテーマが古典的で、「心身問題」と「自由意志」だから、宙に舞うことはあるまいと安心した。あらかた出た意見を並べてみると、うすうす着地点が感じられる。ほぼ納得ができたのか三人は衣装や本番前の準備に引き上げ、JJと唯井だけが残った。

「今日は深月は仕事でね、来られないんだ。こっちの貴婦人は持ってきたけど」と、ポケットから出して渡そうとしたが、

「それは大変残念だね。まあ、それは《ゆい》さんが持っていてくれ」と素っ気ない。ふと気づくと竹田さんやマツさんたちが、JJと初対面のあいさつを交わそうと、遠巻きにしている。Sさんたちのカメラクルーもそばにいる。
そのあとは、あわただしく時間が過ぎていった。唯井もJJの準備を手伝ったり、連絡役となったり、あっという間に開演時間が迫ってくる。五時前、女性のメイク係がマリさんの控室から出てきて、ディレクターにオーケーの合図をする。ディレクターが竹田さんを見ると黙ってうなずく。南側の中央出入り口と両サイドの東西の入口が開けられ、ざわざわと客が入ってくる。場内はすでに灯りが暗くおとされ、中央のリングも真っ暗だ。代わりに、舞台と背景の五メートルの石壁にライトが当てられている。

定刻丁度にディレクターの合図で舞台のライトが消され、リングアナウンサーが重低音で「ただいまよりー」と、これから始まる討論会と講演会の開演を告げる。なにかが迫ってくる予感のする不気味な音楽と共に、照明がリングに当てられグルグルと回り出す。それが静まると舞台にも明かりがつけられ、すでに博多先生と三人の出演者が着席していた。三人の衣装は小机のながい幕板で胸から下の腰のあたりはよく見えないが、それでも討論会には似つかわしくない風変わりな衣装だ。上手の博多先生が、にこにことイベント開会の弁と簡単な流れを述べ、

「本日は自由な討論と講演を分かりやすくお届けしたい」と強調した。ここでリングアナウンサーが出演者の紹介をおこない、谷辺教授のときに場内の西側の席から多くの拍手が起こる。Sサロンと称する教授の会合のメンバーらしい。

ついで博多先生が討論の最初のテーマ「心身問題」について、さきに観客に配布されている資料をもとに簡単に説明し、「これはハードプロブレム、つまり難問です」と念を押す。資料はテーマの概要と用語の解説で、マリさんの提案でヤベ教授と作ったものだ。いよいよ観客が見守る中、博多先生がマイクをにぎり宣言をした。

「それでは、討論会を開始します。まず杉田先生からお考えをお願いしますが……」と、そこで止め

「じつは、その前にひとつ皆さんにお願いがあります」と突然言いはじめた。

「これから一つ目、二つ目の討論がおわるごとに、皆さんからの拍手でだれが一番かを決めたいと思います。拍手はぜひ、だれが論戦上で勝ったかではなく、だれがテーマに即してこのリングの上で一番活躍したか、輝いたか、でお決めください」

博多先生からのまったくのサプライズだ。謀ったのかと驚く顔の三人をよそにニヤリと笑うと、「それでは」とリングアナウンサーに目で合図する。

「ラウンド、ワーン」の声が糸を引くように響き、本当にゴングが「カーン」と一つ高く澄ん

だ音で鳴らされた。

場内が静まり返るなか、マリさんが立ち上がる。フリンジで裾が縁取りされた白いロングドレスを、少し右手で持ち上げながら、照明で白く浮き上がるリングに進んで行く。小机にかくれていたその意外な姿に場内から声が上がる。ドレスはたぶん古代ギリシアの衣装キトンを意識したもので、これはもともと、一枚の長方形のおおきな布で身体を筒状に覆いながら着付けてゆくものだ。マリさんのドレスもゆったりと袖をたくし上げ、肩口にピン代わりの金のブローチと胸元ちかくに金のベルトが施されている。背景の石壁や石柱のレリーフと重なりあい絵になっていた。マイクを片手にリング前方に進むと一礼し

「(杉)‥これは私たちの世界を、意識を含む『心の世界』と、脳を含む『物の世界』とに分けた場合に、この二つの関係を問う問題です。端的に『心脳問題』とも言われてますね。まず、心で起きる現象を脳という物質ですべて説明できるのか、が問われます。つまりたとえば〝痛みを感じる〟ということを、すべて末梢神経と大脳と電気生理的な信号だけに置き換え、説明できるのか、です。次にこれとは逆に物理的空間に位置をもたない心が、どうして物質に作用を及ぼせるのか、が問われます。結論だけ申し上げますと、これは私たちが、物といいますか自然科学を使っては、決して解けない問題だと言えます」

と、落ち着いた声だがつよく、三方の観客席に向かって宣言した。

「(杉)：皆さんが赤い花を見ているとしましょう。目の網膜から脳に視覚情報が送られています。そして途中の神経回路、そして脳の解像装置、これらの仕組みが将来にすべて解明されたとします。では、いま赤い花をみているんだと、感じている『自分』は一体どこにいるのでしょうか。これは決して物では解明できません。この感覚を意識的に経験して実感している私、一般的にはクオリアや主観と呼ばれますが、人の主観という底なしの曖昧さは、どこから生まれるのでしょうか。それは別の神経回路が感じている、と言うのなら、では〝それを感じている自分〟は一体どこにいるのかと、キリがありませんね」

そう言って観客の反応をみると、悪くはない。博多先生が確認した。

「(博)：つまり、無限後退、ループというやつですね」

「(杉)：そうです。さらにこれとは別に、そもそも物質の実在に人間の知覚は必要か、という極めて根源的かつ哲学的な問題があります。主観的なクオリアについて、物質的な脳を使って説明しようとすると、物質の最終形といわれる素粒子に行きつきます。そこで、確率でしか存在しない素粒子を観測するのに、知覚を完全に排除できるかどうか。できなければ、クオリアを物で説明するのに、知覚を用いるという自己矛盾が生じるのではないでしょうか」

「(博)：いまお聞きした限りでは、先生の立場は心身は別々のもの、といういわゆる二元論ですね」

「(杉)：まあ二元論にも、心霊的なものの超越的なものを認めるのは極論としても、いろいろあります。私の場合、いまの物理学では決して解くことのできないモノとして、クオリアや主観的な心的状態を端的に認めるという事です。できれば、相対性理論のような新たな自然法則が、心的現象について見つかれば理想です。それが見つからないのに、無理やり主観的なものを物だけに還元するのは、二重の誤りだと思います」

「(博)：分かりました。続いては谷辺教授、脳科学のお立場からはどうですか」

ヤベ教授は黒のスーツにワインレッドの細い蝶ネクタイをしている。リングをショーのランウェイだとみなせば、この装いもそう場違いでもない。マリさんと入れ替わりにあいたリングへと進み、「谷辺です」とペコリとあいさつする。西側の応援席からは「せんせー」と拍手が沸く。どうやら、もうずいぶん飲んでいる。

「(谷)：そうですね、僕の正確な立場は微妙に違うんだけど。でもまあここは脳科学者らしく、心は神経回路網に由来し、人のもつ自分も主観もそれが創る、と一元論で申しましょう。まず言えることは、これは脳が死んだら心も消える、ということですな。魂の世界を信じない限りね。つまり、心は間違いなく部分的に脳に依存しているんだ」

そして舞台のマリさんの方を見ながら、

「(谷)：さて杉田先生がおっしゃった赤い花だけど、脳科学からはこう言えます。神経回路の処理として、脳で赤い花の感覚情報を受け取り視覚が生じ、高次の視覚野で表象ができあがる。表象とはある特定の意味を持ったイメージで、〝赤い色をした花〟というイメージです。で、じつはこの赤い花の視覚が生じたとき、花の背景にある建物や月など細かな多くの画像も、情報として等しく届いてはいるが、前後の時間的認識の状況に応じて、最初に捨てられるんだ。さらに、最終的に本人に赤い花の表象イメージが生まれても、ほんとうはその隣に花を差し出す男がいたが、その画像は消されてしまったのかもしれない。男を知覚し表象する準備もされていたのに、〝なんらかの具合〟で選ばれず消えてしまったのです。その結果あなたの表象は、花を差し出す男ではなく、赤い花になったという次第ですな。そしてこの〝なんらかの具合〟というのは、本人のゆとりや焦りといった感情や、そのときの状況の時間的推移といったものになります」

ヤベ教授はここで語気をすこし強め

「(谷)：いいですか、ここです、この一連の働きです！　人の目には、見えている対象の色、形、濃淡や影といった、膨大な光学的情報が時々刻々飛び込んでくる。それなのに目の前にあらわれるものと、捨てられるものが瞬時に物理的に分けられる。それから最終的にそのときの本人の感情や推移する状況を加味して、赤い花か男の顔か一つの表象が選ばれるんですぞ、つまりは志向的に。この志向的というのは意識が常になにかに向けられているという現象で、もちろん哲学者フッサールの説く心的現象ですな。その結果が『赤いぞ』、『花だぞ』という意味内容を伴った、あなたの表象となるのです。するとどうですか、この一連の知覚から表象にいたる過程に、神経回路の主体的ともいえる働きに、クオリアの発生らしきものを見出せませんか」

おわるとゆったりとマリさんがフリンジをゆらし、マイクを手にリングに進み、ヤベ教授と向かい合って反論した。

「(杉)：これはまるで科学者ではなく、ことばの魔法使いのようですね。どうして頭の中で表象しただけで、クオリアが生まれるのでしょうか。単に表象をクオリアと言い換えたに過ぎないのでは？　知覚を表象的なイメージだとするのは構いません。しかし、表象をえらんで意味内容を付けることが、どうして、あのクオリアの実感を生み出すのでしょうか。生まれたのはクオリアではなく、新たな問いのようですね」

なかなか辛らつだ。

「(谷)：それは残念ながら違いますな。花という対象を表象する際、色素としての赤や形としての花などの表象媒体と呼ばれるものは、いったんそのまま頭の中に仕舞われます。他方、『赤い花だ』と意味づけされるからこそ、媒体から志向的にこの表象が選ばれたのです。そこに心の経験、つまりクオリアの実感があればこその話です。だからこの二つはリンクしていて等価と言えますな」

「(杉)：感性的な表象媒体が神経回路の中にあるとして、そこで意味付けするのは『赤い花だ』であり、『赤い花だぞ』とするクオリアの実感とは、本質的に越えがたい壁があるのでは？　ですから志向的などという都合のいい」

「(博)：そ、そこでいったん止めましょう」

博多先生はキリがないとみて、白黒を付けずにリング中央で言い争う両者をいったんわけた。べつに白黒が目的ではない。そしてＪＪの登場となった。

「(博)：ではお待たせしました、ジョイス博士のご見解をうかがいましょう」

会場からはさかんな拍手や「オー」ということばにならない声が起こる。リングの中央に進み、まわりに両手を掲げて応えたこの衣装はなんだろう。いわばバチカン法皇が着るような白い法衣の上から、恐らく古代ギリシアの外衣、ヒマティオンにならった柿色のマントを、左肩から右腰にかけてゆるく巻き付け、金色のピンで留めている。マントは膝まで届く長さで、足はサンダル履きだ。外国人の顔立ちがギリシアの哲学者を思わせ、絵になっている。場内が静まるのを待ち、とつとつと区切るように話しはじめる。

「(Ｊ)：わたしは国籍はイギリスですが、祖先の血はアイルランドですね。でも日本には留学と研究で通算五年ほどいました。第二の祖国といえますすね」唯井は驚いた。――なに、五年もいたのか——

「(J)：でも、ここにおられる皆さんもわたしも、共通の祖先の遺伝子は二十万年前のアフリカに辿りつくでしょ。ご存知ミトコンドリア・イブというホモ・サピエンスの女性の存在ですね。その時代から現代にいたるまで、人類は絶滅の危機を何度かくぐり抜け、途中で気の遠くなるような試行錯誤を繰り返し、クオリアつまり感覚的な意識体験や、さらに意識そのものを手中にしました。大事なのはここです。神経回路が泥くさく変化を繰り返し、その果てにクオリアが生まれたプロセスを調べ、それを解明することこそが、唯一、クオリアと意識の本質に辿りつく道だと、ここにわたしは強く確信するものです」

芝居がかった登場から、政治家のような言い回し。それにまわりの円形劇場とリングでの思い思いの衣装は、このイベントが一種のお芝居であるあかしだ。こうして観客を意識の世界に引き込みたい、という意欲の表れと素朴な訴えでもある。それと知ってか知らずか、あちこちからパラパラという拍手と、いいよという掛け声と口笛が鳴る。実際このホールのくだけた雰囲気は、ビールを飲みながら観るのにピッタリ嵌まっている。

「(J)：つまり先ほど来、両先生がおっしゃっているのはすべて後付けの講釈でしょ。現在の完成した人間のクオリアを前提にして、それと『物』が結び付くのか、付かないのかだけの。現代人の神経回路における知覚と表象とクオリアを巡る、美しい金ぴかの理論ですね。そうではないね」

確かＪＪは〝三人でむかしのように楽しく議論をしよう！〟と電話したはずだが、挑発的でさえある。でも、二人の顔を窺っても、とりたてて変わりもなく笑っている。三人の間では、こんなことは慣れっこなのだ。

「(Ｊ)：さて、プロセスをたどると、二十万年前のホモ・サピエンスには意識はもちろん、われわれのようなクオリアもないでしょ。敢えて例えていうなら〝自分〟のないクオリアね。いや、自分の萌芽らしいものはあったかもしれない。その後彼らは十五万年ほどをかけ、高い知能と血族中心の集団生活と、あとでくわしく説明しますが、「心の理論」や〝偉大な錯覚〟の助けにより〝クオリアの自分〟を手中にしました。もちろん完成品ではなく、よちよち歩きね。しかし、これを使い遠くの森までお使いに行けました。こののちクオリアは『自分』と共にゆっくりと段階的に成熟しました。数万年後、自分は本人からほどよく離れ、ちょうど肩の上あたりに止まるようにね。アキレウスが活躍した頃です」

そしていったん、静かに締めくくる。

「(Ｊ)：事実はこのようなプロセスの中にね。わたしはのちほど詳しく、これについてお伝えしようと思います」

聞きおわると、次の講演会へ知らず知らずに興味が膨らんでゆく。最初から図ったかのように。

「(博)：開始早々なかなか好戦的ですが、博士のお立場は二元論ではない。そうかと言って一元論でもない」

「(J)：立場にはこだわりませんよ。でも、初期のクオリアは、自分の萌芽らしいものはあったかもしれず、これはあとで触れるとおり感覚や知覚に近いものではと、考えてます。その意味では一元論的かもしれませんね」

「(博)：なるほど、感覚や知覚ですか。杉田先生、どうぞご質問を」

マリさんはとくに気負ったようすもなく、

「(杉)：二十万年前のホモ・サピエンスに、どのように聞かれたかは別としまして」

場内が苦笑した。

「(杉)：確かにおもしろい説ですね。なるほど進化の過程で、段階を踏んで獲得したとおっしゃる。ではそれなら、獲得する前のホモ・サピエンスには、どのように見えたり聞こえたりしていたのでしょうか。さらに、泥まみれの試行錯誤とおっしゃいますが、最後には知覚というういわば『量』から、クオリアといういわば『質』への転換がなされたと、考えるべきでは？　金ぴかの理論が追い求めているのは、正にその転換の方法ですよ」

ＪＪはコーナーポストの石柱モニュメントに寄りかかりマリさんの質問を聞いていたが、お

わると観客の方に向きなおって
「(J)：最初のご質問は、わたしが勝手に『ホモ・サピエンスのクオリアの光景』と呼んでいるものですね」
突然ここで、唯井には懐かしいことばに再会した。あとの講演で詳しく……と断りながら
「(J)：これは、問いかけや念押しの相手となる〝自分〟を持たない、二十万年前のいわば不完全なクオリアね。でもうまく言うのはなかなか難しい。イヌを例に考えてみると、彼らは臭いや音や色彩などの知覚の世界で生きて、それに見合ったクオリアのようなものを持っています。でもそこには自分はいません。いるのは、敵から守るべき生体の自身だけね。この生体の視界は、まわりの自然と完全に一体化しています。グルグルと自分の尾っぽを求めて回るように。ではホモ・サピエンスはというと、決定的に違うのは敵だけではなく身内と仲間が視界に、しかも大きな比重で存在したことです。この結果、不自由ながらも視界を自然以外に、仲間とほんのわずか自身に向けることが可能だった、と考えています。いわば、まわりの自然と身内と仲間の集団とに一体化していた光景、とでも言えるでしょ」
と、かなり分かりやすく答えようとしたが、それでも場内は想像できない話に、狐につままれたようにキョトンとしている。マリさんはこれ以上やり合っても混乱するだけと考えたのか、さらに反論はしなかった。

「(J)：次の〝量から質へ〟のご質問は、自然界での進化にはよく見られる類いのことですね。コオロギになんらかのクオリアはあるでしょうか、多分ないね。蟹はどうか、いろいろな感覚はありそうだ。ではネコや猿のクオリアは？　なんらかのクオリアはあるでしょ。こうしてホモ・サピエンスにいたる前にも、どこかで質への転換は認めざるを得ませんね。もっとも、動物が〝クオリアの自分〟を持っているとは思いませんが。この『自分』といういわば仮想のものが、進化の過程でいつどのように、ヒトだけに生まれたのか。くわしくはこのあとお話ししたいと思いますが、七、八万年ほど前の「心の理論」をもつホモ・サピエンスに、〝偉大な錯覚〟が繰り返された結果、遅くとも四万年前には生まれたと考えてますね」

場内から四万年前に「ほぉー」という驚きともなんともつかない声があがったが、議論はなかなかかみ合わない。

「(博)：量から質への魔法の法則などはないということで、よろしいですか」

と、とりあえず議論を引き取った。ヤベ教授は交代のためリングに歩き出し、しばし三人がリング上で対峙する格好となった。すると「早くやれー」とヤジが飛ぶ。声は中年オヤジだ。隣にいるホールのスタッフが、「イカ八だ」と舌打ちする。元ボクサーでここの常連らしく、南側のまだ空いた席にふんぞり返っている。隣の場外馬券場で一杯ひっかけ、顔パスで入って来て飲みなおすのが定番だという。マリさんが「すぐやるわよー」と手を振ると、場内がどっと沸いた。博多先生が谷辺教授を指名する。

「(谷)：先ほどから耳ざわりのいい博士のお話に良い気持ちになり、うっかり聞き逃すところでした。いったい〝この『自分』というぃわば仮想のもの〟とはどういう存在あるいは現象なのでしょうか。もともと漠然とした『自分』があり、さらに仮想のものに進化したとするなら、単なる置き換えですな。かりに錯覚によりあらたに生まれたとするなら、それは錯覚という感覚にやはり置き換わるだけではありませんか。同じことは博士の「心の理論」や〝偉大な錯覚〟の仮説でいう〝クオリアの自分〟にも当てはまるのでは。ボクはむしろてっきりこれは、二元説の立場だと思って聞いていた。あるときホモ・サピエンスの冷めたクオリアに、神から錯覚により自分が授けられた、のだと」

ヤベ教授のまずはジャブ代わりの言い回しにＪＪも苦笑した。次になにが出てくるのか楽しんでいる気配だ。

「(谷)：ボクには博士の仮説が、小説のように聞こえる。すなわち、ホモ・サピエンスは集団生活と偉大な錯覚と試行錯誤と努力より神経回路を進化させ、今までに次々とクオリアまがい、自分まがいのものを手中にした。やがて気づけばまるで魔法のように、今のクオリアが『仮想の自分』とともに完成していた、と。たしかに、人の脳の容量や機能は増大し、それに伴って記憶や知能といった心の面も進化してますよ。しかし、いま肝心なのはこのような情緒的な説得ではなく、実験や調査による科学的な説明、証明ですな。ボクたちは、クオリアのもつ『自分しか分からない主観的な生の実感』という悪魔のフレーズを、いかに苦心して脳と神経回路に落とし込もうとしてきたことか。決して仰るような行動と進化の結果などではない。それでは正しい科学の方法論にはならないんだ！」

とヤベ教授が吠えて、あちこちから拍手が起こった。ＪＪが再びゆっくりと正面に歩み出た。

「(Ｊ)：貴重なご忠告を頂きたいへん有り難い。まずわたしが仮想と言った意味は、本来いないはずの『クオリアの自分』と上手く付き合ううち、これに対する感覚や知覚が生まれてきた、ということね。魔法ではない。次に、ホモ・サピエンスのクオリアは、いくつかの段階を経て変容したのでは、と考えてます。段階の違いとは各クオリアの『自分』の成熟度の違いね。一番初期のものは、生体から離れることができず、あくまで生体の中でのみ存在してる。この自分はさきほど『偉大な錯覚』と言った知覚から生まれました。講演では、この知覚は便利さゆえに仮想のものとして定着し、さらに進化を遂げていった、という展開になります」

「(博)：クオリアに段階ですか、おもしろい。続きはぜひ後ほど。それでは私の方から杉田先生にお聞きします」

と、舞台の席に戻っていたマリさんに対して

「(博)：杉田先生がはじめにおっしゃった、赤い花を見ている『自分』は、クオリアや意識と

どういった関係にあるのでしょうか。またジョイス博士はいま、段階的なクオリアを『自分』の成熟度で説明されました。できればそれに対するご意見もお願いしたい」

二番目に投げられたお願いは、突然でかなり難しいボールだ。でもマリさんは「そうですねー」と軽く笑みをうかべながらＪＪと交代する。

「(杉)：およそクオリアが担っている究極の役割は、私を私、杉田にすることだと考えますが、ここではこれはいったん措きましょう。まずクオリアと意識の基本的なお話から致しましょう」

考えが纏まったのか、「さて」と続ける。

「(杉)：クオリア、つまり感覚的な意識による体験を、もういちどより具体的にいいますと、たとえばヒツジの毛を触った時に、皆さんが実感する〝モワモワ〟の質感であり、あるいは山頂で目に入る朝日のパノラマの〝はっと息をのむ〟体験ですね。このように実感し体験するのは、私の頭の奥に〝モワモワ〟感や〝はっと〟感などに浸り一体となる『自分』が存在し、クオリアと共に顔を出すからです。『自分』がいないと実感の担い手がいません。ですから最初のご質問の答えは、最初から『自分』とほぼ一体となった心の状態が、いまのわたしたちのクオリアである、ということでしょうか。またクオリアは多くの場合、羊や朝日といった外からの現象に対するものですが、意識はこれとは異なり、おもに内心的な気づきや想像、自問、内省などに関するものですね。ジョイス博士は著書で、アキレウス以降の意識は、この『自分』との結びつきがクオリアよりもさらに強く不可分の関係にある、と説かれていますが、私も同感です。たとえば、先ほどの博士の発言に対し、反論すべきかどうかと私の意識が考え迷う時、その裏では必ず『自分』が覗いています。そしてたえず意識は『どうしようか』と問いかけます」

そのとき何を思ったか、南側の空席にいたイカ八が「センセー」と酔った声でからかい半分にひょいと立ち上がり、

「オレも問いかけるけど、若い時パンチを食らいすぎてな、いつも頭が〝モワモワ〟よ。これもそのクオなんとかかい」

言ってやったとばかり、「へへへ」と笑ってまた座り込む。短髪で剃り込みを入れたスタッフが「あの野郎」と席に行きかけたので、隣のマッさんがあわてて止めた。マリさんは無視するのかと思いきや意外にも、

「ああ忘れていました、良いご質問ですね」と。

「(杉):頭のモワモワ感は、じつは痛みや痒みとおなじで、羊や朝日といった外的な物がございません。感覚そのものとも言えますが、これらに対してもクオリアは生じます。お酒に酔った〝ポーッ〟としたいい気持ちや〝ズキンズキン〟とした痛み、といったところでしょうか。この場合、谷辺教授にとって困ったことに、頭の中で表象する物がないのでクオリアは感覚に近いものになるでしょうね。すると教授のいう、クオリアの中に表象の形であったはずの主観は、

〝ポーッ〟とどこかへ飛んで行かざるを得ませんね」

場内ではあちらこちらで忍び笑いや、「まあ酔うと表象もなにも」とか、「陣痛のとき、頭の中は死んでるわよ」といった感想がぼそぼそとする。すこし雰囲気がくだけてきた。

「(杉)：以上が『自分』とクオリアや意識との関係です。次にジョイス博士のお考えですが……」

マリさんはそこで、舞台で小机に頬杖を突いているＪＪの方を見ながら問いかける。

「(杉)：博士が先ほどおっしゃった〝クオリアは『自分』と共にゆっくりと段階的に成熟〟というのは、『自分』がクオリアと係わるうちに、最終的に今の意識の『自分』に辿りついた、ということで宜しいでしょうか」

ＪＪはしばし考え、「それで結構です」と答えた。

「(杉)：ありがとうございます。では、それは本当に正しいのでしょうか？『自分』が変わる、そんなことがあり得るのでしょうか？ それを確かめるために、この『自分』が係わる相手をクオリアや意識以外に考えてみましょう。生体が脳と身体にもつ『本能』や『無意識』『情動』、まあこんなもので良いでしょう。役者がそろいました」

これからなにを話そうというのか。マリさんはいま思いついたのだろうか。

「(杉)：さて、『自分』はあちこちになにかと忙しく顔を出します。生命の危機のときには、本能の主として。無意識のまま車を運転する時は、われに返ったときの責任者としてでしょうか。恐怖、恥、怒りといった情動を催した時は、発生の当事者としてですね」

　場内は静かに聞いている。

「(杉)：このことを念頭に、ヒトの本能や無意識、情動がこれまでに『自分』に対してどう関わってきたのか、考えてみましょう。初期の『本能』と『自分』は一心同体のもの。ところがやがて、人間だけが自殺をするようになりましたね。また、『自分』が食べるためだけに殺していたものが、意味もなく『無意識』のまま殺戮するように。さらには、異性愛の『情動』が支配していた『自分』は、ギリシア神話の美少年に愛をみとめ追いかけ出しました。わたしには、これらの変質はそれぞれ別々の原因で生じたというよりも、一連のものがもたらしたのだと思われます。それは社会の複雑化であり、言い換えれば『自分』の複雑化です。以上こう考えますと、結論としては問題のクオリアについても、同様の変容を認めることは十分にあり得ると思います」

　マリさんは観客席にかるく微笑んで一礼し、意外にもＪＪにエールを送るかたちでおわった。ずっと聞きながら、どうかなと不安だった。唯井の場合は、ＪＪからよく「クオリアの自分」や「意識の小人」といったことばは聞かされていた。お使いができる『自分』も、あの夢の若者のことだ。果たして皆はわかって……。しかし杞憂だった。一礼がおわると盛大な拍手が起きる。マリさんは、フリンジで縁取りされたキトンの白いロングドレスを舞い上げ、金のブローチと金のベルトを照明で輝かせ、もう一度深々とおじぎをする。博多先生は席に帰るのを待って、「ご無事で」とねぎらいの声を掛けた。

「(博)：ジョイス博士には講演でじっくりお伺いをするとしまして、谷辺教授に前半のテーマの締めをお願いします」

と、そろそろ収束にかかり始める。時計はもうとっくに六時を回っている。ところが予想外のことが起こる。西側の席から一人の年配の紳士が立ち上がり、ここで聞かなければ後悔するとでも思ったのか、舞台に向かって大きな声をあげた。

「ひとつ、ぜひともお尋ねしたい、宜しいですかな」

見るからにまじめそうな面持ちだ。博多先生は「ほー」という顔つきで、しかし急きもあわてもせず谷辺教授に了解を求め、「どうぞ結構ですよ」とマイクを与える。紳士は冒頭に、自分は素人だが心の問題は好きで、などと断りながら

「私は物心ついてからずっと変わらずこの私であって、この私は自分の頭で考え思いどおりに行動してきたはずだ。ところが今日の討論では、三人ともどうも違うようにおっしゃる。谷辺教授は、この私の正体は知覚の表象の結果だそうだし、杉田先生は物質の脳には私はいないと。ジョイス博士は、『自分』は試行錯誤の末の仮想のもので、なんとおまけに変わると。それなら

私は、多くの個体の中からどうして今の私になったのか？　どうして谷辺教授ではないのか？　そうお尋ねしたい。もし私の肉体を実験台にして、私という神経が探し出せれば、結論ははっきりとするのではないか」

おそらく一度はだれしも考えた疑問だったろう。三人は「こりゃどうする」と、顔を見合わせる。分野がまたがってはいるが、結局ヤベ教授だろうとなり、リングに進む。

「(谷)：まあ、お気持ちは分かるけれど、まさにそこが古代ギリシアからの難問の所以ですな。また〝私はどうして私なのか〟というのも、先ほど杉田先生が、いったん措くとおっしゃったように簡単ではない。いままでお聞きのとおり、そもそもスッキリとは解決しないたちの話です」

そう、なだめたあと

「(谷)：しかし、将来的に研究手法や光学機器、コンピューターが発達すれば、あなたの言うように、意識や自分との間に因果性をもつ神経活動やシステムがさらに絞り込まれて、これだ、と特定できるかもしれない。専門的にはＮＣＣ、意識の神経的な相関などと言うけどね。たとえば、視覚に関するＮＣＣが完全に解明されれば、あなたが赤いと感じる現象は完全に解明されるかもしれない。しかしせいぜいそこまでだ。いくら脳を細切れにしても、あなたがあなたである、という種は出てきませんぞ。残念ながらね。それでも、あなたも僕も主観をもったままなんの不都合もなく暮らしている訳だ」

本心ではヤベ教授にとっても癪なはなしだ。自分でもクオリアを知覚や表象の志向性で説明はしたものの、納得はしていない。「私が感じる」という主観的な経験を「物」で説明し、「物」に還元することは、現時点では成功していなかった。

「(博)：分かりました。ではこれを締めとしまして、第一問目はおわりとします」

博多先生が宣言すると、リングアナウンサーにより「カン、カーン」と鋭くゴングが連打され第一ラウンドがおわる。その音と重なるように、場内から「オオー」という安堵と歓声の混じった怒号のような声が起こった。一呼吸おいて先生が、

「では、お約束通りみなさんに判定の拍手を願いたいと思います。まずは発言順に、杉田先生が一番だとお思いの方！」

思いのほか沸き起こった、しかも会場全体からだ。続けて順に諮っていった結果、わずかだがマリさんに軍配が上がり、二番目がヤベ教授、ＪＪは僅差で三番目となった。リングアナが太い低音の効いた声で十分間の休憩をつげた。同時にみんな動いた。マツさんは急ぎ二問目に使うプロジェクターの確認に。竹田さんはリングサイドの新聞記者に声を掛け、感触をたしかめている。

舞台にはＪＪと博多先生が残り、先生はあいさつに来た知り合いと談笑している。唯井は舞

台の袖を通り、開演前にあずかったポーチバッグを渡した。中から錫製の薬箱がのぞき、まさかここでパイプかと思ったが、取り出したのは嗅ぎたばこだった。手の甲に乗せ鼻の下に摺り込んだ。

「マリさんが勝ったね」

「ああ、仕方ないね。見せ方がうまかったよ」勝敗はどうでも良さそうなものだが少しは悔しいのか、こんどは念入りに何度も摺りこむ。そうこうしているうちに、第二ラウンドの開始がつげられた。

その三　メインイベント　R2

第一ラウンド同様に、博多先生が資料に沿ってテーマの説明をする。

「二問目は『自由意志は幻影か』です。先ほどの一元説、二元説はいったん措きまして、人は常識的には意識を通じて行動を自由に決定しコントロールできる。これを人の『自由意志』などといいますが、果たして脳科学から見た場合、それは幻影ではないか、というのがむかしからの問題提起です」

説明をおえると「これはぜひ谷辺教授から簡単に、脳科学による解説と見解を」と付け加える。リングアナウンサーの「ラウンド、ツー」の声が糸を引くように響き、またゴングが高く澄んだ音で響いた。

ヤベ教授は「かんたんほど難しいけれど」と前置きし、プロジェクターを使い説明をはじめる。

「(谷)：まず幻影だという理由は、これは医者で生理学者のベンジャミン・リベットという博士の数度にわたる実験と研究が、そもそもの科学的発端であり根拠なんだ。この実験で博士は、被験者の頭に脳波計、手首に筋電計を着け、『好きな時に、手首を一気に曲げ伸ばしなさい』と指示をしたんだな。さらに指示がもうひとつ。被検者が『よし、今だ！』と、そのやる気に気づいた瞬間を、目の前に置かれたオシロスコープ機器に表示される時計盤を見て、口で報告することだ。これで、脳の運動野からいつ指令が出て、いつ手首が動き、それを本人がいつ気づいたか、その時点がそれぞれ計測できる」

プロジェクターのスクリーンに映し出された、被験者と計測器とを繋いだ絵を指ししめして、「よし、これですべて準備は整い、実験が開始されたんだ」場内が静かになった。

「(谷)：計測がなされその結果は……。被験者が手首を動かそうと思ってオシロスコープを見たその時点では、すでに脳波計はそれより約〇・四秒前に、大脳中の準備電位の立ち上がりを示していた。なんと！　無意識に行為の準備が始まっていた訳だ。さらに筋電計が示す実際に手首の筋肉が動いた時から測ると、約〇・五五秒前に始まっていたのだ。これはまさに大発見だ。驚いたでしょう、いや、驚かないといけないな」

ヤベ教授は、そう会場に迫ったが反応はいま一つだ。冒頭から想定外の展開だがあわてる風はない。

「(谷)：いいですか。これを草野球に例えると、ピッチャーが緩いボールを投げて、バッターが『よし打とう』と決めた時、じつはこの〇・四秒前にバットを振ることは無意識に決められていた。実際にバットを振った時から測ると、〇・五五秒前に振ることが決まっていたことになる。今度はどうでしょうか？　驚いて自由意志などない気がしませんか」

これには「ほー」という反応と、「まさかね」という声と、「これならしってるよ」といううなずきが交錯した。

「(谷)：博士のこの実験は、意識と行動に関するものだが、これと別に感覚と刺激について、あまり知られてないが博士のおもしろい実験があるんだ。その実験で出てきた結論は、じつはわれわれの感覚が、実際に刺激が脳に達した時刻より、〇・五秒ほど主観的に遡って発生する、というとんでもない代物なんだ！」

会場はさきほど以上にキョトンとしている。そもそも意味が不明のようだ。ヤベ教授は舞台上の石壁に、用意したプロジェクターを映しかけてやめた。正確にやると却って分からなくなるからだろう。

「では、あなたが病院で注射を打ったとする。針がチクリ、ほぼ同時に『イタイ』と感じて注射はおわる。ところが大脳の皮膚感覚の領域では、『イタイ』と感じるには、刺激が約〇・五秒間継続する必要がある。これは、詳細は省くけどリベット博士が証明済みだ。頭をたたかれしばらくして『痛い』と言うような、下手な芸人のギャグだ。でも、実際は皆さんほぼ同時に『イタイ』だ。変でしょ。つまりこれが感覚は〇・五秒ほど主観的に遡るという意味ですぞ。どうやら身体の中には幽霊がいたな」

会場にすこし反応があった。ヤベ教授はワインレッドの蝶ネクタイをいじりながら、

「(谷)：ミステリーですな。実験では、電気パルスによるトントントンという短い皮膚刺激の感覚は、電気パルスのほぼ直後、つまり初期誘発電位の発生時にまで遡って生まれる。人体の仕組みとして、当初からそのようになっているんだな。そうでないと、サッカーのキーパーが、シュートを受け止めて〇・五秒後に立ち上がろうとした時、ボールを受ける衝撃を感じるということになるんだ」

そう言ってヤベ教授は締めくくりに入った。

「(谷)：以上、リベット博士の実験の通りだとすると、神経によりまずバットを振るか振らないか事前に決まっている。さらに、主観にしてもじつは、感じるタイミングが決められている。

それがわれわれが大事にしている自由意志というものですぞ」

「(博)：そうすると、教授は自由意志は幻影だと」

「(谷)：リベット博士の実験は厳格で統制されていて、一般には認められていますので、まあそう言わざるを得ませんな」

マリさんが指名され入れ替わりにリングに臨み、厳格な実験に臆することなく言った。

「(杉)：さきほどの『心身問題』は、たしかに難問でした。しかし、この自由意志に関するリベット博士の実験を、大騒ぎして拡大解釈しては事を誤ります。バットを振るのと、核ボタンを押すのは同じで、どちらも予め決まっている、そう言われても困ります。まともに考えるのもためらわれますね」

まずは軽くあいさつ代わりの核攻撃で、ヤベ教授もＪＪも舞台で顔を見合わせ、「来たね」と笑っている。

「(杉)：私はリベット博士の業績にケチをつけたくはありませんが、自由意志を測定する実験としては、少々設定自体に疑問があります」

博多先生が思わず
「まさか、それはあの実験条件が間違っているとか厳格ではないとか」と口をはさんだ。

「(杉)：いえ、そうではなく、この始めの実験は被験者に最終的には〝答える〟という制約があります。そこで自由意志を問うのは、最初から論理矛盾ではないか、と申し上げております。だって、自由に手首を曲げてもいい。なんなら曲げなくても、中止してもいい。そう言っておきながら、しかし実験を止めて自宅に帰ってもらっては困る、のでしょ?」

「(博):なるほど。では先生としては、具体的にどうすればいいと」

「(杉):そうですね、理想的には被験者に家庭や仕事といった普段の生活をさせながら、一方、健康器具だとか偽って、気づかれぬよう脳の電位や筋電図などの記録をとり、さりげなく時刻をきく、というようなことでしょうかね」

まずこれは不可能だろう、まるで映画の『トゥルーマン・ショー』の世界だ。主人公だけが監視されているのを知らず、仕組まれた生活がテレビで放映されている、というエデンの園の監視世界だ。博多先生は「うーん」と唸りながら、「二番目の実験はどうですか」と促した。

「(杉):これは正確に申せば、感覚にともなう主観が時間的にコントロールされている、ということであって、自由意志の問題とはすこし違いますね」

「(博):なるほど、それはそうですね。まあ、われわれの主観が神経に欺かれている点は同じですがね」

マリさんは「たしかに」と首肯しながら本題にもどり、さらに新たな一手を繰りだしてきた。

「(杉):さてみなさん、こんな場合を考えてください。みなさんが日曜日の夕方、公園でジョギングをしていたとします。先週は雨で休んだので、目標はいつもより多めの十キロでした。でも帰ってから子供と遊ぶ約束をしていたので、いつもの七キロで切り上げようか、あなたは迷っていました。決まらないまま、もうすぐ七キロ地点の表示です。そのとき首筋に一滴だけ雨粒が落ちました。〝つめたい〟即座にあなたは〝よし、帰ろう〟と、自発的に決断し行動に移しました」

マリさんはここで、「では」と一呼吸し会場を窺った。

「(杉)：リベット博士はここでも、〝帰ろう〟と踵を返した行為の約〇・五五秒前に、無意識に準備電位が発生し脳活動のプロセスが始まり、そのプロセスに沿って〝帰ろう〟と決めただけだ、とおっしゃるのでしょうか。ところが、〇・五五秒よりもはるか前に、迷って十キロか七キロか二つに一つと選択肢を出していたのは皆さんです。迷いから決断まで、あなたの意志は全く自由といえます」

おわると観客から納得の拍手が起こった。ヤベ教授はと舞台を見ると、とくに変わりなく平静に座っている。拍手が治まるのを待って立ち上がる。

「(谷)：まことに身近な設例で、その気にさせる巧みさだけど、残念ながら真ではない。単なるレトリックで、騙されてはいけませんぞ。まず、〝十キロか七キロか二つに一つ〟という〝迷い〟とは、いったん選ぶのを〝中断しよう〟という一つの決断だ。筋肉を動かす行為はないが、遅くとも〇・五五秒前には無意識の決断プロセスが起動している。次に、結局このランナーは〝つめたい〟に驚いて〝よし〟と七キロに決めただけだ。これを専門的には〝アウェアネス、気づき〟というけれど、この意識のアウェアネスもちゃんと、無意識の決断プロセスの〇・四秒後に起こっている。ランニングの前に出ていた二択の結論を、アウェアネスに強引に結びつけてはいけないな。以上、設例を正確に分解するとこうなります」

と、勢いづいたかここで話はおわらず、

「(谷)：この意識のアウェアネスにしても、行為の〇・五五秒前の無意識による決断プロセスにしても、じつは神経回路の自律的で休みのない活動のうえに乗っかっているんだ。しかも活動は脳に起こる〝ゆらぎ〟により、ときには増幅あるいは減衰され、また、ときには一斉にあるいはバラバラにおこなわれる。予測不能です。この脳の〝ゆらぎ〟とは神経回路の細胞膜の電位が不規則にゆらぐことで、それによりわれわれの脳は、マンネリとなるリスクを経験的に回避している。予想のつかない天邪鬼《あまのじゃく》だが、自由意志は〝ゆらぎ〟の確率の所産ということなんだ」

ヤベ教授の応援団からは絶えず「そうだ」などと、酔っ払いの合いの手が入る。マリさんは椅子に掛けたまま、マイクでナレーションのように静かに対抗した。

「(杉)：このご判断はみなさんにお任せしますが、ひとつ付け加えるなら……」

と、ワンクッションおき
「(杉)：谷辺教授の説によれば、〇・五五秒前の無意識による決断プロセスの可能性として、ゆらぎによる〝雨宿り〟という第三の判断もあるはずです。でも設例の場合この確率は百パーセントありませんね。なぜなら、自由意志が選択肢を二つと決めたせいです」
唯井が身をおいた将棋の世界では、プロ棋士の指す局面で、「一手指した方が良く見える」という言い方がよくされる。つまり伯仲した局面だということで、いまのところこの論戦は互角だ。
マリさんの語りがすーと消え、JJが指名された。パチパチと手をたたき「すばらしい、どちらもビューティフルね」と称賛を送りながら登場する。古代ギリシアのヒマティオンの柿色マントよろしく、芝居掛かった語り口だ。不意に唯井の耳にタクシーでの「あの人若い頃に、ロンドンで役者のまね事のようなことをね」というマリさんの声がよみがえった。JJはそんなことは知るよしもなく
「でも最大のわたしのクエスチョンは……」と周囲に語りかける。
「(J)：意識をもたない二十万年ほど前のホモ・サピエンスについて、リベット博士の実験をどう考えるべきか、その点ですね。ヒトの中枢神経や末梢神経のこのような仕組みは、基本的にはおそらく当時から変わっていないでしょ。なら、彼らの行為の〇・五五秒前に、無意識によ

る決断プロセスも働いたでしょう。では、意識をもたない彼らのなにに、働いたのでしょうか」
と思いがけない問題提起をしたうえで、一転してこう続ける。

「この問題を解くうえで、彼らの狩りや採集といった日々の生活を、すこし考えてみましょう。彼らの日々の行動は、わずかな知能と記憶と、大半は特殊な『モジュール』と呼ばれる狩りなどの用途に特化した心の機能でまかなわれていました。このほかに、巨大なワシに襲われたときなどは、直ちに身体から〝大地に伏せろ〟と声がしました。ライオンに遭遇すれば、〝樹の上に逃げろ〟と。これは本能や脳の扁桃体からの〝警鐘〟と呼べるものでしょ。要するに彼らの中で、知識と記憶、モジュールと警鐘、さらにはもろもろの刺激と反応、このような〝身体の声〟が入り混じっていたわけですね。では、この〝身体の声〟は、果たして〇・五五秒前の無意識による決断プロセスに従うのだろうか」

意識のない「自由意志」といった妙なものをひねり出した。唯井にとっては懐かしいあの『モジュール』もいきなり出てきた。果たしてどこに辿りつくのか。舞台後方でマリさんとヤベ教授が興味深く見守るなか

「(J)：より現実に即して、川に子供が落ちるのが見えた、としましょ。今のわれわれだと『たいへんだー』と、脳は駆け寄るための決断プロセスを無意識に起動し、準備電位発生の約〇・四秒後に『よし行くぞ』と決心し、〇・五五秒後に駆け寄るわけですね。ではホモ・サピエンスの

場合、『よし行くぞ』の決心を単に『モジュールや警鐘』に置きかえればそれでいいのだろうか」

そこで人差し指を立てて首を振り「違います、みなさん」と静かに言う。「これは逆ですね」と。

「(J)：もともと〝警鐘〟などの〝身体の声〟こそが、この一連の無意識のプロセスを使ってたのですね。そしてあとから『自由意志』の方が、ここに加わったのでしょう。日々生きるか死ぬかの状況の中で、行動を事前に準備し、素早く立上げることは不可欠です。モジュールも本能も扁桃体も、本来の役割は緊急時のものですね。ですから〝身体の声〟が聞こえると同時に、一連の無意識のプロセスが起動したと考えています。やがて〝身体の声〟はしだいに減ってゆきました。さらに、いまから一万年ほど前ですが、イスラエルのエイナンの地に眠る王の時代から、右脳に王の声が聞こえはじめました。古代ギリシアのアキレウスの時代にいたり、右脳の声は天上の神々の声と変わり、ついにはそれも消え今の意識に変わりました。しかし、この無意識のプロセスは基本的には変わらず、今にいたって使われているわけです」

ここでＪＪは沈黙を確認するかのように場内を見まわし、締めくくりへと向かう。

「(J)：わたしの結論はこうなるでしょう。脳波の準備電位はあくまで行為のアイドリングです。そのタイミングの前後だけで、自由意志が無いと決めつけることは馬鹿げています。落ちた子供を見て、そのときの〝ゆらぎ〟により走り出したからといっても、取りあえず無意識で走り出しただけで、川に飛び込むとは限りませんね。また、本能や扁桃体によっても行為は発生しますね。たとえ電位発生のタイミングが本能の声より早いと仮定しても、本能は幻影だとはならないでしょう。逆に無意識の方も時として意識の強烈な縛りを受けることもあります。さっきのマリさんの、いや杉田先生の〝雨宿り〟という選択がないように……。これが結論です」

唯井はＪＪの口から「マリさんの」「雨宿り」と聞いて、心臓が飛び出るほど驚いた。冷や汗が首すじにびっしょりと。大きな拍手にマントをなびかせるようにＪＪが戻って来る。時間は押し気味だ。形勢はヤベ教授にどうも芳しくない。博多先生は二問目の締めはマリさんと考えていたようだが、

「(博)：谷辺教授、最後にどうでしょう？」

と水を向けると、ヤベ教授は決心したようにゆっくりリングにおもむき、背筋をシャンと伸ばした。

「(谷)：最後に是非ここでみなさんにお願いしたいことが。それは、今日なぜここに来たのか？それをいつ決めたのか？　という質問です。どうか座席で目を閉じて心を内観し思い出しながら、理由と時期を自問自答してほしい。そのときの精神状態や心の動きを、今観察し思い出すこと自体は、そのとき意識が働いていればできます」

この唐突で考えるのも無駄のような要請に場内はざわついた。しかし言われてまじめに目を閉じ内観する者もところどころ見られる。ざわつきが落ち着くと、ヤベ教授はみんなに挙手をもとめた。

「答えられる自信のある方！」

あちこちからぽつりぽつりと手が挙ったが、本当はもっといるはずだ。そのうちの数人にマイクを回し、内観した結果をたずねる。

「興味があって切符を買ったからだ」「買おうと思った時期は？」「X新聞で広告を見た時かな」「見てその足で買いに行きましたか？」「たしか電話で」「電話は自宅から？」「自宅かな、いや勤務先だったかな」「その時のオフィスのようすは？」「いや、もう忘れたよ」

「すると、無意識になんとなく決めたかもしれませんな」と、ヤベ教授は判定した。

他の数人も似たり寄ったりの結果だったが、一人の女性ははっきりと覚えている、内観できると言い張った。

「自宅の居間で絶対に行こうと決めて、すぐに郵便局に払いに行ったのも覚えていますわ」「今日はお一人で？」「友達とよ」「郵便局は二人分を？」「そう、頼まれたから一緒にね」「では、お友達から誘われたのはいつ？」「……」

再度挙手を求めたが、一人もいない。

「(谷)：本当のことを言いましょう。意識はじつに頼りにならないものです。体力も気力もありませんな。われわれは無意識により生かされているんですぞ、間違いなく。たとえば先ほどの野球の例でいうと、草野球じゃあなくプロのピッチャーが試合で、時速百五十キロのボールを投げたとする。約〇・四四秒後にはバッターに届く。仮にバットを素早く〇・二四秒ほどで振ったにしても、投げてから残り〇・二秒ほどで打つか打たないか、決めないといけない。意識下ではできない芸当で、じつは中脳にある上丘という部位が受けた視覚情報に反応している。こんな特異な例ではなく、日常のほとんどの事は、無意識のなかで行われているんだ。われわれの判断と行動は、即座に並べられた使えそうな記憶や知識や経験やパターンを見比べて、無意識のうちに処理されています。その方がはるかに迅速で効率的だから」

ヤベ教授はスクリーンに、一つの神経細胞つまりニューロンの図を映し出した。樹冠のような形の部分から一本の長い軸索がのび、その先端が何本も指のように分かれている。

「(谷)：この図のニューロンは一説には、人間の脳に一千億個ほどあるといわれている。この一個のニューロンに一万個ほどのシナプスと呼ばれる繋ぎ目があって、ここに他のニューロンから活動電位が休みなく入力される。脳全体で約一千兆もの気の遠くなる数の電気生理信号が、行ったり来たりして流れてるんだな。果たしてこの膨大なネットワークの神経を前にして、自由意志を探し求めることが、どれだけの意味をもつとお思いですか」

観客のほとんどは、シナプスと言われてもにわかに実物の想像はつかない。まして、一千兆の電気生理信号はなおさらだ。ただただ、ヤベ教授の真剣な顔つきを信じる以外ない。そして、この討論は次のように閉じられた。

「(谷)：意識はつねに神経回路の活動を後追いし、講釈をつけます。それは、りっぱな後講釈を繰り返すことで、本能的に安心の確率を引き上げようとしているんだ。おそらく自由意志への願望も、信じることにより心が平穏にすごせる、そのためなんだ。しかし自由意志は否定できても、今の脳科学には、本人の安心感を解明する力は、残念ながらありませんな」

こう締めくくり、惜しみのない拍手を聞きながら谷辺教授は退いた。本人のこの気持ちは、ＪＪにもマリさんにも十分伝わっただろう。とくに科学者にしてこれまで己が思うまま自由に生き、イラク戦争のただ中でも己の信念と決断で粘土板を運んだＪＪにとって、「自由意志は幻影か」とは逆説的な意味で新鮮だったかもしれない。ともかくもこれで、三人の個性的な学者は、友好裡に肺腑をえぐるような論戦を楽しくおえたのだった。

ヤベ教授が椅子にもどり、ゴングが二つ鳴らされようやく第二幕がおわった。博多先生はさすがにホッとして、

「ではここで、十五分の休憩といたします」とマイクに向かって告げた。押せ押せであせったのか、なにか意識の手順がくるってしまった。「どうした？・」という怪訝な声もしたが、後方の

観客はすでにあちこちでガタガタと立ち上がり始めた。「しまった、採点だ！」先生はマイクで「少しお待ちください」と呼びかけたが、気づかないで歩き出す者もいる。

そのとき、リングサイドにいたファイティング沼田が、すばやいサイドステップでゴングに飛びつき、木槌をとって角《かど》を連打した。競輪のジャンのように速い。観客が思わず足を止め場内が静まり、博多先生が立ち上がった。

「たいへん申し訳ありませーん。採点をわすれました！　その場で拍手をおねがいします」そうだろとの失笑のなか、順々に拍手をつのり接戦ではあったが、ヤベ教授が一位で、ＪＪ、マリさんの順となった。

その四　講演会　Ｒ３

休憩がおわり時刻は八時、予定より四十五分遅れで講演開始となった。舞台の上はきれいに取り除かれたが、プロジェクター用のスクリーンは、石壁のシーンに残された。冒頭、博多先生がリングにあらわれ、これからの講演の主旨について説明する。この講演の内容が、「意識の本質」という仮題の次作品の骨格をなすという。観客に時間が押しているので、質問はくれぐれもおわってからと依頼し、おそくとも九時半には閉会したいとお願いをした。

今度はゴングは鳴らない。開始のアナウンスだけだった。ダークグリーンの背広に着替えたＪＪが、舞台袖から拍手に迎えられリングの演説台の前に立つ。さいしょに観客へのお礼が述べられ、あとは型どおり博多先生以下のメンバーなどへの謝辞と続いた。そのあといよいよ始まるのかと思ったら、不意に唯井の名前と会社名が出た。リングサイドで思わず「ええー！」と大きな声を上げげた。ふたつの旅が今回に結びついた、との感謝には顔から汗が吹き出した。

――あれは単なる成りゆきじゃないか！――

そして話はいきなり、およそ四万年前の「文化の爆発」から始まった。この時ホモ・サピエンスのなにかが変わったと訴える。スクリーンに映し出される素朴なハンドアックスと、石斧や尖頭器の石槍、骨の釣り針など輝かしい遺物との比較は、遺物の激変について観客を十分に納得させた。続いてスクリーンにあのフランスの博物館にあるプラッサンプーイの貴婦人像と、槍を投げる投擲器も映し出され、モデルのデフォルメによる〝抽象性〟と、梃の力についての〝想像力〟が生まれたと説明がなされた。それからあとは唯井に語ったように、この変容は「ある原因」によって、新旧ホモ・サピエンスのクオリアに生じたものだ、と述べた。新旧の製作過程における違いは、クオリア変容の強い説得力となった。

みんな唯井のようにこだわり反論する訳ではなく、むしろ理解しに来ているので話はスムーズに流れてゆく。あの本はきっと多くが読んでいるはずだ。それに加え、さきの討論会でクオリアと意識とその背後にある「心身問題」の手ごわさを、肌で感じたことも後押ししているのだろう。

「さて、先ほど討論会でも、杉田先生からご質問があったときに触れましたけど、旧いタイプの『ホモ・サピエンスのクオリアの光景』とは、具体的にはどんなものでしょうか。討論会ではこのタイプの例として、グルグルと自分の尾っぽを求めて回るイヌでしたが、他にはどんなものが……」

こう問いかけ正解はないと断りつつ、自分のイラク博物館での体験だとして、ただただ他人《ひと》事《ごと》のように眺めているだけの祈願者像をあげた。さらにはなんと唯井の夢に出てきた祭りのみこしの担ぎ手や、映画のスクリーンに閉じ込められた男も持ち出した。ついで、こうしたクオリアと人間像をもつヒトが七万年前の「出アフリカ」後に、百五十人程度の群れとなり、集団の力関係に常に気を払いつつ、同時に「心の理論」を働かせて生きていたと、当時の〝生活環境〟を説明する。「出アフリカ」の際に推定される三つのルートや、「心の理論」の〝ぬいぐるみ〟を入れ替える絵もスクリーン上に映される。

やがて話は遂に、核心の一つであるあの「偉大な錯覚」へと続き、蛇の登場だ。当時の生活環境によくある事故が原因で、他人の中に「自分」を見出すという錯覚の誕生だ。べつに蛇でもトカゲでもいいのだが、聖書のアダムに「自分」を気づかせたのが蛇である点は、偶然にしては出来過ぎだ。

「さてこの『偉大な錯覚』の主である若者は、事故で仲間が瀕死のときに、仲間の目で『オレがあれだ』と自分の肉体を見る一方で、若者の肉体は〝他人事《ひとごと》のように〟『あれはオレだ』と仲間を、見てしまいました。どちらかというなら、前者は新しいタイプのクオリアの光景近く、後者は古いタイプと言えるでしょう」

これは討論会でも、やはり分かりづらかったものだが、さらにこう付け加えた。

「この旧いタイプの人間像は知覚以上、感情未満のヒトです。そこにわずかだけど、自分の萌芽らしきものが備わってますね。そこが、他の動物と異なる点でしょうか」

今の例でいうなら、若者の肉体が〝他人事《ひとごと》のように〟にしろ、見ようとした行為に、萌芽が感じられるという。

ＪＪはここまで来ると「みなさん」と呼びかける。

「わたしたちはこのあとやっと、いまから一万年ほど前のイスラエルはエイナンの地に眠る王をへて、アキレウスの時代に向かいますね。ここまで、ホモ・サピエンスの人間像に迫って分かってきたことは、問いかけし、お使いをさせ、ときには注意をしてくれる、そんな『自分』をもつヒトの像ですね。もちろんアキレウス同様にわれわれのような意識はなく、右脳を介して神の声が左脳に命令されます」

七万年間をおよそ三十分で一気呵成に突っ走ったことになる。

ＪＪはここでひと休みして、会場を窺い質問を募る。「ここで、ですか？」博多先生も竹田さんも渋い顔だ。すぐに会場からいきおいよく三、四名の手が挙った。みな若くどこか大学の研究生のようだ。最初に当てられた質問は
「旧タイプのホモ・サピエンスのクオリアが、いまお話のようなものなら、生存に極めてマイナスだったのでは？」というものだ。

「とても良い質問ですね」とほめたＪＪの答えは、唯井の予想通りだった。

「彼らは本能や低い知能のほかに、さきほどの討論会でも触れました『モジュール』と呼ばれる独立した特殊な心の機能をもっていました」

時間の関係でここでもモジュールには詳しく言及しなかったが、この時代のクオリアが段階として貧弱でせいぜい知覚程度のものだったから、代わってモジュールが強力になったと説明した。しかしすぐに「あ、これは逆だ」と訂正する。

「人間の世界では、原因があって結果があるけれど、自然界の進化論の世界では往々にして、結果があって原因が生じますね。宇宙の神が偉大だから今にいたっているのではなく、今にいたっているから偉大な神だという論法ね。この場合でいうと、モジュールという力を持った個体が生き残った結果、クオリアは貧弱なままとなったということでしょ」

次の質問も若い男性だった。

「もし、七万年前の生まれたばかりの赤ん坊をこの現代で育てたら、その子のクオリアはどのように発現しますか?」

ＪＪはマイクを持って演説台の前に出ると、右指をこめかみに軽く当てたまま、リングを行ったり来たりした。一般的に精神活動や心理作用といった心の面が、生得的なものか、あるいは経験的なものかという問題があり、それに関連してクオリアをどう捉えるのか、一瞬そんなことが頭をよぎった。そして観客席の質問者の方を向いて
「たいへんユニークな質問だ。これはモジュールのほかに、感覚や知覚、知能、とりわけ言語能力について、遺伝と環境の影響が分からないと正確に答えるのは難しいね。われわれのようなクオリア、とりわけ『意識の小人』を得るには、生まれついての言語能力が必要だと考えられるからね。ただあくまで私見だけれど、すこし時間はかかるが、その子は十分に同じクオリアを手に入れられるのではないかな」

リングサイドでは竹田さんとマツさんが、時間が気になりヤキモキしている。最後となる質問者は女性だ。

「さきほど博士は、旧いタイプのホモ・サピエンスについて、『わずかだが、自分の萌芽らしきものが備わっている』と、おっしゃいました。また討論のなかでも確か、〝自分〟のないクオリ

アを修正して自分の萌芽らしきものはある、と使われました。これは具体的に言いますと、どのようなものでしょうか。またチンパンジーにも備わっているのでしょうか?」

これはＪＪのわずかな言い淀みをとらえた質問のようだ。萌芽とはたしかに便利だが曖昧なことばだ。すこし沈黙し、整理できたか話し出した。

「重要なご質問ですが、これは後ほどのお話とも重なりますので、ここでは簡単に考えを述べることにしましょ。先にチンパンジーの質問から行きましょう。その方が分かりやすいので。まず、チンパンジーには備わっていないと思います。なぜか。これはヒトが、その起源は不明ですが、グループの仲間と共働しておこなう狩りや、獲物の食料を分配する共食《きょうしょく》などの行動をつうじて、獲得したと考えられるものだからね。動物はチンパンジーも含めて、原則として共働はせず個食です。さて、では次にこの萌芽を具体的にいうと、仲間の存在や仲間との関係を認める〝ある種の感覚や知覚〟で、いわば仲間意識のことだと考えています。単なる上下関係だけでは無い、共食や食物採集の共働作業、助け合いなどによる群れの一員である、といった感覚でしょうか。認めるためには認める主体、つまり自分が必要となってきますね。あるホモ・サピエンスがまわりの視界を見渡したとします。自然ばかりで自分はいません。が、グループの仲間に目をやると、一緒に動いているからこそ『みんなと違っている』という個体の感覚が生まれます。これが萌芽ですね。ただしどの神経系統にあるのかといった、神経科学的な話はまた別です」

女性も納得しここで質問は終了となり、講演の続きが始まる。

「さて著書でも示した通り、アキレウスの〝二つの心〟は徐々にあるいは急激に崩壊し、われわれは意識をもつにいたりましたね。では意識は今後どうなって行くのでしょう。ますます立派な進化をとげて、たとえば第二の意識、第二の自分をもつのでしょうか。これはすばらしいね。あるいは、夢の中でだけ活動する意識、パケット通信のように人格を自在に切り分けられる意識でしょうか。先ほどの討論会で谷辺教授がおっしゃったように、将来的に研究手法や光学機器、コンピューターが発達すれば、人間の脳がコンピューターや人工知能、ＡＩと融合し、人間の意識が機械に置き換わるような革命が起きるかもしれませんね。あるいは、いままでの記憶を機械に保存し、必要に応じて同期させる。記憶を紙で保存しあとで読み取るような不便は無くなるでしょ。他人の記憶や夢を盗み取るような悪魔の頭脳も可能かもしれません」

ＪＪは突然、「失礼」と小さな演説台に戻り、「スペインのワインです」と断って水差しから赤い液体でのどを潤した。そして自分に言いきかせるように、

「しかし、今日はこのような語りつくされた話はここまでで、あとはＳＦの想像の世界に委ねましょう」

と、確認するように観客席にうなずき、ちらりとヤベ教授に一瞥を送った。「ええ、違うの

か」そんな声も聞こえた。唯井も意外だった。ヤベ教授は、大ぶろしきを広げて、という顔つきだ。テーマは未来像や変容がメインではないようだ。疑問に答えるように、

「これからは『意識の本質』のより重要な点につき話しますね。本質が分かればその未来は、自ずと見えてきます。そのなかで、先ほどの討論会で『後ほど』と約束しました事柄にも、できるだけ触れてゆこうとね。そのためにはいったん、五億五千万年ほど前のカンブリア紀まで時を遡りますね」

ＪＪはスクリーンに、色分けされた横長の一本の棒グラフを映し出す。百三十八億年前の宇宙誕生からのグラフで、四十六億年前が地球の誕生。七百万年前の人類の誕生は、最後に申し訳程度に〝線〟で示されている。五十万年前の北京原人の誕生などは、点ですらあり得ない。その線の少し手前、五億五千万年前のところに、カンブリア紀とある。

「人類の歴史など、宇宙や地球の誕生に比べれば点にも満たない。まして三千年前に意識が生まれたというのは、無かったことに等しい。クオリアつまり主観についても同様です。このことは主観や意識に、そして宗教にこの宇宙の真理を委ねることの危うさを意味していますね」

そしてカンブリア紀にレーザーポインターを当て、こう続けた。

「やっと眼らしきものができたのがここです。ご存知の節足動物の三葉虫で、硬い甲羅のまま完全な化石として残っています。ここからが視覚の誕生です。視覚にあらわれた世界は今のわ

れわれの世界とはかけ離れたものですが、存在する世界をはじめて眼が捉えました。でも先ほども言いましたが自然界では往々にして順序が逆のことがあり、この場合も眼ができたから世界が生まれたといえます。皮膚の斑点が光を感じるセンサーとなり、それがやがて眼杯となり、ついには脳と神経が奇跡的に繋がり、眼球と末梢神経と中枢神経がセットになった眼の完成です。もちろんクオリアは生じません。しかしじつは、この過程このプロセスに、クオリアの本質の大きなヒントがあります」

今度はスクリーンに、先ほどヤベ教授が討論会で使った、リベット博士の実験の図が映し出される。

「脳波の誘発電位です。行動にうつる前の準備のアイドリングね。本題を進めるうえで、これについて少し触れておく必要があります」

そういうと「簡単に」と、初期誘発電位の説明を加えた。人の場合、視覚や触覚といった外部からの刺激により神経細胞や細胞膜をとおして、ナトリウムイオンなどの濃度の差で生じる一連の膜電位のことで、主に脳の感覚野において神経細胞の軸索で発生し、感覚と意識の発生や行動の励起に繋がって行く、という。観客にとっては初期誘発電位は、さっきの討論会で谷辺教授が、「感覚は〇・五秒ほど主観的に遡る」と宣言したときに聞いたばかりで、決して簡単な話ではない。ところが、意に介することなく「これが重要ね」とばかりに進めてゆく。やがて

「誘発電位は脳内に発生するいわゆる脳波の一種と考えられます。一過性のものですが、聴覚や視覚などさまざまの感覚刺激に誘発され、脳の感覚野ごとにさまざまな形態のものが広範囲に発生します。そしてこの発生に付随して、新たなとんでもない作用が生まれました。カンブリア紀のことです」と予告し本題に入った。

「さて、眼ができる以前、たとえばミミズのような環形動物は、なにかと接触して末梢神経から刺激を受けると、即どちらかに反応していた。敵なら〝逃げる〟か、餌なら〝近づく〟か、とね。しかし三葉虫など多くの生物に眼ができて、離れた影に反応してどちらかの準備ができるようになり、カンブリア紀の世界が弱肉強食の時代に激変しました」

三葉虫は一万種ほどに種類が分かれ、約五億五千万年前からペルム紀末までの約三億年間を生存したようで、その間ずっと視覚による誘発電位を発生させ難を逃れてきた、という。想像すらできない長い期間、繰り返されてきた現象に、これを補助し効率を上げる作用が生まれても不思議ではない。というよりＪＪの言を借りれば、この作用を身に付けた群れが生き延びたというわけだ。

「三葉虫の化石や動き回った痕跡である生痕化石をみると、足の構造的な敵回避の旋回能力、つまり回れ右、に劣っていたことが分かります。だから生き残るためには、視覚らしき刺激による誘発電位の発生を、通常より早くする必要があった。ところが、必要な刺激を得るためにはその強さに閾値《いきち》があり、敵がおぼろげな状態では当然閾値を下回り、電位がまだ発生していないわけです」

ここで一呼吸おいて、ぐるりと見回し

「このとき、そうです！　眼の他に、とんでもないものが誕生しました」と言い出した。

「視覚らしきものの誘発電位に、無限に繰り返し揺さぶられ刺激されて、新たな神経の作用が生まれました」

会場の専門家や記者をはじめ、みんなそんな生物知識は習ったことがない。

「『キタ（here）、パッ（pat）』の神経作用とわたしは呼んでいますね」

「キタ、パッだって？」みょうな名前に当惑と失笑が起きた。しかし、平然と続ける。

「『刺激がキタ！　パッと反応しろ！』と関係する神経に緊張を促し、誘発電位の準備と反応を集中させる訳ね。中枢神経系の中で作用し、役目はただそのためだけ」

つまり、感覚神経から中枢神経、中枢神経から運動神経へという、通常の入力と出力に合わせ、その効率を上げるため補助的に作用するという。

「これは誘発電位に伴ってね、どこの神経回路にでも生じました。動物の脳内では、その活動によって神経細胞同士が、波のような電気信号を休みなく伝達させます。これが脳波ですが、一過性の誘発電位は、この脳波のノイズに隠されていて測定には技術を要します。『キタ、パッ』はさらに大変です。しかも活動する電位は、誘発電位も『キタ、パッ』もそうですが、全般的に、神経細胞の軸索のどこでどのような機能と結びついて発現するのか、いまだに不明な点がありますJ

みんな唖然とし混乱した。「キタ、パッ」の神経作用にやられたかのように黙っている。ここから「意識の本質」のどんな話に繋がるのか。若い頃、研究室で生物の実験に明け暮れていたという噂のＪＪに対し、しかも太古のカンブリア紀の神経に関して、「ほんとか」と思うだけで反論はできなかった。ＪＪはひとり構想を展開していった。

「事実はプロセスにあります。わたしは、カンブリア紀の生物の進化プロセスを綿密にしらべ、この『キタ、パッ』が生まれて、その後の生物に大きく影響を及ぼしたと確信しています。『キタ、パッ』の作用は長い年月をかけて、主だった動物に広がり、神経回路に引き継がれました。もちろんこれが定着しなかった種や必要としなかった生物もあったでしょう。この結果、蝶も蛇もカラスもクジラも、数知れない動物たちの先祖は、すばやい反応と行動が可能となりました。とりわけ集団生活をするひ弱いヒト族においては、狩りや採集にとどまらず、生活のなかにまで影響をおよぼしました」

ここまで淡々と展開したあと、

「その影響の最大のものは、ヒトに『自分の萌芽』らしいものが生まれたことです」と宣言した。

場内には「さっきの女性の質問だ」という声が、あちこちからざわざわと聞こえた。

「そうです。『キタ、パッ』の作用は脳内のいたるところの神経細胞で発生しますが、ホモ・サピエンスの『自分の萌芽』らしい感覚、知覚は大脳皮質の特定の領域で生まれました。まあ、たった二十万年前から十万年前としておきましょう」

もちろんまだ「自分」というものはない。ない自分を前提にして、一方でその萌芽の発生を論じる。矛盾しているが、いかにも自然の法則が好むような現象がここでもあらわれた。唯井にはナイロビでもバルセロナでもここまでの展開は、もちろん夢想だにできなかった。

「ちなみに、人が物音や物影に驚いてハッとするのも、今に残るこの時代の痕跡かもしれません。そのほか、自分が刺されたかのような、ウッ（yuck）やエッ（eh）や、アッ（oh）、オッ（oops）などの反応もそうかもしれませんね」

場内はまだ混乱したままだが、とにかく付いて行くしかない。そこで「さてみなさん」とまわりを見回して再開した。ここから先が今回の講演における核心だった。

「じつは、『自分の萌芽』の発生と連動した『キタ、パッ』のヒトへの影響はこれに止まりませんでした。思い出してください。わたしは先ほど簡単に、ホモ・サピエンスが『偉大な錯覚』

により『クオリアの自分』を得たと申しました。草原での若いホモ・サピエンスの話で、瀕死の仲間に動揺し錯乱した若者が、過剰な感情移入に陥り、仲間と生体の自分を二重写しにしました。その挙句、肉体の外に『あれはオレだ』と自分を見てしまい、同時に仲間の目で『オレがあれだ』と肉体を見てしまいました。このとき『キタ、パッ』がはたらきました。『自分の萌芽』が呼び出され、『ハッ』と反応しトランス状態に陥った若者と一心同体になり、オレというクオリアの自分の代役になりました」

なんと、この錯覚と結びついて、感覚でも知覚でもない新しい体験を創り出してしまった。今まで岩のように生体と渾然一体となっていた「自分」を分離し、自分の体の中に他人を感じることに成功したというのだ。

「これが『クオリアの自分』の誕生です。クオリアの中でじっと待っていた、という意味で『キタ、パッ』が発生させた感覚は、先ほど申し上げた『自分の萌芽らしきもの』といえます」

みんなも話を聞くうちになんとなく予感めいたものがしていたが、本当に「キタ、パッ」から「クオリアの自分」の創出まで突き進んでしまうとは。マリさんも博多先生も、半信半疑の表情でリングを眺めている。とくにヤベ教授は大岡山のキャンパスで語った「クオリアの祖型」のアイデアが、もう仮説になっていることに非常なショックを受けた。

「草原の蛇の若者以降も、ホモ・サピエンスに『偉大な錯覚』は繰り返されました。その結果、じつは仮想の体験である『自分』は、『自分の萌芽』に代わり徐々に日常に定着して行きました。この仮想はまことに便利で、遠くの森にいる自分を考えることができました。お使いの自分です。心臓か肝か肚か、はたまた脳か、ヒトのどこかに『自分』というものの居場所、空間を作り上げてしまいました」

難しい内容に場内に一瞬の空白がただよい、リングサイドから科学雑誌の記者だと名乗る男が質問を求めた。

「すみません博士、一問だけ。その『キタ、パッ』は、今も残る特定の神経細胞でしょうか。つまり単一または少数のいわゆる枢機卿細胞のような」

ＪＪは遮られて内心は不満だったかもしれないが、「ご質問の答えになっているかどうか」と前置きし丁寧に答えた。

「この作用の回路は発生したあと、その時々の感覚や知覚などに付随し、遍在していたでしょ。やがて感覚や知覚の高度な発達に伴い必要性をうしない、次第にその機能は消えてゆきました。現在では主観という現象に統合され、わずかに痕跡が残るだけです。もちろんその他の生物で、たとえばミジンコの類いで、調べたことはありませんが、残っている可能性は大いにあります」

「そうですか……」と、まだまだ聞きたいようであったが、ここで引き下がった。

場内は静まり返っている。「よろしいでしょうか」と見回すと、グレーのスーツを着た若い女性が、おずおずと手を挙げた。大学の研究室に所属しているといった。

「博士はどのような切っ掛けでこの『キタ、パッ』の仮説に辿りつかれたのでしょうか。また、それはいつ頃のことでしょうか」

この質問には、先ほどよりもさらに渋い顔つきが窺えた。珍しくすこし考え込んだあと、決心がついたか答えはじめた。

「わたしは、今の認知考古学研究をはじめる前、ちょうど二十歳の頃に、心理学のある実験に没頭していたね。微生物のゾウリムシを使って、意識と連合学習の関係を解明しようと意気込んでいたんだ。手による誘導と通電ショックを使って、『パブロフの犬のよだれ』のような条件反射、つまりゾウリムシの場合にはT字迷路の回避、を期待していた。ところが、何千回と手を替え品を替えてもいい結果は出なかった。そこで、対象を同じように神経シナプスを持つイカやエビ、サナダムシやミミズなど他の動物種に広げてみたが、うまくいかない。もちろん実験に並行して、巨大な軸索神経をミミズから取り出し、刺激を与え活動電位を発生させ、実験の刺激と比較するような作業もおこなった。でも、どうしても満足のゆく成果は得られなくて、実験は失敗しました」（別注6）

ＪＪはそこで失意に暮れながら、失敗の原因を反芻するうちに、奇妙な一致に気がついた。実験の目的のたとえば〝回避〟がうまくいった場合には、活動電位発生の前のわずかなノイズが、より多く発現するケースが有意にみられた。これはなにかの痕跡だろうか、と考えた。

「それがじつは『キタ、パッ』だったんだね。しかし、その当時わたしはまだ『クオリアの自分』を手にするどころではなかったから、失敗のまま結びつかずおわってしまったね」

ＪＪがそこまで、すこし自嘲気味に話すと、スーツ姿の研究生はＪＪに向かって黙って一礼した。

ＪＪは笑って収束に向かった。

「やがて遅くとも五万年前には、クオリアの自分というじつは仮想の実感は、他のありふれた感覚のように定着します。そしてこれが約四万年前の『文化の爆発』に繋がり、ようやく遥か遠くにアキレウスの世界が見えてきます」

唯井たちは、講演の前半とはまた別のルートで、同じ地点まで辿りついたのだ。もう時刻は九時半をおおきく回り、当初の予定は大幅に狂っている。マツさんは手の空いた者から、片づけを始めさせている。

まわりでざわつく怪訝さや疑念、懐疑心には頓着することも臆することもなく、ＪＪはこう述べて、およそ七万年前のホモ・サピエンスのクオリアから始まる物語を締めくくった。

「さて最後に、わたしたちの意識の未来についてすこし触れてみましょう。カギになるのは、〝新しい感覚〟です。自分の萌芽らしきものがおよそ二十万年前、クオリアがおよそ四、五万年前、意識がたった三千年前に生まれましたね。どちらもその時の〝新しい感覚〟ですよ。クオリアはまだそのまま使われそうですが、意識はこのさき必ず変わります、変わり続けます。それだからこそ、将来決してコンピューターや人工知能ＡＩが、意識に置き換わることはできないとだけは、わたしは確信しています。ご清聴ありがとう」

同時に今日一番の盛大な拍手が沸き起こった。博多先生がエプロンからリングに入り、まずＪＪと握手をして「ごくろうさま」と祝福をする。それから正面に向き直り、「お手短に質問をどうぞ」と呼びかけた。すぐに研究者や専門家と分かる人物や、科学部の記者など数人が手を挙げる。どの質問も専門的なものだったが、一般の観客をまえに、この場で答えるのに相応しくないものは、博多先生がやんわりと断った。質問には

「博士の説では、意識のハードプロブレムは解けたと考えて良いのか」

と、暗に期待するものもあったが、

「この説にそんな大それた意図はない。あくまでクオリアの自分が生まれた、プロセスを述べたものですね」がＪＪの答えだった。

最後の質問は

「博士の研究のご関心は、今後も意識の分野か」というものであった。ＪＪはこれを待ちかねていた。

「今後は元の考古学者に戻るつもりです」と破顔一笑し答えたが、

「ただしその前に、前著でひとつやり残したことがあります」と続けた。「はてなんだろう」とみんなの関心が集まった。

「それは、意識が文字の発達とともに生まれたにも拘わらず、なぜ古代メソポタミアのシュメール人は、意識をもっていた痕跡がないのか、という疑問ね。それを解くため、今から五千年ほど前の楔形文字で書かれた大量の粘土板を調べること、それがやり残したことですね」

本来はここですべておわりのはずだった。ところが……。


「さてここで、その大量の粘土板について重要なお話があります」唯井はついに始まった、と思った。あの時バルセロナの自宅で、帰り際に「《ゆい》にだけは……」と耳打ちされた話だ。

「わたしはじつは罪びとです。犯罪人です。これはほんとうの事です」

場内は声を失った。なにを言いだすのか、講演会の締めくくりに冗談にもならない。

「三千枚におよぶ粘土板をイラク博物館から盗み出しました。ザーイドという親友の副館長からの依頼と許可があったとは言え、多くのイラク国民からすると知らぬことで、結果的には同じことです。強固な意志で盗み出し、イラク戦争のただ中にはるか数千キロをこえ、自宅まで運びました。いま盗人猛々しく、これを調べています」

場内は騒然として大きくざわめき、博多先生は隣で止めさせるべきか迷っている。また、なにか言い出したのでみんな静まった。

「同様にわが祖国イギリスも、文化を尊ぶフランスも愛の国イタリアも厳格な法の支配のドイツも同じです。自由と平等の国アメリカも盗人と言えます。各国の博物館の収蔵庫にはその数、四十万枚とも五十万枚ともいわれている盗品の粘土板が眠っています。盗品は返却すべきものです」

さらに声を張り上げて

「各国の博物館には粘土板以外にも、よわい国々から強引に持ち去った至宝、一級史料、宝物があります。これらも本来返すべきものは、その元に返さねばなりません。百歩譲って、調査研究したうえで展示し公開しているなら、その恩恵は広く受けることができ、贖罪にはなるでしょう。しかし、粘土板は収蔵庫に眠ったままで、研究されたという話は聞かれません、百年近くも」

ほんとうに最後の最後に、ザーイドの無念をはらすようにこう締めくくった。

「ご存知のとおり、旧約聖書の原型はシュメール語で書かれた『大洪水伝説』の中から発見されました。四十万枚のなかにどのような宝が潜んでいるのか、開けて見る以外にはすべはありません。まだ未知の、文字が生まれた時代の精神構造の母型といったものが、潜んでいるかもしれません。今日、みなさんにこの問題を知ってもらうことが、解決の第一歩だと考えています。最後にほんとにありがとう」

告白の目的が分かり、安堵したようなみんなの拍手がおわると、人が一斉に四方に動き出す。時計を見ると十時だ。出口に向かう人、反対にリングに向かって握手と写真を撮りに来る人、ヤベ教授に近寄って来る応援団、会社に連絡を急ぐ新聞記者や逆にまだ質問しようと寄ってくる記者も。舞台の解体に数人がすでに取りかかっている。写真撮影がおわり、博多先生とリングから降りてきたＪＪを、すぐにマリさんとヤベ教授、みんなが取り囲んだ。唯井はＪＪから、ホテルまで大きな衣装バッグを運ぶ手伝いを頼まれている。竹田さんが唯井のそばに来て、「四階のホールで懇親会があるから」と耳打ちして行く。ふと見ると愛すべきヤベちゃんは応援団に「四階で」と言っている。マリさんは都合で帰るようだ。博多先生は竹田さんを交え、まだ残っている関係者とこれから少し雑談して、おわれば合流するのだろう。

先にバッグをスタッフに頼み降ろしてもらい、ＪＪとエレベーターホールで待っていると、博多先生が後ろから笑って「逃げるのか」と声を掛けた。ＪＪは振り返り「すぐ戻りますよ」と応える。一般用のエレベーターはまだ満員の状態だ。ここはいつもそうなんだ。

「階段でゆっくり行こう」ＪＪがそう言うので、おおぜいの人の流れに乗って降り始める。あの漆黒に星雲の落書きがある階段だ。四、五人ずつが横一列になり反時計回りに渦を巻いて降りてゆく。

前を行く女子学生風の四人連れが、後ろのＪＪたちには気づかずに話している。

「ねえ、どうだった、今日の」と、まんなかの赤い派手なコートが、顔を左右に声をかける。

「心身問題と自由意志でしょ、ちょっとテーマがふるーい感じ」左のやせた子だ。

「でも難しかったわ。とくに、なぜ私が彼ではないのか、簡単そうでねぇ」右のインテリ風のメガネの子が、自分に言い聞かせるかのようだ。

「わたしはスクリーンに映った一千兆の数の電気信号ね。夜の海のホタルイカのように、ハッと圧倒されたわ」端っこのマフラーの子だ。

「いやだ、もう『キタ、パッ』を使ってるの」赤いコートが笑った。

エピローグ

ＪＪと唯井を乗せたタクシーはホール後楽園を出て白山通りを南に、神田猿楽町あたりで左折し大学前から「山の辺ホテル」へ。――これは、マリさんと大岡山の帰りに夜ふけて雨宿りしたホテルじゃないか――当初は、フロントで荷物を渡してそのまま引き返すつもりだったが、唯井に手招きして「こっちへ」という。榛《はん》の木が立ちならぶ建物の裏手に出て、小道に沿ってついて歩いてゆくと、木の間から建物の古びた壁に鉄の棒で釣り下げられた店の看板が、ライトに照らされてあらわれた。看板のすぐ先に小さな入口があり、進むと奥にステンドグラスが施された木製の重いドアが控えている。ドアを開けると、なかは落ち着いたバーになっていた。「ここはねホテルの会員制のバーなんだよ」こげ茶色のクルミ材がふんだんに使われた店内には、先客が二組ほど。マスターになにやら告げると、唯井たちはテーブルの横に飾り窓のある席に案内された。ステンドグラス風の窓には聖母マリア像がはめ込まれている。その上半身だけのマリア像は、目を伏せた優しい乳白色の顔をして、身体は緑のマントで覆われ頭のベールは赤と金色の頭光で包まれている。

今日のトーク・バトルが、少なくとも本人にとって成功だったのかどうか、それは分からない。黙ってアイリッシュウィスキーで乾杯した。唯井はといえば、やっとおわった安堵感と、おわってしまった寂しさが入り混じっている。その先には大阪でのたぶん味気ない仕事が待っている。一気に飲み干しお代わりを頼む間に、いつものとおり刻みタバコの葉をポーチから取り出し、パイプの火皿一杯に詰めだした。マッチで火をつけて小刻みに吸い口を動かしながら、パイプの息を整える。唯井の気のせいか、いつもの余裕がなく手がすこし震えている。

「じゃあもう週明けには大阪に行くんだね」

「とりあえずね。その先はまだ決めていないけど」

ここへの道すがら、階段やタクシーの中でもう隠さずにいろいろ話をした。上司がいちどに入れ代わったこと、いま三度目ともいえる就職で深月をもう心配させたくないこと。マッさんと姉や母のことも。とりわけ、姉の病気が潔癖症いや強迫神経症らしいことも、ぜんぶ。

「監視付きさ、行ったらいつ戻れるか。まあ、食うには困らないけれど」

「〝人生もじっと待つのか、思い切って動くのか、それがねいつも難しい〟」その通りだが、なんのはなしだ。――なにかいつものトーンと違うな――しかし唯井はしばらくは向こうでじっと待つしかない。

「でももう迷っている時間は俺には残っていないのでね」

「〝時間は無いほうが良いこともある。ときには目をつぶって決断を……すればよかった〟」

たしかにそうだろうが、いったいだれの決断のことだ。唯井は才能と能力があきらかに不足していたのに、子供の頃からずるずるとここまで来てしまった。それにしても、今日はパイプもウィスキーもいやに急ピッチだ。

「東京で思い切って、イベントの仕事をやってみないのかい？」

それも選択肢として考えた。マツさんに姉への本心を尋ね、そのうえで病気のことを説明する。それは片手間ではできない。唯井がこちらで腰をすえて、ふたりの間を往き来しないと。母のこともそうだ。しかし、失業は深月をまた不安にさせるだろう。ひょっとすると、唯井も人の心配どころではなくなる。もっとも、今回のトーク・バトルや社内のゴタゴタを通じて、今後の仕事の考え方が変わったのも事実だ。「自分のことだけ考えろ」という、江野課長の声が右脳の奥から聞こえてくる。

「とりわけ、お姉さんの病気に拙速は禁物だね」

「そうなんだ、まずマツさんとじっくりと」

「いやむしろ、先にお姉さんの方なんだよ」心理学者という職業柄、強迫神経症のことには詳しい。本人が家族を信頼し、安心して専門家のカウンセリングを受ければ、半分以上それで成功だという。

「〝要するにわたしなどに対する信頼は問題では〟ない。それよりも家族だよ」

「なにを言うんだい。もちろん信頼してるさ」――なにかがかみ合わない――たしかに、この病気の治療に家族との信頼は不可欠だ。姉が小さい頃母の繰り返すことばに安心して、やがていったんは快癒をした。

「〝皆のところに戻らないのかい〟」

「〝もどるよ、その時が来れば〟」そう言うと、こちらに向き直り、

「でもその前に、じつは話しておくことがあるんだ。今ここで正直に話をして事実を明らかにしておく義務がある。そのうえでね、今まで黙っていたことを謝らなければならない」

いったいいなにを明らかにするつもりか。今日はどうも雰囲気が違うが……。


「すべての発端はあの貴婦人の像だった。フランスの『フードの貴婦人』とそっくりで、象牙いやたぶんマンモスの牙でできた像のことだ」

「あれが？　でもキベラのスラムで買わされたみやげ品だ。おかげで騙されて、あやうく殺されかけたけど」

「キベラか！」やはりそうだったのかと、自らへの腹立ちを抑えるようにこぶしを握った。

「あの日、わたしはケニアの隣国タンザニアのムゴンガという遺跡に向かう途中だった。ちょ

うど半月ほど前に、遺跡から妙な遺物が発掘されたとの連絡が入った。国の文化庁の委託で、わたしと一緒に調査発掘していた現地人の若い研究者からだった。十キロほど離れたイリンガからの電話で、あきらかに彼は興奮していた」

唯井はゴソゴソと拾った宝物を取り出すように

「これか？」と、像をテーブルの上に置いた。すぐにでも手に取るのかと思ったが、

「99％それだね」と、なぜかじっと眺めるだけだ。

「電話を受けたその足で、直ぐにでもムゴンガまで向かいたかったが、折あしく大学の長い夏休み直前だ。学生の期末試験の判定作業がのこっていた。あの日ようやく自由になってね、ナイロビ空港で乗り継便を待っていた。頭の中は貴婦人でいっぱい。そこにラウンジで、若者とふとすれ違いざまに目に入ったループタイを見て驚いた。なにを見てもそう見えてしまう、神経のそんな現象だとさいしょは思った。念のため、席に戻って来たその首元にもう一度視線をね。あわく朱の入った乳白色の丸顔に細い目とあいらしく蕾まった口、限りなくあのブラッサンプーイの貴婦人にそっくり。だけど確証はもてない。専門家でも見た目では、象牙なのかマンモスなのかそれすら判別が付かない。どうしたものか、奇妙なぐうぜんに隠された本質を知りたくもあり、知りたくもない。その葛藤が沸騰したとき、テーブルに伏せた日本語の本が目に留まった」

あのとき唯井は、うすうすなにかを感じていたが、やはり始めから貴婦人像が関係していた。こんな話は聞きたくなかった。そのとおり、聞かなければ真実は苦労してバルセロナまで行き、曲がりなりにもイベントを成功裏に導いた美しい記憶として残ったのだった。量子力学の電子の二重スリット実験で、見てしまった方が真実となるように。

「入手経路を尋ねれば、おおよその事は判明する、あのイラク博物館のザーイドが言うとおり。ところが、ダウンタウンで買ったみやげ品だという。まさかキベラ・スラムの危険なみやげだとはね。いま考えれば、ナイロビみやげにフランスのブラッサンプーイ洞窟の遺物というのもおかしな話だ。知りたくないという無意識のバイアスだった」

「でも、あのときＶＩＰルームで訳を話してくれれば、それですべておわったのに」唯井は顔を赤くして抗議した。

「結果論としてはそのとおりだね。〝人生もじっと待つのか、思い切って動くのか、それがねいつも難しい〟」

「でも学者にしては大した演技力だ」またマリさんのタクシーでのことばを思い出した。皮肉っぽい言い方に、すこしばつが悪そうだったが、こう続けた。

「ところがムゴンガの現地に着いてみると、最高潮だった期待は暗転した。やはり悪い予感が当たった。像を保管していた金庫が破られていたんだ。少額の現金と衛星電話、バッテリーなど金目のものと、ちいさな保管箱ごと貴婦人像もなくなっていた。素行が悪く首にした作業監督の仕業だった。若い研究者が念のためにと、収蔵棚とは別室の金庫に入れておいたのが裏目にね。彼の落胆は見ていられなかった。一縷の望みが、あのときラウンジで渡した一枚の名刺だった。なぜ渡したのか、単に話の行きがかりか、それとも太古の物語で気分が高揚したせいか、いまでもはっきりしないが」

これで唯井にも大体の事情は飲み込めた。日本でイベントを開催しなければならなかったのも腑に落ちた。しかし、信頼していた反動で怒りがわいてきた。騙されていたことには間違いない。どちらにしてもこれは自身が持つ物じゃない。

「じゃあ、ここで返しておくよ」

と、つっけんどんに像をテーブルの向こうに押し出したが、

「いやちょっと待ってほしい。それがそうは行かない。それはバルセロナが限界なんだ」

と、訳が分からないことを言って受け取らない。

「怒るのはもっともだけど、まあ聞いて。あの数日後、親せきだと名乗る松田氏からのメールで、望みは辛うじて繋がった。でもなぜマッさんからなのか。しかも突然、日本での講演依頼のメールでしょ。わたしと本のことを知っているようだけど、どうして本人からの、しかもバ

ルセロナ観光がしたいといったメールでないのか。『本人も会うことを熱望している』との松田氏の言をどう解釈すれば、と悩みに悩んだ。ほんとうに本人は講演の件を知っているのか。もしかして貴婦人の価値が分かり、暗に交渉をほのめかし日本に来いと言ってるのか。誤解しないでほしい、これは盗品買取を持ちかける時の常套手段だから。これは遺物のねつ造とともに、むかしからよくある手口なんだ」

たしかに〝待つのだ〟の異名どおりに、マッさんは勝手にメールをして、一足飛びにイベントの話まで突き進んでしまった。これに戸惑ったのは無理もないことだろう。

「奇跡的に細い糸が繋がっている、あわてては切れてしまう。飛びつきたい衝動を抑えて、表面上イベント開催のメールの遣り取りに終始した。どうやら貴婦人目当てではないね。でも、豹変しない保証も。迷った末、『本人がバルセロナに来てほしい』と逆に提案した。どれほどもう一歩踏み込んで、『貴婦人も必ず一緒に』と書き送りたかったことか。言うと却って怪しまれる、そう思い込んだ。〝時間は無いほうが良いこともある。ときには目をつぶって決断を……すればよかった〟。断じて言うけれど、決して騙すつもりはなかったよ」

唯井自身にとっても、もう詳しくは覚えていないが、マッさんの事務所で飲みながら語り明かしていたのは、単純明快なイベント企画の夢のはずだった。ところがこの夢には、大きな翳が寄り添っていたということだ。

『パレス バルセロナ』のロビーで会って、ひどく落胆した。買取目的ならもちろん、そうでなくてもひょっとすれば身に付けてくるかも、そんなあまい望みは砕け去ったね。同時に数か月先のイベントが本当の目的だと分かった。それで作戦の変更を余儀なくされた。遺物についていささか専門的になるけれど、遺跡の測量や調査がおわり基本的な地層の順序関係が決まると、遺物の発掘がはじまるんだ。ところが、貴婦人像が出た遺物包含層と同一時代と思われる地層から、ほかにも石器などがすでに発掘されていた。出土品の整理作業が進むなか、あまり貴婦人像の作業だけ遅れると、あとからねつ造を疑われるでしょ。それを避けるには、バルセロナで貴婦人を受け取るのが、ギリギリのタイミングだったね。あの時点ですでに発掘して一か月。それを越えると、どんどん説明が苦しくなってくるのは、理解してもらえるでしょう」

「そもそも、俺がバルセロナに来るとはかぎらなかった」

「その時はその時、別の手立てが必要だが、きっと来る予感がした。そして貴婦人も一緒と、賭けたんだが……」

「さいしょから言ってくれれば、怪しみながらでも持ってきたさ。カサ・ジョセフの二階で打ち明けてくれれば、帰ってすぐに国際便で返したのに」

「その通りだ。相手の人柄さえ信じればよかった、わたしが怪しまれてもね。〝要するにわたしに対する信頼は問題では〟なかった。しかし、そこを勘違いしたのは、その信頼を一番疑っていたのが他ならぬわたしだったからだ。それでも、知りたかった人柄がよく分かり、それでいっそのこと訪日をし、目的も大きく広げることにしたんだ」

もう四階での打ち上げはおわっている頃だろう。マツさんのため、を言い訳にして唯井も好きで一役買ったイベントが、こんな風に残念で思いもよらない物を残しおわるとは。せめて悪意はなかったとしよう。大岡山の教授室に掲げてあった「求めよ真理、ただし悪人に手向かうな」の聖書の文言が、不意に思い浮かんだ。

「分かった、それでこの像はどうするんだ？」ややあって答えが返ってきた。

「すこしの間だけ大事に持っていてくれ。なんとかうまい経路を考えて、あとで連絡をするから」

しばらく沈黙したあと、マスターが「お客さまが」と案内してきたのは、怒っているマリさんだった。聖母像の前の席に着くなり、思いっきりはき出した。

「もう……何回も何回も……出ないんだから。アァーもう、ずっと待ってるのに」

自分のホテルにいったん帰ってからホールの四階に寄って、そこから何度も電話をしたようだ。

「ヤベちゃんとは一緒じゃなかったの」

「知らないわ……。記者や支配人も加わって、まだ応援団につかまって議論しているわ。あれは当分おわらないわね」

店の自慢の赤ワインであらためて乾杯したが、マリさんは唯井たちのようすがすこし違っているのに気づき、

「いったいふたりで長いことなんの話をしていたのよ」といぶかった。やがてテーブルの上の貴婦人像に気づくと、興味津々でたずねた。「古いものなの？」

これには流れるような説明がなされた。フランスの考古学博物館にひと回り大きく、表情がそっくりの三万年ほど前の像があることや、こちらはタンザニアの遺跡のもので、発掘された地層はいま調査中だが、約二万年前の中期石器時代のものだろう、と。

「さすがに専門家ね。じゃあふたつの関係はどうなっているの？」

「それなんだね。地層の年代からは目下のところ、ブラッサンプーイの洞窟で貴婦人像を作った子孫が、タンザニアのムゴンガにこの像を持ってきたか、あるいはムゴンガにきて作ったかだよ。出アフリカの逆をたどる今までにない物語だね。なぜ終焉の地を捨てたのか、途中のルートは、そしてどうしてタンザニアなのか。残念ながら絶滅してしまった集団だが、考古学的にも人類学的にも興味は尽きない。でも、もっとおもしろい話がね。問題の地層だけれど、今後の調査でカギとなる層との関係次第では、時代がさらに数万年古くなる可能性があるね」

「それはどういうこと？」

「逆に、ムゴンガの住居跡でこの貴婦人を作った子孫がね、出アフリカを遂げフランスに向かったことになるでしょ。フランスにはプラッサンプーイの貴婦人像や、その五千年ほどあとに描かれたとされるペシュメルルの壁画があるね。その一方で、ムゴンガからグレートリフトバレー（大地溝帯）を南下し、さらに南アフリカのカラハリ砂漠まで行くと、なんと驚くことにフランスのものと非常に似た岩絵があちこちに残されているんだ！」

つまり、ムゴンガ発の独自文明が、南北に伝わっていったことになり、こちらの方が一連の説明がスムーズで、はるかに辻褄が合うという。これが、ＪＪが唯井の貴婦人像に頑なまでにこだわっていた理由だった。唯井にもようやく腑に落ちた。

「ペシュメルルの洞窟の壁画は、むかし見に行ったことがあるわ」

マリさんが突然思い出したように言った。

「牛や斑点のある馬らしい動物ね。どれもカラフルで、マンモスもいたわ。それにたくさんの人の手形。きっとあれを描いた人物はくせものね」

「まあ、くせものかどうかは別にして、自由奔放に描いているね。それに知恵もある。あの手形は別々の人のもので、壁面に置かせた手の回りに、直接顔料をまるでスプレーのように塗り付け、型抜きの要領で作っている。さらに壁から飛び出した岩をなにかの動物に見立てて、絵を描いている。彫ろうと思えば動物の像でもやれるだろう、貴婦人と同じようにね」

つまり、遅くとも五万年前には、クオリアの自分は完全に定着し、そのうえでムゴンガ発の独自文明とともに出アフリカを果たしたという、新しい説の可能性をほのめかした。

「やはり行き着くところは意識なのね」マリさんはそう感心すると、こんどは唯井の今後のことも尋ねた。

「マッさんのイベントを手伝うんだろうって、みんなで言ってたわよ」

「でも週明けには、いったんは大阪へ行ってしまうらしい」

「ふーん。じゃあこれがお別れ会ね。そもそもここはだれかの紹介なの」

「博多先生が表のホテルをよく利用しててね、この店の会員なんだ」

どうやら店のあちこちに飾ってある、アイルランドの巨石や公園の写真が気に入ったようだ。頭に大岡山で耳にした会話がよみがえってきた。かたわらの壁にかかる奇妙な〝渦巻き紋様〟の複製画を「これもそうか」とたずねてみると、

「知っているかな、『ダロウの書』マタイ伝の装飾頁の有名な一枚だね」

大きさがA3サイズほどの複製画で、一見すると組み紐を渦巻き状に編んだ写真のようだが、手描きの写本の一頁らしい。紐は、うすい朱色と黄色、それにわずかにグリーンが混じったものも。

「本物はその画《え》の半分より小さくて、写本自体がアイルランドの国宝だね」

八世紀頃にキリスト教の布教のため作られた福音書の写本だという。しかもこれは福音書を借りて、ケルト人の生命観の象徴として、連続して動き続ける大小多数の渦巻き文様を随所に書きつくしたものだ、と。

「これは博多先生も言うとおり、生物の命の真理を表しているんだ」

「それにしても、よくここまでこだわるわね」

「ケルト人は物事の有りのままが見えたので、そうせざるを得なかったんだろう」

画の中のあちこちに小さな渦巻きが三つ、クローバーの葉のように集まっている。その三つを長いアルペンホルンのような紋様がぐるりと囲み、また一枚の葉を作る。一枚はさらに三つ集まり、より大きなクローバーの葉に成長してゆく。途中で絡み合い入れ子となりながら、ページを縦横無尽に躍動し生き続ける。

「おもしろいでしょ。そのクローバーの葉は、じつはシャムロックという薬草なんだよ」

「たしか……ナイロビのラウンジで飲んだ」

「いや、あのムカミが入れてくれたのは、紅茶にシロツメグサを混ぜ合わせたもので、本当のシャムロック・ティーではないね。シャムロックはアイルランドの国花で、古くから不思議な薬効の草とされている」

——でも、あのあと妙に気分がハイになって、マッさんにメールをしたな——

「記録に残るものでは、聖パトリックが紀元五世紀頃にキリスト教布教のため祖国に上陸したとき、右手に携えてケルト人に三位一体を説くために使ったようだね。でもね、ケルトではずっとそれ以前から、土着の宗教のドルイド教で呪術の儀式に用いられていたんだ」

「つまり麻薬か」唯井がそう漏らすと、とんでもないと首をふった。

「これはエセ薬の類いではない。薬効を知っている人々や、曾祖父がダブリンの医者だった我が家にも、代々たいせつに伝わっていたね。わたしも一度だけ、家から持ち出して自分の身体でためしてみた。大学の助手のとき、ほんとうに効くのか。まあ正直にいえば薬の力で、解放されたいと思って……」

するとマリさんが興味津々なふうにこう言いだした。「解放？　おもしろそうね。じゃあ、お別れ会の締めくくりに、三人でナイト・ティーにしましょうよ」

ＪＪは渋い顔だが、マリさんは「少しなら大丈夫でしょ？」と、意に介さない。あきらめてバーテンダーを呼んで錫製の箱を渡し、紅茶にすこしだけ入れるよう事こまかに指示をした。

唯井ははからずも今日このバーに来てしまい、貴婦人像の真相を打ち明けられ、ナイロビやバルセロナなどの心地よく懐かしい記憶は大きく変色してしまった。しかしその一方で、本来ならすれ違いにおわったはずの二人いや三人とこうして偶然知り合い、やはりその心の強さと光る個性と能力は、自分にはかなわない如何ともしがたいものと納得させられた。

待っているあいだ、討論会や講演会の話になった。それにバルセロナの自宅の小屋と粘土板のことも。さらに遡り大岡山の夜空の星と谷辺教授の時間の話も。時間は過去と現在と未来の区別がなく一連《つら》なりのもので、生まれてからこの現在まで切れ目なく続くひとつの動き、ということだ。もしひとつなら、ふり返れば後方にナイロビの光景を見られるのだろうか……。

やがて鼻腔にぬける紅茶の香りがして、三つのティーカップが運ばれてきた。三人ともすこしドキドキしながら、「じゃあ」と言って一口含んだ。ほどよい温度で丁寧に入れてあるのだろう。続けて二口、三口と味わったが、とくに変わったこともない。飲みながら、互いの顔をのぞきこんでいる。

紅茶はすべて飲み干し、しばらく沈黙のときが流れた。やがて唯井の口が開いた。

「ＪＪ、正直に言ってくれ。オレはなにをすればいいんだ。冷たいだろ」

ゆっくりと落ち着いた口調に、ＪＪは一安心した。

「《ゆい》。分かった。迷っていたんだけど、ナイロビの警察に知り合いの警部がいる」

「そこに被害届を出せばいいのか？」

「形だけね。だけど後あとまで汚名が残るかもしれないぞ、学術誌にも」

なにを今さらとでもいうように、唯井はフフッとうなずいた。こんどはマリさんが

「その貴婦人像だけど、アフリカのムゴンガにマンモスって、おかしくないの?」

ＪＪは「ほぉー」と声を出して答えた。

「考古学者のような、いい質問だね。マンモスは最盛期には北アフリカあたりまで生息していたらしい。だから、牙が出てもギリギリ説明がつくね」

みたところ、みんな変わったようすはない。ＪＪはためしにマリさんに、気分はどうか確認をしてみた。

「そうね、ゆったりとした、時間がいつまでもあるような気分。一秒の中にゆっくりと十拍のメロディを聞く至福? リベット博士の〇・五五秒のなかに、しっかりと自分が確かめられるような」

すると唯井も口をはさんだ。

「オレもそうだな。ゆったりと、そしてもうまわりは気にしない」

言いおわると「ところで」と、ＪＪとマリさんが同時に声をだし、顔を見あって笑った。先にマリさんが、

「これからどうするの」とたずねた。答えは予想通り、ムゴンガの調査だった。

「『キタ、パッ』のほうは?」

「あれはクオリアの自分と結びついたから一段落で、もう三十年越しの論文ができている」

「あ、それで聞こうと思ってたんだけど、フランスの洞窟の手形。どうしてあそこに、あんなに多く描いたのかしら」

ＪＪはあたかも聞かれるのを知っていたかのように、すぐに答えた。

「あの手形は、さっきも言ったとおり別々の人のもの。だから、あとから自分の手を合わせて、『これがオレだ』と確認できるでしょ。彼らにすれば、まさに体外の自分に会う奇跡の体験かもしれない」

「なにか宗教的な意味は？」マリさんが重ねてたずねると、その可能性はあると言い、「手を合わせトランス状態になり、『ハッ』と『大いなる錯覚』を楽しんだかも」

と解説をくわえた。ちょうどその時、唯井のなかではサバンナの夢でみたホモ・サピエンスの若者と、洞窟の光景が浮かんできた。真っ暗で、岩の割れ目からの光と炉のおき火で、かすかに顔が見えるだけだ。――なぜなんだ？――そう考えると自然に口が開いた。

「それなら、動物の絵は？　どうして真っ暗な場所に、しかも色をつけて描いたんだろ？」

たしかにこれは以前からの疑問点だった。さらに、なぜヒトではなく動物で、同じようなものが各地の洞窟や岩絵に点在するのか。物事の真理にこだわるケルト人の薬草の効き目か、にわかに討論の場になったかのようだ。ひとしきり意見がでたあとに、ＪＪが満足したようすで「いや、今日は楽しかった」と引き取った。そして最後にマリさんに、

「これからどうするの、日本かミラノか？」とたずねた。

珍しく考え込んだ末に
「日本かな、いままで繰り返し誘われているから。でも当分は両方の掛け持ちね」

マリさんがたずねた。

「《ゆい》君はどうするの。大阪？　それとも……」

「俺は決めたんだ、深月の言うとおりにする。もし茅ヶ崎がいいのなら、会社を辞めて一緒に行くよ」

「〝皆のところに戻らないのかい〟」

「〝もどるよ、その時が来れば〟」

◇

「あなた、《ゆい》さんから手紙が来ているわよ」

ソニア夫人が封筒を手に、花壇を占拠している小屋まで来て、中のＪＪにそう声をかけた。

「いま手が離せないんだ」そう返事があり、しばらくして小屋から出てきた。封筒を開けると写真が入っていて、男女二組が写っていた。唯井と深月と、マリさんと谷辺教授が、湘南の海をバックに楽しそうだ。

「みんな元気にしているそうだ」

ＪＪはソニア夫人にそう告げると、また二つ目の小屋に戻っていった。


（完）

別注

別注1　第一章　『アキレウス―幻影と神々』
これは次の書籍を全体的にイメージし参考にしています。
・ジュリアン・ジェインズ　原題『〈二分心〉の崩壊における意識の起源』一九七六年刊行
（邦題『神々の沈黙』二〇〇五年発行、柴田裕之訳）

別注2　第三章　「訳者のあとがき」
これは前記書籍のＰ５７１～Ｐ５７２の箇所をイメージしています。

別注3　第四章　「ウンベルト・サバの『ミラノ』の詩」
これは『須賀敦子全集 第5巻』より引用しています。

別注4　第四章　「宮沢賢治の詩」
これは『春と修羅』（青空文庫版）より引用しています。

別注5　第四章　「楔形文字と粘土板の記述」
これは小林登志子（著）『シュメル―人類最古の文明』Ｐ40～Ｐ52を主に参考にしています。

別注6　第六章　「ＪＪの二十歳の頃の述懐」
これは別注1の書籍のＰ16～Ｐ17記載の実験を主にイメージしています。

参考文献一覧（順不同）

1.『神々の沈黙─意識の誕生と文明の興亡』２００５年４月１日刊
著者　ジュリアン・ジェインズ
訳者　柴田裕之
発行所　紀伊國屋書店

2.『心の先史時代』１９９８年８月１日刊
著者　スティーヴン・ミズン
訳者　松浦俊輔＋牧野美佐緒
発行所　青土社

3.『シュメル─人類最古の文明』２００５年10月25日刊
著者　小林登志子
発行所　中央公論新社

4.『ホメロス　イリアス（上）（下）』１９９２年９月16日刊
訳者　松平千秋
発行所　岩波書店

5.『双書　哲学塾　魂（アニマ）への態度─古代から現代まで』
２００８年３月25日刊
著者　神崎　繁
発行所　岩波書店

6. 『進化しすぎた脳─中高生と語る［大脳生理学］の最前線』２００７年1月19日刊
著者　池谷裕二
発行所　講談社
7. 『単純な脳、複雑な「私」─または、自分を使い回しながら進化した脳をめぐる４つの講義』
２００９年5月15日刊
著者　池谷裕二
発行所　朝日出版社
8. 『「つながり」の進化生物学─はじまりは、歌だった』２０１３年1月25日刊
著者　岡ノ谷一夫
発行所　朝日出版社
9. 『脳の意識　機械の意識』２０１７年11月18日刊
著者　渡辺正峰
発行所　中央公論新社
10. 『脳と仮想』２００４年3月28日刊
著者　茂木健一郎
発行所　新潮社
11. 『マインド・タイム─脳と意識と時間』２００５年7月28日刊
著者　ベンジャミン・リベット
訳者　下条信輔　安納令奈
発行所　岩波書店

12.『時間の非実在性』２０１７年2月11日刊
著者　ジョン・エリス・マクタガート
訳・注解と論評　永井　均
発行所　講談社
13.『時間と自己』１９８２年11月22日刊
著者　木村　敏
発行所　中央公論新社
14.『孤独の発明―または言語の政治学』２０１８年6月30日刊
著者　三浦雅士
発行所　講談社
15.『新記号論　脳とメディアが出会うとき』２０１９年3月4日刊
著者　石田英敬　東　浩紀
発行所　ゲンロン
16.『須賀敦子全集　第5巻』２００８年1月5日刊
著者　須賀敦子
発行所　河出文庫
17.『シャムロック・ティー』２００９年1月1日刊
著者　キアラン・カーソン
訳者　栩木伸明
発行所　東京創元社

18．『芸術と科学のあいだ』２０１５年11月30日刊
著者　福岡伸一
発行所　木楽舎

〈著者紹介〉
小池文平（こいけ ぶんぺい）
1952年、京都市生まれ。大阪市立大学卒。
三菱UFJ信託銀行在職時に、（公社）特防連の情報委員長として、会員用冊子『反社─「基本用語集」』を編集・執筆。趣味、囲碁とマラソン。

アキレウスの迷宮《めいきゅう》

2024年9月20日　第1刷発行

著　者　　小池文平
発行人　　久保田貴幸

発行元　　株式会社 幻冬舎メディアコンサルティング
〒151-0051　東京都渋谷区千駄ヶ谷4-9-7
電話　03-5411-6440（編集）

発売元　　株式会社 幻冬舎
〒151-0051　東京都渋谷区千駄ヶ谷4-9-7
電話　03-5411-6222（営業）

印刷・製本　中央精版印刷株式会社
装　丁　　弓田和則

検印廃止

ISBN 978-4-344-69127-8 C0093
幻冬舎メディアコンサルティングＨＰ
https://www.gentosha-mc.com/